COURAGE DANS LES HIGHLAND

KEIRA MONTCLAIR

LA BANDE DE COUSINS

5

Les Grant et les Ramsay dans les années 1280

GRANT

LAIRD ALEXANDER GRANT et son épouse, MADDIE
John (Jake) et son épouse, Aline
James (Jamie) et son épouse, Gracie
Kyla et son mari, Finlay
Connor
Elizabeth
Maeve

BRENNA GRANT et son mari, QUADE RAMSAY
Torrian (fils de Quade issu de son premier mariage) et sa femme, Heather, sa fille Nellie (fille de Heather issue d'une précédente relation) et son fils, Lachlan.
Lily (fille du premier mariage de Quade) et son mari, Kyle ; leurs filles jumelles, Lise et Liliana
Bethia et son mari, Donnan ; leur fils, Drystan
Gregor
Jennet
Geva (adoptée)
Emma (adoptée)

ROBBIE GRANT et son épouse, CARALYN
Ashlyn (fille de Caralyn issue d'une précédente

relation) et son mari, Magnus, et leur fille Isbeil
Gracie (fille de Caralyn issue d'une précédente
relation) et son mari, Jamie
Rodric (Roddy) et son épouse, Rose
Padraig

BRODIE GRANT et son **épouse,
CELESTINA**
Loki (adopté) et sa femme, Arabella. Leurs
fils, Kenzie (adopté) et Lucas, et leur fille, Ami
(adoptée)
Braden et sa femme, Cairstine ; leur fils, Steenie
(le fils de Cairstine issu d'une relation précédente)
Catriona
Alison

JENNIE GRANT et son **mari,
AEDAN CAMERON**
Riley
Tara
Brin

RAMSAY

QUADE RAMSAY et son **épouse,
BRENNA GRANT (voir ci-dessus)**

LOGAN RAMSAY et son **épouse,
GWYNETH**
Molly (adoptée) et son mari, Tormod
Maggie (adoptée) et son mari, Will
Sorcha et son mari, Cailean
Gavin

Brigid
Simone (adoptée)
Beatris (adoptée)

MICHEIL RAMSAY et son épouse, DIANA
David et son épouse, Anna
Daniel

AVELINA RAMSAY et DREW MENZIE
Elyse
Tad
Tomag
Maitland

CHAPITRE UN

Automne 1284, les Highlands d'Écosse

IL NE POUVAIT pas l'abandonner.

Daniel Drummond tira sur les rênes de son cheval; des branches lui giflèrent le visage, car la bête rechignait, mais il s'obstina.

— Nous y retournons. Je ne peux pas la laisser.

Constance était la première bachelette[1] à laquelle il tenait autant… à tel point que c'en était douloureux. Elle lui avait dit qu'elle souhaitait devenir nune. Il avait eu l'intention de respecter ses souhaits, mais maintenant que le moment était venu de s'en aller, il n'y arrivait pas. Et s'il ne la revoyait jamais ?

Ils s'étaient rencontrés alors que Daniel et ses cousins étaient à la recherche du canal de Dubh, un raisiau[2] d'hommes sans scrupules qui vendaient des jeunes filles à travers les mers. Roddy était tombé amoureux de Rose, une amie de Constance, une novice dont la mère était impliquée dans la filière. Alors qu'il aidait

1   Jeune fille.
2   Réseau.

son cousin, Daniel avait passé du temps avec cette charmante jeune fille. Ils avaient vécu ensemble des événements traumatisants, mais tout s'était bien terminé : les hommes et les femmes malveillants qui aidaient le raisiau avaient été tués ou arrêtés et les novices dont ils s'étaient servis avaient été sauvées. Roddy et Rose s'étaient mariés et étaient retournés dans les terres Grant, tandis que Daniel et quelques-uns de ses cousins étaient restés sur place pour s'assurer que l'abbaye se remettait de la tourmente. Entre-temps, Daniel s'était rendu sur place tous les jours. Chaque fois, il cherchait Constance, mais le moment qu'il avait redouté était finalement arrivé.

Il n'avait plus aucune raison d'aller à l'abbaye.

Tout allait bien dans les environs et il devait rentrer chez lui. Mais dès qu'il avait commencé à chevaucher vers l'est, la vérité l'avait frappé de plein fouet.

Il était parti trop tôt. Il n'avait pas dit un mot sur ses sentiments, et il ne voulait pas passer sa vie à regretter ses actes.

Même s'ils n'avaient aucun espoir d'avenir, il devait savoir si elle ressentait la même chose.

Il pressa son cheval sous la pluie, dévalant le sentier boueux aussi vite qu'il le pouvait. Lorsqu'il arriva, il conduisit sa monture vers les écuries situées à l'arrière, son torse se gonflant presque autant que celui de l'animal. Il tapota le garrot de la bête.

— Bon travail, mon ami. Je te promets de te trouver une pomme à mon retour.

Il atteignit les grilles d'entrée et les franchit en trombe ; les gardes le laissèrent passer sans rien dire, parce qu'il venait de partir. Se hâtant vers la porte latérale de l'abbaye, il écarta ses cheveux trempés de ses yeux et ouvrit la porte. Il se tint debout à l'intérieur du foyer jusqu'à ce que ses yeux s'ajustent, l'eau trempant le sol sous ses pieds. Son cœur s'emballa à l'idée d'être repoussé, mais au moins, elle accepterait de le voir. Il en était certain.

Daniel regarda des deux côtés du couloir, mais il était vide. Il prit deux profondes respirations, espérant apaiser la tempête qui se déchaînait dans son corps. L'incertitude lui faisait généralement cet effet.

Avait-il une chance ?

— Constance ? Où es-tu ? hurla-t-il sans se soucier de ce que diraient les nunes.

Une jeune fille rousse, aux longues boucles qui lui retombaient sur les épaules, apparut à la porte située au bout du couloir.

— Daniel ? Que se passe-t-il ?

Sa beauté lui coupa le souffle, comme toujours. La masse de ses cheveux roux foncé, les taches de rousseur sur l'arête de son nez, le timbre de sa voix et son état d'esprit positif étaient autant d'éléments qui lui remontaient le moral. Il avait besoin d'elle dans sa vie, désespérément. Son essence le frappait toujours comme la première brise de printemps, lui promettant chaleur, chants d'oiseaux et soleil.

Comment pourrait-il s'éloigner d'elle et la quitter pour toujours ?

Daniel prit une grande inspiration et s'engagea dans le couloir.

— Je ne pars pas. Je te veux, Constance. Je t'apprécie énormément… peut-être même que je t'aime. Je sais que tu veux rester ici, mais je ne pouvais pas partir sans te dire que je te veux dans ma vie.

Il se plaça devant elle, haletant, et se pencha pour scruter ses traits magnifiques. Elle avait le visage levé vers lui, les yeux rivés sur les siens. Il espérait y voir un signe que ses sentiments étaient réciproques, mais l'expression de la jeune femme était indéchiffrable.

— Constance…

Il lui agrippa la hanche, la rapprochant de lui, et elle poussa un petit cri tout en enroulant ses mains autour de ses biceps.

— Constance, si tu ne veux pas être embrassée, tu ferais bien de le dire maintenant, parce qu'une fois que j'aurai commencé, il se pourrait bien que je ne te lâche plus jamais.

C'est alors qu'il sut. Dans ses yeux, il y avait quelque chose de différent et de plus profond que de la surprise. Elle entrouvrit les lèvres.

— Ne t'arrête pas.

Les lèvres de Daniel se posèrent sur celles de Constance avec un grognement. Il lui dévora la bouche, sa faim d'elle l'emportant sur ses pensées. S'il avait eu un peu de bon sens, il l'aurait abordée plus prudemment, en l'embrassant tendrement, mais il rêvait de ce moment depuis qu'ils s'étaient rencontrés.

— Constance, haleta-t-il. Je devrais ralentir, mais tu me rends fol[3] de désir.

Elle réagit en glissant ses doigts dans ses cheveux et en s'accrochant à lui, le tirant vers elle pour en obtenir davantage. Elle l'embrassa avec abandon, écartant les lèvres pour lui permettre d'accéder aux profondeurs de sa bouche. Il y plongea sa langue, la taquina, la caressa jusqu'à ce qu'elle gémisse et, soudain, elle haleta, à bout de souffle. Lorsqu'elle bascula la tête en arrière, il profita de sa position pour s'attaquer à son cou, déposant des baisers jusqu'à l'encolure de sa robe.

Elle gémit en s'accrochant à lui, et son corps plaqué contre ses vêtements mouillés devint la source d'un plaisir sensuel qui lui donna envie de se déshabiller et d'arracher les vêtements de Constance. Il avait envie de s'enfouir profondément en elle et de ne plus jamais la laisser partir.

Oui, il en était sûr maintenant. Ils étaient faits l'un pour l'autre, pour toujours.

— Constance !

Celle-ci trébucha en arrière, et Daniel la rattrapa avant qu'elle ne perde complètement l'équilibre.

— Oui, sœur Murreall, répondit-elle, se tournant vers la nune, dont le visage et le cou étaient rouges de fureur. Pardonnez-moi. Je me suis perdue.

Daniel laissa sa main dans le bas du dos de la jeune fille, au cas où elle perdrait à nouveau l'équilibre.

— Ma sœur, tout est ma faute. Je suis entré, et

---

3   Fou.

je ne lui ai pas laissé l'occasion de refuser mes avances. Mais je l'aime.

— Jeune homme, j'ai cru comprendre que vous faisiez partie du groupe de guerriers qui a sauvé nos jeunes filles, et qui les a empêchées d'être vendues par-delà les mers. Nous vous avons accordé la liberté d'aller et venir à l'abbaye pendant plusieurs jours, mais cela ne vous autorise pas à attaquer nos novices. Constance, je suis venue vous chercher, car la mère abbesse souhaite vous voir dans son bureau. Veuillez ne pas vous attarder.

Constance baissa le regard pour fixer le sol, visiblement honteuse de ses actes.

Comme Daniel ne s'en allait pas, la nune se tourna vers lui avec un geste de la main.

— Partez, mon garçon, ordonna-t-elle.

Daniel s'obligea à partir, mais, dès que l'autre femme tourna le dos, il articula en silence : « Je reviendrai. » Constance le regarda, les yeux brillants, avant de suivre la nune comme elle en avait reçu l'ordre. Cette petite étincelle donna de l'espoir à Daniel.

Il sortit, découragé de voir que la pluie battante continuait, mais le mauvais temps ne l'empêcherait pas de revenir. Une fois le soleil couché, il la retrouverait à l'intérieur de l'abbaye… aucun garde ne pourrait le retenir.

***

Constance suivit la nune dans le couloir, le silence de la sœur l'agaçant plus que si un oiseau hurleur s'était perché sur son épaule pour lui picorer l'oreille. Ses pensées étaient embrouillées, et ce n'était pas étonnant : elle ne savait pas si elle redeviendrait normale un jour après cet assaut de virilité et de passion.

Daniel était revenu à l'abbaye pour elle.

Pour elle !

Quel spectacle il avait offert, ses vêtements collés par la pluie à son torse musclé, ses yeux emplis de passion ! Elle avait déjà été embrassée, mais jamais de cette façon. C'était un miracle qu'elle ne se soit pas liquéfiée aux pieds de Daniel. Elle fouilla la poche cousue dans sa robe de novice et frotta la pierre rouge foncé qu'elle y cachait. Son porte-bonheur lui avait bien servi. Elle avait espéré qu'il reviendrait au moins une fois de plus, et c'était ce qu'il avait fait.

Les sentiments qu'elle éprouvait pour Daniel étaient plus forts que tout ce qu'elle avait connu auparavant. Elle n'était pas prête à le voir s'éloigner pour toujours.

Lorsqu'elles atteignirent la chambre de la mère abbesse, sœur Murreall lui ordonna de rester dans le couloir, et elle entra seule dans la pièce. Les joues de Constance s'enflammèrent lorsqu'elle écouta les murmures, sachant que la religieuse parlait de Daniel à l'abbesse. Ses épreuves et ses difficultés ne cesseraient-elles jamais ? Finalement, sœur Murreall réapparut et lui fit signe d'entrer dans la chambre. En dépit de sa vergogne, elle garda la tête haute en s'asseyant sur la chaise devant le bureau de la femme.

— Pardonnez-moi, Révérende Mère. J'ai été

prise par le temps. C'était ma faute, et cela ne se reproduira plus jamais.

Elle croisa les mains sur ses genoux et laissa son regard se poser sur ses doigts qui s'agitaient à présent, faisant de son mieux pour avoir l'air contrit. Allait-elle être pardonnée pour cette fois, ou serait-elle punie et envoyée dans les caves ?

La mère abbesse soupira.

— Mon enfant, je comprends que vous ayez traversé des moments difficiles. Les membres des clans Ramsay et Grant ont accompli un acte admirable en empêchant Rose et nos autres filles d'être vendues au-delà des mers. Néanmoins, ce sont des garçons comme les autres, et ils n'ont pas à être mis sur un piédestal. Vous êtes ici pour prononcer vos vœux en tant que nune, pour devenir novice... à moins que vous n'ayez oublié votre finaison[4] dans la vie ?

Constance leva les yeux et contempla le mur à côté d'elle. Que devait-elle faire ? Certes, elle avait désespérément besoin de se cacher, mais était-elle prête à prononcer ses vœux ? À une époque, elle avait considéré le couvent comme le seul endroit sûr pour elle, mais hui[5], elle n'en était plus aussi convaincue. Après tout, si Daniel et ses amis n'étaient pas intervenus, les autres jeunes filles et elles auraient pu connaître un terrible destin. Et si elle changeait d'avis ?

— Pardonnez-moi, Révérende Mère, je suis confuse en ce moment.

L'autre femme fit claquer sa langue.

---

4   But, objectif.
5   Aujourd'hui.

— Comme n'importe qui dans votre situation, ma chère. Je suis sûre que perdre votre chère amie vous pèse également. Rose a trouvé sa voix et a épousé Roddy Grant. Je suis plus qu'enchantée de la savoir heureuse. Souhaitez-vous également vous marier ? Avez-vous changé d'avis ?

Constance secoua la tête ; elle faisait de son mieux pour refouler ses larmes.

— Je ne sais pas trop.

— Vous n'avez pas besoin de prendre une décision tout de suite. Il vous reste beaucoup de temps avant de devoir prononcer vos vœux. Vous êtes l'une des rares à savoir lire ; je vous demanderai donc d'étudier la Bible et d'implorer le pardon pour vos transgressions. Cela vous aidera à apprendre les voies et la volonté de Dieu.

Constance était si confuse et si troublée qu'elle ne pouvait même pas regarder l'abbesse. Elle ne savait pas ce qu'elle voulait.

L'abbesse poursuivit :

— Pendant que vous sonderez votre âme, ne pourriez-vous envisager de vous montrer sincère avec moi ?

Constance reporta son regard sur celui de l'autre femme.

— Sincère ? Je ne comprends pas.

Ses mains se mirent à trembler et elle les serra l'une contre l'autre pour tenter de dissimuler le léger mouvement.

— Jeune fille, vous nous avez dit que votre famille ne pouvait plus vous nourrir, car vous avez sept frères et sœurs. Pourtant, aucun d'entre eux ne vous a contactée. En effet, vous n'avez reçu ni missives ni visites. Je soupçonne qu'il y a beaucoup plus dans votre histoire que ce que vous nous avez dit.

— Je ne sais pas ce que vous voulez dire, Révérende Mère, bégaya-t-elle. Voudriez-vous bien m'excuser ? Soudain, je me sens mal, comme si j'étais souffrante. Je…

Elle bondit de son siège, puis se figea sur place en attendant la permission de partir.

— Oui, vous pouvez prendre congé, jeune fille. Je prie pour que vous réfléchissiez à ce que j'ai dit.

Son regard bienveillant réconforta Constance. Lorsqu'elle avait rencontré cette petite femme ronde pour la première fois, elle avait eu peur d'elle, mais mère Marion avait un grand cœur. Cependant, elle pouvait se montrer très stricte lorsque cela s'avérait nécessaire. Elle priait pour que l'abbesse ne continue pas à l'interroger au sujet de ses origines.

Parce que Constance ne pourrait pas dire la vérité. Sa vie même dépendait peut-être de sa capacité à mentir.

Elle tourna les talons et fila vers la porte, puis dans le couloir menant à sa chambre. Elle aurait aimé que Rose ou Daniel soient là pour la consoler.

Plus que tout, elle aurait voulu avoir sa chère mère à ses côtés.

Elle voulait rentrer chez elle.

Mais c'était impossible.

CHAPITRE DEUX

DANIEL FAISAIT LES cent pas dans une clairière située non loin de l'abbaye. Il devait revoir Constance. Il devait savoir si elle avait toujours l'intention de prononcer ses vœux. Si elle n'était pas certaine de vouloir devenir nune, peut-être accepterait-elle de l'accompagner au château de Braden. Le mieux qu'il pouvait faire pour le moment était d'éloigner la jeune fille de l'abbaye pour voir s'ils pourraient se covenir[6]. L'abbaye n'était pas un lieu propice à la galanterie. La nune au visage rougi en était la preuve.

Peut-être lui accorderait-elle une chance de lui faire la cour.

Il l'aimait vraiment. La goûter, la sentir dans ses bras… Cela l'avait convaincu qu'ils avaient un lien spécial, quelque chose que la plupart des gens ne trouvaient jamais.

Il n'aurait pas dû l'embrasser comme il l'avait fait. Il l'avait serrée si fort dans ses bras que c'était un miracle qu'elle ne l'ait pas repoussé.

Mais elle ne l'avait pas fait. Elle avait approfondi

---

6   Convenir.

leur baiser et l'avait attiré plus près d'elle. Leur passion conjointe était incontestable, aussi forte qu'il l'avait imaginée.

Comme il l'avait espérée.

Ses cousins et lui venaient de sauver sept jeunes filles en partance pour l'Europe de l'Ouest sur un navire. Leur groupe, qu'ils avaient baptisé la bande des cousins, avait pour objectif de mettre un terme à la vente de jeunes filles et garçons à des enchérisseurs sans scrupules de l'autre côté de la mer. Leur dernier succès était le fruit des efforts de son cousin, Roddy, qui était tombé amoureux de l'amie de Constance, Rose MacDole. Ils avaient découvert que la mère de Rose, lady MacDole, et un prêtre de l'abbaye étaient impliqués dans un plan diabolique visant à vendre de jeunes novices par l'intermédiaire du canal de Dubh. C'était un raisiau qui enlevait et vendait des jeunes filles innocentes. L'abbesse avait été dévastée d'apprendre que certaines des jeunes filles dont elle avait la charge avaient été à ce point maltraitées.

Rose avait épousé Roddy à l'abbaye, et elle était partie moins de quinze jours plus tôt pour le clan Grant où vivait son mari. Daniel et ses autres cousins étaient restés pour s'assurer que le raisiau était bel et bien anéanti. Will et Maggie avaient escorté les méchants jusque devant le magistrat. Connor, Gavin et Gregor s'étaient rendus au château de Muir, le donjon de Braden, pour fêter l'événement. Ils avaient estimé que ce jour marquait la fin de leur dernière aventure avec la bande de cousins. Il devait les rejoindre le lendemain.

Il aurait tant aimé pouvoir convaincre Constance de venir avec lui !

Il savait ce que ses cousins diraient s'il leur faisait part de son intérêt pour la bachelette.

Ils diraient qu'il était trop jeune. Certes, il n'avait que dix-sept printemps, mais, cet hiver, il en aurait dix-huit, ce qui serait assez vieux pour se marier. S'il trouvait sa partenaire de vie, pourquoi attendre ? Ils pourraient vieillir ensemble.

Il se souvenait que son père lui avait dit être tombé amoureux de sa mère dès le jour de leur rencontre. Elle l'avait entraîné dans une course folle après un chevalier anglais qu'elle avait cru aimer à Edinburgh, mais en fin de compte, elle était tombée amoureuse du père de Daniel et l'avait épousé.

La persévérance de son père avait porté ses fruits. Il se rappelait que, nombre de fois, son père avait taquiné sa mère, affirmant que s'il n'était pas resté à ses côtés, elle aurait renoncé au château et aux terres de son père pour s'installer dans un taudis en Angleterre. Au lieu de cela, elle était l'une des rares femmes chefs de clan en Écosse.

C'était une excellente meneuse. Son clan prospérait, contrairement à beaucoup d'autres.

Micheil Ramsay avait eu la sagesse de rester aux côtés de la femme qu'il aimait. Daniel Drummond ne quitterait pas Constance non plus. Quelque chose tracassait la bachelette, et il se jura de l'aider et de se tenir à ses côtés.

Quel que soit le prix à payer. Lorsqu'il se glisserait dans l'abbaye au milieu de la nuit, ils discuteraient. C'était ce qu'ils devaient faire.

Il devait la convaincre de le suivre.

Constance descendit les escaliers et sortit par la porte arrière qui menait aux jardins. C'était presque le moment des matines[7], et il n'y avait personne. Toute l'abbaye était en effervescence depuis le retour des jeunes filles enlevées ; tout le monde s'était retiré tôt. Il y avait eu peu de séances de prière silencieuse, mais surtout parce que les novices étaient incapables de rester assises en silence.

Constance savait ce qu'elles ressentaient. Elle était plus déstabilisée que jamais. L'abbesse savait qu'elle cachait un secret, et le baiser de Daniel l'avait fait douter de tout.

Daniel lui faisait éprouver des choses qu'aucun autre garçon ne lui avait fait ressentir. Avec lui, elle se sentait vivante et spéciale, ce qui n'était assurément pas le cas quand on était un enfant parmi huit.

Elle n'arrivait pas à oublier qu'il lui avait promis de revenir. Et il le ferait. L'ami de Daniel l'appelait « Fantôme » pour une bonne raison : il était capable de se faufiler à travers n'importe quel portail, n'importe quelle porte fermée. Elle sourit en songeant au plaisir qu'il éprouvait face au défi, à la menace d'être découvert et au bonheur d'être vainqueur. Parce qu'elle désirait ardemment le

---

7   Équivalent de minuit.

voir, trop pour laisser faire le hasard, elle avait décidé de lui faciliter la tâche et d'attendre sur le banc à l'arrière de la propriété, à l'endroit même où Roddy et Rose étaient tombés amoureux.

Si la magie avait opéré pour eux, peut-être pourrait-il en être de même pour elle.

Quelque temps plus tard, quelque chose tomba devant elle. Elle fut si surprise qu'elle bondit et scruta les environs à la recherche d'un intrus, mais elle ne vit personne. Ensuite, quelque chose fendit les airs et atterrit à ses pieds. Curieuse, elle se pencha.

Une noisette. Elles continuèrent à atterrir à ses pieds jusqu'à ce qu'elle en ait six dans la main. Elle ne put réfréner le grand sourire qui s'étira sur son visage, parce qu'elle était certaine de savoir qui les avait lancées.

— Montrez-vous ou je rentre, car si vous n'êtes pas Daniel, je ne souhaite pas vous voir.

Elle attendit un peu avant qu'un bruissement agite la haie derrière elle ; le visage de Daniel apparut entre les branches.

— Tu as demandé après moi, jeune fille ? lui demanda-t-il avec un clin d'œil et un sourire diabolique.

— Oui, Daniel, murmura-t-elle. Viens ici avant que l'on te voie, et que j'aie davantage d'ennuis.

Il sauta par-dessus la haie et atterrit à quelques pas d'elle. Elle s'attendait à un autre baiser passionné, mais, à sa grande surprise, il se contenta d'un rapide appui de ses lèvres contre les siennes avant de reculer.

— Je ne te ravirai pas, jeune fille innocente, je te le promets, Constance.

Elle fronça le nez et murmura :

— Pourquoi pas ? J'ai aimé cela.

Elle rit et il sortit sa main de derrière son dos, lui présentant un bouquet composé d'herbes, de brindilles avec des baies et de quelques fleurs.

— Le meilleur pour toi, ma douce campanule.

Tendant la main pour accepter son cadeau, elle porta le bouquet à son nez et inspira profondément.

— Ce sont les plus belles fleurs que j'aie jamais reçues, Daniel. Je te remercie.

Elle battit des cils en le regardant, mais il ne saisit pas.

— Combien de bouquets d'herbes folles et de brindilles as-tu reçus ?

— Ce n'est pas important, dit-elle en serrant les fleurs contre sa poitrine. Elles sont charmantes. Je les garderai pour toujours.

Il tendit la main vers le bouquet, mais elle le tint près d'elle.

Il recommença et s'expliqua.

— Je veux juste te montrer qu'il y avait une campanule dedans. Elle m'a fait penser à toi, ma douce, dit-il, déplaçant les tiges et retirant une fleur qui était déjà en train de retomber. Tu vois ? Une campanule, même si elle est presque fanée.

Elle éclata d'un rire légèrement rauque.

— Daniel, les campanules ne poussent pas à cette époque de l'année. Elle ressemble plutôt à une échinacée.

— Elle est bleue et c'est une fleur, n'est-ce pas ? C'est assez proche d'une campanule. J'avoue n'être pas savant en matière de fleurs.

Elle ne voulait pas gâcher son geste.

— Je dois me tromper. Peut-être est-ce vraiment une campanule.

Elle se pencha vers lui et lui donna un chaste baiser sur la joue, s'attardant juste un peu pour respirer son parfum viril.

Il l'éloigna de lui.

— Assez ou tu vas m'attirer des ennuis, dit-il, plissant les yeux en croisant le regard de la bachelette. Je suis venu pour discuter. Viens t'asseoir avec moi.

Elle soupira, mais hocha la tête et le laissa la conduire jusqu'au banc. Une fois qu'elle fut installée, il s'assit à côté d'elle.

— De quoi devons-nous parler ? demanda-t-elle avec une moue boudeuse, agrippant toujours son bouquet. Je préfère les baisers.

Il l'embrassa sur la tempe.

— Voilà, un baiser. M'accompagnerais-tu au château de Braden Grant pour une brève visite ?

— Daniel, dit-elle en se frottant le front en signe de frustration. Je doute que cela soit autorisé. Les visites sont assez limitées ici, probablement encore plus après le désastre que nous venons de vivre.

Elle contempla les fleurs posées sur ses genoux, jouant avec les tiges, pour ne pas avoir à regarder Daniel. En vérité, elle ne pouvait pas risquer d'être vue en dehors de l'abbaye. Si elle tombait sur la mauvaise personne… Eh bien, elle n'allait pas trop y réfléchir, car elle ne pouvait pas laisser cela arriver.

Elle ne pouvait *pas* se faire prendre.

— Je te promets de te ramener dans une semaine, affirma-t-il, repoussant une mèche rebelle derrière son oreille. Tu peux demander une permission, n'est-ce pas ? Nous dirons simplement que nous célébrons la fin de la tyrannie exercée par Jean MacDole.

— Rose sera-t-elle là ?

Il secoua la tête.

— Non. Elle est partie pour le clan Grant rencontrer la famille de Roddy. Mais de nombreux membres du clan se trouvent en ce moment chez lui. Je vais séjourner un moment chez eux, s'ils veulent bien de moi. Tu aimerais la femme de Braden, Cairstine.

Le tableau qu'il brossait était plaisant. Pouvait-elle s'y risquer ?

Puis Daniel lui sourit, les yeux pétillants, et elle sut quelle serait sa réponse.

— Je vais demander, mais à une condition.

Elle agita son derrière sur le banc. Daniel lui faisait faire des choses qu'elle ne comprenait pas.

— Bien. Dis-moi ce que tu veux, et je le ferai si je le peux.

— Ta main. Raconte-moi ce qui est arrivé à ta main. Tu me l'as promis.

Lors de leur rencontre, Daniel aidait Roddy et Rose. Elle avait jeté un regard à son bras, remarqué sa main manquante et s'était exclamée :

— Qu'est-il arrivé à ta main ?

Daniel avait fait semblant d'être choqué, disant

qu'il ne savait pas où il l'avait perdue ou une autre réponse idiote, mais c'était typique de lui. Il lui avait promis de lui raconter la vérité plus tard.

— J'ai promis de te raconter si tu venais au clan Grant. C'était ce que nous avions covenu, répliqua-t-il avant de poursuivre. Mais je vais considérer que Braden est assez proche du clan des Grant. Si tu viens visiter son château, je te le dirai.

Il croisa les bras ; il ne voulait pas encore partager son secret.

Constance jeta un regard à la longue manche qui recouvrait son moignon. Il avait perdu sa main gauche au-dessus du poignet.

— Non, si tu veux que je vienne avec toi, tu dois me le dire maintenant.

Son imagination s'était emballée. Une partie d'elle craignait qu'il n'ait été blessé en guise de punition pour avoir volé ou commis un autre crime. Elle ne pouvait se défaire de l'idée qu'en découvrant comment il avait perdu sa main, elle apprendrait quelque chose d'important sur lui.

Il fixa le ciel nocturne et écarta les cheveux de son visage.

— D'accord. Je vais te le dire, mais accorde-moi un moment.

Elle devinait que ce devait être difficile pour lui. Daniel était un très bel homme. Ses cheveux étaient d'un acajou intense et riche, nuancé d'une touche de rouge, et sa peau impeccable était hâlée par le soleil, preuve du temps qu'il passait à l'extérieur. Ses yeux vert forêt, entourés de cils épais, brillaient avec humour. En réalité,

l'apparence de Daniel était presque parfaite,
jusqu'à ce que le regard se porte plus bas, au-delà
de ses puissants biceps et de sa large poitrine, vers
son côté gauche. Le choc de ne pas voir une
autre main l'avait prise au dépourvu la première
fois, et elle avait fixé le moignon cicatrisé sous le
coude. Cette nuit-là, les cicatrices n'étaient pas
visibles, à cause de la tunique qu'il portait. Elle ne
pouvait s'empêcher de se demander à quel point
cela avait été douloureux. Et de se dire qu'il avait
dû s'adapter à une perte aussi choquante.

— Raconte-moi, Daniel. S'il te plaît, insista-
t-elle, attrapant son bras blessé pour relever la
manche de sa tunique. J'ai besoin de savoir cela à
propos de toi.

CHAPITRE TROIS

DANIEL FERMA LES yeux brièvement, ne pensant plus à la belle bachelette devant lui, et revint en pensée au jour où cela s'était produit.

Cela. C'était ainsi qu'il avait toujours appelé l'incident qui l'avait mutilé.

Cela.

Cela s'était produit lors d'une chaude journée d'été. Cet été-là, il y en avait eu très peu. Son ami et lui avaient décidé de défier ses parents et d'aller nager au loch. Ils avaient eu l'interdiction de quitter l'enceinte du château, car des pillards rôdaient dans les environs. Deux de leurs camarades de clan avaient été tués, et son père avait envoyé des guerriers à leur recherche. Personne âgé de moins de quinze printemps ne devait quitter les murs du château jusqu'à ce que les coupables soient attrapés et punis.

Daniel et son ami avaient attendu que les gardes soient hors de vue pour se faufiler à l'extérieur de la courtine.

Une rapide baignade, c'était tout ce qu'ils

avaient voulu. Quelque chose pour se rafraîchir au milieu de cette chaleur.

Il n'avait même pas dit à son frère où il allait...

Constance posa la main sur le bout de son bras et caressa ses cicatrices. Il la fixa du regard, choqué. Quand est-ce que quelqu'un, en dehors de ses parents, avait touché sa blessure ?

— J'étais âgé de six printemps quand mon ami et moi sommes sortis en cachette pour nous rendre au loch. Mon père avait envoyé une patrouille de gardes à la recherche d'un groupe de pillards qui semaient le trouble sur nos terres. Mes parents nous avaient interdit de sortir de la courtine jusqu'à ce que les voleurs soient retrouvés.

— Vous les avez trouvés, affirma Constance.

— En réalité, ce sont eux qui nous ont trouvés. J'étais sur le point de plonger après mon ami quand nous avons ouï les chevaux. J'ai essayé de retourner à mon cheval avant qu'ils ne nous atteignent, mais mon ami était inconscient du danger, et j'ai perdu du temps à essayer de l'alerter. Lorsqu'ils nous ont finalement rejoints, l'un des pillards a attrapé mon ami par les épaules et l'a maintenu sous l'eau. J'ai réussi à prendre mon épée. Au lieu de m'enfuir, j'ai bêtement essayé de me protéger quand le brigand s'est jeté sur moi. Il a joué avec moi pendant un moment, se moquant de ma petite épée et me demandant de la balancer dans les airs. J'ai continué à reculer.

Il marqua une pause, savourant le contact de Constance sur sa peau. Il poursuivit.

— Les choses auraient pu se terminer différemment si mon frère ne nous avait pas suivis. David a dû aller sauver mon ami d'abord, parce que cette ordure était en train de le noyer. Quand il est venu m'aider, le pillard a cessé de me narguer, et il a donné un coup d'épée... et m'a tranché la main. David ne m'avait pas encore rejoint ; il n'aurait rien pu faire.

— Oh, Daniel ! s'exclama Constance, essuyant les larmes qui roulaient sur son visage. C'est horrible !

— Je ne me souviens pas de grand-chose après cela. Mon frère m'a sauvé la vie, du moins c'est ce que m'ont dit mes tantes, parce qu'il a noué son plaid au-dessus de mon coude, ce qui a permis d'arrêter l'émorrosagie[8]. Le plus étrange, c'est que mes doigts me faisaient mal même s'ils n'étaient plus là. Au début, j'étais furieux. J'étais en colère contre tout le monde autour de moi. Mais, ensuite, j'ai vu mon frère. Il considérait que c'était son échec. Il a trois printemps de plus que moi, et je l'ai ouï pleurer un jour, disant à ma mère que c'était sa faute parce qu'il était allé sauver mon ami au lieu de moi. Je n'avais pas réfléchi à la façon dont l'incident affecterait les autres personnes, mais plus je regardais autour de moi, plus je voyais la douleur dans leurs yeux. Alors, j'ai décidé d'arrêter de m'apitoyer sur mon sort et j'ai commencé à m'entraîner dans les lices avec mon frère. Je me suis juré de compenser ma perte en me musclant et en apprenant à manier l'épée d'une seule main.

— Je suis vraiment désolée, Daniel, dit Constance, lui prenant la main pour la serrer.

---

8   Hémorragie, saignement.

Il reconnut ce qu'il y avait dans son regard : de la pitié. Il ne voulait pas de sa pitié et il faillit s'éloigner d'instinct, mais elle continua à parler.

— Tu étais trop jeune pour t'en vouloir maintenant. Voilà ce que je ressens. As-tu d'autres frères et sœurs en dehors de David ?

— Oui. Il prendra la succession de ma mère, Diana Drummond.

— Tu es l'un de ces Drummond ? Ceux dont le laird est une femme ?

— Oui, celui dont la mère est laird. J'ai des parents formidables. Parle-moi de ta famille. D'où viens-tu ?

— De très loin. Mes parents ont huit enfants. Ils ne pouvaient pas tous nous nourrir, alors ils ont donné deux d'entre nous. Je suis venue à l'abbaye de Sona. Mon frère souhaite devenir moine et il est allé dans une autre abbaye.

— Sept frères et sœurs. Quelle chance tu as ! J'aimerais en savoir plus sur eux, mais d'abord, j'ai respecté ma part du marché. Maintenant, c'est à ton tour. Parle à l'abbesse dans la matinée. Puis-je venir te chercher quand le soleil sera au zénith ?

— Je vais lui parler. Nous avons toutes été bouleversées par ce qui s'est passé avec les autres bachelettes. Elles ont suggéré qu'il serait bon que nous rentrions chez nous pendant un certain temps, le temps de surmonter l'épreuve. Peut-être m'autoriseront-elles à voyager avec toi à la place, mais tu devras prendre des gardes avec toi, sinon l'abbesse ne me laissera jamais partir.

Daniel se leva d'un bond, puis se baissa pour déposer un baiser sur ses lèvres.

— Parfait ! Je vais te raccompagner jusqu'à ton couloir, ma chérie, et je reviendrai demain à sixte[9].

— Plus de baisers ?

Il la conduisit rapidement jusqu'au bâtiment.

— Non. Je ne veux pas prendre le risque que l'on m'interdise de te voir. Mais nous aurons tout le temps d'apprendre à mieux nous connaître chez Braden, lui murmura-t-il à l'oreille avant d'ouvrir la porte. Je te le promets.

Si elle devait avoir pitié de lui pour lui accorder une chance, il l'accepterait pour l'instant.

Constance était devant Daniel tandis qu'ils chevauchaient jusqu'au château de Muir, où vivaient Braden Grant et sa femme, Cairstine. Elle était surprise que l'abbesse lui ait autorisé cette visite. Alors que les femmes plus âgées avaient hésité, surtout après l'incident avec Daniel, Brodie Grant, le frère du célèbre Alexander Grant, avait accompagné Daniel à l'abbaye et rencontré l'abbesse. Il était parvenu à convaincre cette dernière de laisser Constance partir avec eux, lui promettant qu'elle serait de retour dans un délai de quinze jours.

Elle se laissa aller contre Daniel, s'imprégnant de son odeur de pin et de cheval, avec une touche de menthe provenant des feuilles qu'il avait mâchées. Ils ne s'étaient pas dit grand-chose, elle en avait plutôt profité pour se rapprocher le plus possible de lui, soupirant à chaque petit

---

9   Ou sexte : équivalent de midi.

réconfort qu'il lui offrait : le contact de sa main sur sa hanche, le murmure de son souffle contre son oreille, le resserrement de ses cuisses pour la maintenir en place alors qu'ils chevauchaient à travers les Highlands. L'automne avait été exceptionnellement chaud, et les arbres portaient encore de nombreuses feuilles colorées, pour son plus grand plaisir. Elle détestait les voir toutes tomber au début de l'hiver. La brise fraîche sifflait à travers les arbres, envoyant une nouvelle poignée de feuilles au sol, qui bruissèrent en atterrissant.

Dans les Highlands, les paysages changeaient sans cesse, et elle adorait cela. À peine avait-elle admiré le changement des feuilles qu'ils progressaient sur la laie[10] et se retrouvaient entourés d'une forêt de pins, dont les aiguilles vertes et l'odeur envahissaient tous ses sens.

Quel meilleur endroit que les bras de Daniel pour profiter de la beauté des Highlands ? Même si elle prenait un risque en chevauchant à découvert, loin de l'abbaye, il ne faisait aucun doute dans son esprit qu'elle serait en sécurité au château de Muir avec tous les Grant. Elle ferma les yeux et se détendit contre lui, heureuse d'être loin de l'abbaye, ne serait-ce que pour un court moment.

Lorsqu'ils furent arrivés, Daniel l'aida à descendre de cheval, mais elle trébucha et tomba contre lui. Il la rattrapa avec son bras droit.

— Je crois que tu t'es endormie, jeune fille.

— Vraiment ? marmonna Constance.

Elle ne voulait pas reconnaître à quel point

---

10   Sentier forestier.

elle s'était sentie à l'aise contre lui, mais comme elle ne mentait pas aisément, elle se dit qu'une dérobade était la meilleure façon de répondre.

Jusqu'à son arrivée à l'abbaye, elle n'avait jamais dit de mensonge. Pourquoi lui venaient-ils aussi facilement ces derniers temps ?

La réponse était simple. C'était une protection. Elle devait se protéger, puisque personne d'autre ne le ferait.

Les présentations se firent rapidement dans la grande salle. Une femme nommée tante Fina annonça :

— Nous avons des chopes de cervoise pour tout le monde. Des plateaux de fromages et des miches de pain seront servis ensuite. Fais comme chez toi.

Cairstine, la femme de Braden, s'approcha d'elle avec un sourire.

— Pourquoi ne te conduirais-je pas à ta chambre, Constance ? Je suis sûre que tu aimerais te reposer avant de manger.

Elle jeta un regard à Daniel, qui lui fit signe de suivre Cairstine.

— Va te rafraîchir si tu le souhaites. Fais ce que tu veux ici. Personne ne te donnera d'ordres ou de corvées à faire, je te le promets.

Constance le surprit en train de la regarder alors qu'elle suivait Cairstine dans l'escalier.

— C'est une belle chambre, dit Cairstine en la guidant le long du couloir jusqu'à une pièce tout au bout, mais elle n'a pas été utilisée depuis longtemps.

— Je me sens mieux en sachant que je ne prends la chambre de personne. Je...

Constance faillit se trahir, prête à avouer des choses qu'elle savait de la noblesse, mais elle se rattrapa à temps. Elle ne pouvait révéler à personne ses origines.

— Hilda vient de la nettoyer, expliqua Cairstine, qui ouvrit la porte et se recula. Elle a insisté pour *tout* nettoyer. Et le linge de maison est propre lui aussi. Je vais te faire envoyer de l'eau fraîche.

Des bruits de pas résonnèrent dans le couloir, comme si quelqu'un courait. Cairstine sourit.

— Ce doit être mon fils, Steenie. Il est très heureux que nous ayons de la visite.

Steenie, un petit garçon aux yeux brillants, entra en trombe dans la chambre.

— Maman ! Nous avons des invités !

Il s'immobilisa dès que son regard se posa sur Constance.

— Tu l'as trouvée !

Cairstine fit claquer sa langue.

— Steenie, où sont tes bonnes manières ?

Le petit garçon croisa les bras.

— Bien le bonjour, my lady, et bienvenue au château de Muir, lança-t-il.

Il s'interrompit un instant. Puis il poursuivit en disant tout ce qui lui passait par la tête, comme l'enfant qu'il était.

— Nous n'avons jamais eu à faire cela quand mon vrai père était ici, maman. Pourquoi maintenant ?

— Tu sais pourquoi, mon garçon. S'il te plaît, ne sois pas impoli avec notre invitée.

L'enfant baissa les yeux vers le sol.

— Mes excuses, maman. J'aime mieux cet endroit maintenant, moi aussi. Il est très joyeux, contrairement à avant, dit-il avant de se précipiter vers sa mère qu'il serra dans ses bras. Je t'aime, maman. Bien le bonjour à ton amie. Puis-je retourner voir Paddy et Corc ? Il a besoin d'aide avec les nouveaux chevaux.

— Tu peux y aller, répondit Cairstine. Fais attention à Corc.

Steenie était déjà en train de dévaler l'escalier, mais il répondit en criant :

— Je le ferai, maman.

Constance ne put s'empêcher de rire.

— C'est un gentil garçon.

— Ce pauvre Steenie a dû s'adapter, mais c'est pour le mieux. C'est une longue histoire, mais nous avons été bénis le jour où Braden Grant est entré dans notre vie. Mon clan était le clan Muir.

Constance hocha la tête, décidant de mettre ses questions de côté. Cairstine était une femme charmante et leur château était très agréable.

— Braden était impliqué dans l'affaire du loch ?

— Oui. C'était une horrible situation. Tu n'étais pas sur le bateau, n'est-ce pas ? Pauvre Rose. Quelle frayeur cela a dû être ! s'exclama Cairstine, se tordant les mains avant de jouer avec les fourrures sur la couche.

— Je n'étais pas sur le bateau, mais j'étais là. Je n'ai jamais eu aussi peur de toute ma vie.

Cairstine tapota ses mains.

— Tu n'as plus besoin d'avoir peur. J'espère que tu apprécieras ton séjour ici. Nous ne sommes pas nombreux, mais Steenie apporte de la vie ici, et nous avons deux merveilleuses cuisinières. Peut-être pourrais-tu m'aider à préparer le jardin pour le printemps prochain, si tu le souhaites, suggéra-t-elle en se dirigeant vers la porte. Je vais te faire monter de l'eau. Prends ton temps. Et si tu as besoin de quoi que ce soit, je serai ravie de t'aider.

Puis elle partit en refermant la porte derrière elle.

Constance se laissa tomber sur le lit, inquiète à présent. Elle avait été très enthousiaste à l'idée de quitter l'abbaye, mais elle se rendait compte qu'elle allait devoir mentir sur son passé. De manière convaincante. À beaucoup de gens.

Elle ne redescendrait pas tant qu'elle n'aurait pas toute une histoire prête dans sa tête. Elle allait devoir se créer une nouvelle vie, puis se la répéter plusieurs fois pour ne pas l'oublier.

C'était la seule façon pour elle de s'en sortir avec son mensonge.

CHAPITRE QUATRE

D ANIEL SE DIRIGEA vers les écuries tôt le lendemain matin. Constance n'était pas redescendue dans la grande salle la veille. Cairstine avait dit qu'elle semblait épuisée, et ses cousins Braden et Connor étaient du même avis. Après tout ce qu'elle avait vécu, elle méritait de pouvoir dormir aussi longtemps qu'elle le souhaitait.

Daniel ne pouvait pas le contester, mais il avait détesté perdre ne serait-ce qu'une nuit. Il souhaitait apprendre à mieux la connaître.

— Corc, dit-il au maître d'écurie, je crois que j'ai besoin d'un cheval, juste une petite balade pour me changer les idées ce matin. Je vais le seller.

— Ne t'inquiète pas, mon garçon. Je vais seller la bête pour toi. C'est un beau cheval. Est-ce que tu chevauches seul, Fantôme ? s'enquit Corc, soulevant la selle pour la placer sur le dos de l'animal.

Daniel sourit en ouïssant l'homme utiliser son surnom. Ses cousins le lui avaient donné, et il ne manquait jamais de l'amuser. Il avait vraiment la capacité d'entrer et de sortir d'un endroit sans être vu, alors peut-être le méritait-il.

Il était sur le point de répondre à Corc, mais il n'en eut pas l'occasion, car il ouït le timbre joyeux de la voix d'une bachelette venant du château, suivi d'un petit rire. *Constance.* Suffisamment fort pour que les gens autour de lui l'ouïssent, il s'éclaircit la gorge et répondit :

— Peut-être pas. J'aimerais beaucoup profiter de la compagnie d'une beauté aux cheveux de feu. Je peux toujours espérer qu'elle soit à ma recherche, n'est-ce pas, Corc ?

Ce dernier ricana.

— Si vous savez ce que cette bachelette a à l'esprit, alors vous êtes plus malin que le reste d'entre nous.

Daniel sortit et faillit heurter Constance.

— Bonjour à toi, jeune fille. Où vas-tu si vite ?

Steenie la suivait de près.

— Je l'ai conduite ici pour qu'elle rencontre Paddy le poney. Suis-moi, Constance.

Celle-ci haussa les épaules et adressa un sourire à Daniel, lui prenant la main alors qu'ils avançaient dans les écuries.

Daniel jeta un regard par-dessus son épaule à Corc, qui souriait à présent, puis il s'adressa à Steenie.

— Puis-je également rencontrer ton poney ?

— Oui ! s'écria Steenie. C'est mon meilleur ami. Quel est ton nom, déjà ? s'enquit le petit garçon, qui s'arrêta pour lever les yeux vers Daniel.

— Je m'appelle Daniel.

— Qu'est-il arrivé à ton autre main ? l'interrogea Steenie, qui regardait fixement l'endroit où aurait dû se trouver sa main.

— Steenie ! le tança Corc en les suivant jusqu'à la stalle. Sois poli.

L'étincelle dans ses yeux ne concordait pas avec son ton de reproche.

— N'ai-je pas le droit de lui poser la question ?

Corc s'éclaircit la gorge, se tournant vers Daniel pour avoir son avis sur la question. Celui-ci lâcha la main de Constance et s'accroupit pour qu'ils soient au même niveau.

— Si, tu peux me poser la question. Je l'ai perdue lors d'un combat à l'épée quand j'avais six printemps. Alors, promets-moi d'être prudent quand tu joues avec de vraies épées.

Les yeux de Steenie s'écarquillèrent devant cette révélation.

— Mais je n'ai que cinq printemps ! Tu as participé à un combat à l'épée à l'âge de six printemps ?

— Je n'aurais pas dû. Je me suis rendu dans un endroit où je n'aurais pas dû aller, et un méchant homme m'a donné un coup d'épée.

Corc intervint :

— Tu vois pourquoi tu dois nous écouter et ne pas t'éloigner au-delà des portes quand nous te le disons, mon garçon ?

— Est-ce que tu étais à l'extérieur des portes ? s'enquit Steenie, toujours incapable de détourner le regard du moignon de Daniel.

— Oui, confirma-t-il en se relevant. Mon père

m'avait interdit d'y aller, mais je l'ai fait quand même.

Corc laissa échapper un petit sifflement.

— Désolé, mon garçon, dit-il en serrant l'épaule de Daniel. Voilà une manière bien difficile d'apprendre une leçon.

Constance ébouriffa les cheveux de Steenie.

— Cela ne t'arrivera pas si tu écoutes Corc et tes parents. Tu dois rester là où tu es en sécurité. Il y a des gens méchants qui se cachent à l'extérieur des châteaux.

Daniel changea rapidement de sujet après avoir remarqué le regard de Steenie. Cela ne servait à rien d'effrayer ce pauvre garçon.

— Où se trouve ce poney si spécial dont j'ai tant ouï parler ?

Steenie se précipita vers la dernière stalle et pointa fièrement son poney du doigt.

— Tu le vois ? N'est-il pas beau ?

Il caressa le museau de Paddy dès que la petite bête s'approcha de la porte. Puis l'animal se tourna vers Daniel, comme pour exiger les mêmes attentions de sa part. Comme ce dernier ne réagissait pas, le poney le poussa.

Daniel regarda Steenie pour avoir ses conseils.

— Fait-il souvent cela, mon garçon ?

Paddy le poussa à nouveau. Steenie se mit à rire.

— Il veut quelque chose à manger.

Daniel fouilla l'écurie du regard et trouva un petit seau de pommes à proximité. Il n'avait encore jamais vu de cheval qui n'aimait pas les pommes. Il retourna vers le poney et lui offrit la friandise, qu'il saisit entre ses dents avec un hennissement.

— C'est bien ce qu'il voulait. Steenie, tu le connais bien.

Paddy lui donna un autre coup de museau, mais, cette fois, il le poussa vers Constance. Daniel laissa le poney jouer, ravi d'être plus près de la bachelette, et il se déplaça lentement vers elle.

Steenie rit encore.

— Il dit que tu aimes Constance. Paddy voit bien que vous êtes faits l'un pour l'autre.

Corc agita la main d'un air dédaigneux.

— Ne faites pas attention à cet animal. Il est un peu particulier.

Paddy s'approcha alors de Constance et poussa du museau la main de la bachelette qui tenait la porte. Elle ouvrit la paume, et le petit poney des Highlands la renifla.

— Il t'aime bien, Constance. Tu vois ? Je te l'avais dit. Il est magique.

Steenie était très fier de son animal, et le visage de Constance s'était illuminé d'une expression de pur bonheur qui donnait à Daniel l'envie de l'embrasser.

Corc rit à son tour et ébouriffa les cheveux du garçon.

— Mon garçon, nous avons du travail. Tu vas m'aider à seller cette jument pour Constance, pendant que je selle le cheval de Daniel. Ils veulent aller se promener.

Les yeux de Constance s'écarquillèrent et elle murmura à l'oreille de Daniel :

— Vraiment ?

Il lui répondit en chuchotant à son tour.

— J'aimerais beaucoup que tu te joignes à moi.

Le sourire de la bachelette illumina les écuries.

— Puis-je aller avec eux, Corc ? demanda le petit garçon en sautillant.

— Non. Tu as des corvées à faire, et, parfois, les garçons et les bachelettes aiment être seuls. Une autre fois, peut-être.

Steenie prit la main de constance et la guida jusqu'à la stalle d'une jolie jument alezane. Il regarda la bachelette et lui expliqua :

— Cette jument est la meilleure. C'est celle de ma mère.

— Elle doit donc être très spéciale, répondit-elle, puis elle se pencha vers le petit garçon pour lui faire part de sa demande. Cela te dérange-t-il si je l'emprunte ?

— Non. Elle ne se promène pas beaucoup. Elle sera heureuse de pouvoir galoper, pour changer.

Le garçon partit dans une autre direction avant de revenir avec la selle de sa mère. Il ne semblait pas le moins du monde contrarié par le fait que Corc lui avait demandé de rester.

Une fois qu'ils furent en selle, ils partirent dans la belle prairie au-delà de la porte. Daniel jeta un regard à Constance, ravi de voir le sourire sur son visage. Il avait craint qu'elle ne se sente mal à l'aise en dehors des quartiers fermés de l'abbaye, mais elle semblait heureuse d'être libre et en sa compagnie. Quel beau spectacle elle offrait ! Ses longs cheveux dansaient dans le vent, ses hanches rebondissaient et se balançaient au gré des mouvements de son cheval. C'était une cavalière gracieuse.

Constance agita les rênes et fit galoper son cheval à travers la prairie, entraînant la jument devant Daniel avec un rire joyeux. Ils firent la course jusqu'à ce qu'ils atteignent l'autre côté de la prairie, et Daniel arrêta son cheval à côté de celui de Constance en criant :

— Je reconnais ma défaite ! Je la reconnais. Vous êtes une excellente cavalière, my lady.

Le teint de Constance pâlit instantanément, et Daniel se demanda ce qu'il avait bien pu dire de mal.

— Que se passe-t-il ?

— Rien. C'est juste que… pourquoi as-tu dit « my lady » ?

— C'est un terme respectueux, my lady.

— Mais je ne suis pas de sang noble.

Daniel adoucit son ton.

— Peut-être pas, mais tu as l'air d'une reine à mes yeux.

— S'il te plaît, ne me donne pas un nom que je ne porte pas.

Daniel décida de ranger cette étrange conversation dans un coin de sa tête, pour y réfléchir plus tard. Pour le moment, il écouterait sa demande.

— D'accord. Souhaites-tu explorer la laie qui descend dans la vallée ? C'est très beau, surtout maintenant que les feuilles ont changé de couleur.

— J'aimerais beaucoup.

— Si nous trouvons des arbres fruitiers, nous ferons une cueillette pour nos hôtes.

— D'accord.

Ils continuèrent leur promenade sur un sentier
où ils pouvaient chevaucher côte à côte, mais à un
rythme beaucoup plus lent, qui covenait à Daniel.

— Parle-moi de ton clan.

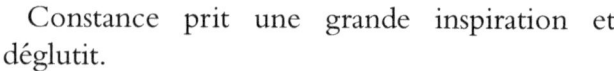

Constance prit une grande inspiration et
déglutit.

— Il n'y a pas grand-chose à dire. Nous ne
faisons pas partie d'un clan. Nous avons notre
propre maison dans la forêt. Il y a trois cottages
parce que les deux frères de mon père vivent
à côté de nous pour nous aider à lutter contre
les pillards. Nous ne possédons pas grand-chose,
mais la sœur de mon père s'est bien mariée, et
ils vivent dans un magnifique château. Nous ne
sommes pas loin d'eux, mais mon père préfère se
tenir à l'écart de son clan.

— Des noms ? Quel est le clan de ta tante ?

Constance l'interrompit rapidement avant qu'il
n'aille plus loin. Elle ne voulait pas lui donner
d'informations qu'il pourrait vérifier.

— J'ai trois sœurs : Sybil, Joan et Denise. Quatre
frères : Neville, Gareth, Gilbert et Noah. Noah et
moi sommes les plus jeunes, et c'est donc nous
qu'ils ont envoyés ailleurs. Les autres aident mes
parents. Sybil, Neville, Gareth et Joan sont déjà
mariés.

— Est-ce qu'ils vivent près de chez toi ?

Elle bégaya, car c'était une question qu'elle
n'avait pas envisagée. Puis elle répondit.

— Oui. Ils ont tous construit des huttes près de nous.

— Cela fait plus que trois cottages, commenta Daniel, mais s'il trouvait sa réponse étrange, son expression n'en montra rien.

— Oui, marmonna-t-elle. Je voulais dire qu'il y en avait trois à l'origine.

Bon sang ! Elle commençait déjà à se perdre dans ses propres mensonges. Plutôt que de le laisser lui poser d'autres questions, elle poursuivit.

— Mes sœurs me manquent beaucoup.

C'était enfin quelque chose qui n'était pas un mensonge.

— De quelle sœur es-tu la plus proche ? J'ai toujours pensé que ce serait bien d'avoir une grande famille, même si j'ai beaucoup de cousins que j'aime.

— Denise. Nous partagions tout.

Elle ne put s'empêcher de devenir pensive en songeant à sa chère sœur. Elle l'adorait vraiment.

— Avez-vous tous les cheveux roux ?

Constance éclata de rire.

— Non. Denise et moi nous ressemblons énormément, mais ses cheveux sont dorés, avec juste un peu de roux. Les cheveux de Sybil sont châtain clair et ceux de Joan sont si clairs qu'ils sont presque blancs. Denise et moi sommes les deux seules filles à avoir des taches de rousseur.

— Pourquoi avez-vous tous des prénoms anglais ? Je croyais que tu étais écossaise.

— Nous le sommes, mais ma mère était anglaise.

Un grand oiseau se mit à crier et Daniel ralentit.

— Je connais ce son.

Constance balaya du regard les alentours, soudain effrayée par ce qui était sur le point de se produire. Ce cri ne venait pas du tout d'un oiseau.

— Je vois quelqu'un !

Elle commença à paniquer et fit faire demi-tour à son cheval, manquant de heurter Daniel dans sa précipitation. La peur d'être reconnue était puissante, même si elle était loin dans les Highlands et qu'il était presque impossible que quelqu'un la connaisse. Sa douce jument renâcla, remarquant son changement de comportement.

— Je rentre, annonça Constance, la voix haute, tendue.

Daniel la suivit et il répondit au cri de l'oiseau par l'un des siens. La bachelette ouït à nouveau le cri, et son cœur s'emballa si fort qu'elle crut qu'il allait jaillir de sa poitrine.

Daniel se plaça à sa hauteur.

— Tu n'as pas à t'inquiéter, Constance.

Sauf qu'elle *était* inquiète. Elle entraîna son cheval sur le chemin jusqu'à ce qu'ils soient presque arrivés à la prairie. Là, elle ralentit enfin sa monture.

— Je vais traverser la prairie aussi vite que possible.

Daniel la rattrapa et saisit les rênes de son cheval.

— Non, ralentis. Ce n'est que mon frère, David. Je les vois arriver sur le chemin à travers les arbres. Je pense que sa femme Anna est également avec lui. S'il te plaît, je dois l'attendre.

Constance ne se rendit compte qu'elle avait

retenu son souffle qu'une fois qu'elle se remit à respirer.

— D'accord. J'attendrai.

Daniel avait sûrement remarqué sa réaction singulière, mais il ne semblait pas vouloir insister. Avec un peu de chance, l'arrivée de son frère le distrairait.

Elle patienta aux côtés du jeune homme, observant son visage qui s'illuminait à mesure que son frère se rapprochait. C'était merveilleux que les deux frères soient aussi proches. Cela lui fit penser à Denise, et donc à la situation chez elle... Mais à mesure que David Drummond s'approchait, elle chassa ces pensées et s'ancra dans l'instant présent. Elle allait rencontrer le frère de Daniel et elle s'en réjouissait.

À mesure que les cavaliers approchaient, elle fut frappée par la ressemblance entre les deux frères. Les yeux verts sur le visage qui lui souriait étaient presque les mêmes que ceux dans lesquels elle aimait se plonger, mais ils ne pétillaient pas d'autant d'humour. Le frère de Daniel était plus grand que lui, mais pas de beaucoup ; ses cheveux étaient d'un brun intense. Les yeux d'Anna étaient également verts, mais ses cheveux étaient d'une belle couleur auburn, comme si le brun dansait avec le rouge.

— Bonjour, David ! lui cria Daniel dès qu'ils furent à portée de voix. Qu'est-ce qui t'amène si loin dans les Highlands ?

Soudain, il redevint sérieux.

— Est-ce que maman et papa vont bien ?

— Oui, ils vont bien tous les deux. J'ai promis

à Anna que nous ferions un petit voyage pour rendre visite à certains de nos cousins. Nous nous sommes dit que la nouvelle maison de Braden serait parfaite. Certains de nos autres cousins sont-ils encore ici ? Nous avons appris que votre mission avait été couronnée de succès.

— Oui ! Bonjour, Anna, la salua-t-il alors que la femme de David approchait son cheval de celui de son mari. Voici Constance. Quelqu'un que j'ai rencontré à l'abbaye. Elle envisage de prononcer ses vœux, mais j'espère la convaincre du contraire. Nous vous expliquerons plus tard.

Ils prirent la direction du château de Muir, suivis par les cinq gardes qui accompagnaient David et sa femme, tandis que Daniel répondait aux autres questions de son frère.

— Connor est toujours là, mais Roddy et Rose sont repartis pour les terres Grant. L'oncle Brodie et la tante Celestina seront ravis de te voir. Même si les frères et sœurs Grant étaient en réalité leurs cousins du côté des Drummond, les deux garçons parlaient de l'ancienne génération comme de tantes et d'oncles.

En chemin, les deux frères discutèrent de la dernière mission de la bande de cousins, celle qui avait rapproché Daniel et Constance. Cette dernière poussa un soupir de soulagement. Même s'il était difficile de songer à tout ce qu'ils avaient vécu, c'était mieux que de faire face à des questions sur son passé.

Ils étaient presque arrivés au château lorsque David lui posa une question qu'elle n'avait pas prévue.

— Constance, comment s'appelle ton père ?

Zut ! C'était une question si simple, mais elle n'y avait pas réfléchi. Elle avait imaginé une histoire au sujet de son père, mais elle n'avait pas songé à lui donner un faux nom. Elle ne pouvait pas prendre le risque d'utiliser son vrai nom. Daniel était rusé, et elle ne doutait pas qu'il serait capable de les retrouver. Elle se mordilla la lèvre inférieure tout en cherchant frénétiquement un nom qui les tromperait. Il fallait que ce soit quelqu'un qu'ils ne connaissaient pas.

Tentant d'abord de les distraire à nouveau, elle dit :

— C'est une très belle journée. Vous n'êtes pas d'accord ?

Elle serait forcée de mentir, mais elle aurait aimé prendre le temps de mieux y réfléchir. Il fallait trouver le bon nom pour ne pas éveiller les soupçons.

— Une fabuleuse journée d'automne, approuva Anna. Nous avons vu des paysages spectaculaires. J'aime les teintes automnales de vert, d'or et de rouge.

— Constance ? insista Daniel. Comment s'appelle ton père ?

Une centaine de noms se bousculèrent dans sa tête. Sans prendre le temps d'y réfléchir, elle lança l'un d'entre eux, mais dès que les mots sortirent de sa bouche, elle se rendit compte qu'elle s'était trompée. Si son père avait pris soin de ne jamais inclure les bachelettes dans les discussions sur les batailles et les clans, elle croyait avoir ouï des rumeurs à propos de celui-ci.

Mais il était trop tard pour se rétracter. Elle avait déjà prononcé le nom suffisamment fort pour que tout le monde l'ouïsse.

— Buchan. Mon père s'appelle Glenn de Buchan.

CHAPITRE CINQ

DANIEL FIT DE son mieux pour masquer sa surprise devant la réponse de Constance. La plupart de ses cousins, tout comme lui, avaient participé à la bataille qui avait causé la mort de Glenn de Buchan. Elle n'était pas la fille de cet homme, il en était certain. Ce qu'il ignorait, en revanche, c'était pourquoi elle avait éprouvé le besoin de mentir.

Il avait déjà senti qu'elle cachait quelque chose. Constance n'était pas une menteuse née, et cela se voyait. Quelle était la part de vérité dans ce qu'elle racontait ? Avait-elle sept frères et sœurs ? Il avait envie de lui poser la question, mais il devait agir avec prudence. Quelque chose l'avait effrayée, il le savait, et c'était sans doute la raison pour laquelle elle avait refusé d'accompagner Rose au clan Grant.

Il adressa un regard à son frère, lui faisant signe de ne pas insister, car David devait lui aussi savoir qu'elle avait raconté un mensonge. Ce dernier acquiesça et changea de sujet.

— Je suis ici pour aider les cousins si je le peux, même si c'est de façon modeste.

S'il faisait partie de la bande de cousins, il n'avait pas voyagé avec eux depuis un certain temps.

— Nous avons été très heureux d'apprendre les nouvelles pour Braden, mais nous n'avons pas encore rencontré sa femme. J'ai hâte de voir Cairstine, dit Anna. J'ai l'impression que nous avons vécu les mêmes malheurs.

Une fois de retour au château de Muir, les nouveaux arrivants furent accueillis chaleureusement, et tout le monde s'installa autour de l'imposant foyer de la grande salle, pour discuter de la dernière mission. David était impatient d'ouïr tous les détails, et Connor et Braden le renseignèrent avec une vigueur que tous semblaient posséder dans la bande de cousins.

Mais Daniel était distrait, incapable de se concentrer sur autre chose que Constance. Il avait cru perdre son cœur pour cette bachelette, mais pouvait-il faire confiance à quelqu'un qui mentait sur quelque chose d'aussi simple que le nom de son père ? Il souhaitait que David et sa femme apprécient Constance, mais il savait que son frère le questionnerait sur ce mensonge évident dès qu'il en aurait l'occasion.

Quelque chose lui disait que son histoire était plus compliquée, qu'elle courait un danger quelconque, mais cela l'enrageait quand même qu'elle ait cru bon de mentir. Cela signifiait qu'elle ne lui faisait pas confiance. Il était assis sur une chaise à côté d'elle, à l'extérieur du cercle.

Son handicap l'exaspérait : il voulait lui tenir la main, mais elle se trouvait sur son côté gauche. Si seulement il pouvait lui offrir ce simple réconfort.

Constance dit :

— Anna, tu nous as dit avoir vécu des malheurs. Rose a failli être capturée et vendue par cet horrible groupe. As-tu vécu quelque chose de similaire ?

Anna saisit la main de son mari, comme pour puiser de la force dans l'homme assis à ses côtés.

— Mon père, Lorne MacGruder, a essayé de me garder prisonnière, car il ne voulait pas que j'épouse David. Il désirait à ce point empêcher notre mariage qu'il m'a droguée, cachée, et qu'il a essayé de m'unir à un vieil homme. Lorsque ses tentatives pour m'éloigner de David ont échoué, mon frère m'a vendue à des hommes qui travaillent dans le canal de Dubh. J'aurais aisément pu être envoyée de l'autre côté des mers. Voilà pourquoi j'ai particulièrement envie que David aide ses cousins.

Daniel lisait la peur dans les yeux de Constance. Le regard de la bachelette passait d'une personne à l'autre, ses mains tordant sa robe sur ses genoux. De temps en temps, elle essayait de s'empêcher de remuer, mais cela recommençait peu après. Oui, quelque chose l'avait effrayée. Heureusement, Braden se leva, puis il prit la main de sa femme.

— Venez, David et Anna, nous allons vous montrer votre chambre à l'étage. Ensuite, une fois que vous serez installés, nous serons ravis de vous faire visiter nos terres.

Dans l'effervescence qui s'ensuivit, Constance parvint à s'esquiver dans les cuisines sans que personne ne s'en aperçoive.

Sauf lui. Daniel la suivit.

Elle se dirigea tout droit vers la porte arrière, puis elle se mit à courir à toute allure vers le mur d'enceinte.

Daniel prit le même chemin, et il la vit fondre en larmes avant de se jeter sur un banc à l'arrière de la propriété. Elle laissa retomber sa tête entre ses mains, pleurant de toutes ses forces.

Daniel hésita, mais les pleurs de Constance faillirent lui briser le cœur. Peut-être souhaitait-elle rester seule, mais il ne trouva pas la force de s'éloigner. Il s'approcha du banc sur la pointe des pieds et lui saisit doucement l'épaule pour ne pas l'effrayer, mais son geste la secoua suffisamment pour qu'elle sursaute. Elle releva la tête, puis passa les bras autour de son cou lorsqu'elle le reconnut.

— Ma belle, qu'est-ce qui te bouleverse à ce point ?

Il se laissa tomber sur le banc, puis parvint à la hisser sur ses genoux et l'entoura de ses bras, sa main droite s'agrippant à son avant-bras gauche.

Constance releva la tête suffisamment longtemps pour dire :

— Oh, Daniel ! Je ne sais pas par où commencer.

Sa tête retomba sur l'épaule du jeune homme et elle sanglota de plus belle. Son corps entier se contractait et se soulevait de temps à autre, sa respiration était saccadée et donnait à Daniel envie de partir à la recherche de la personne qui l'avait rendue si malheureuse.

— Constance, tu trembles. Cela ne peut pas être aussi terrible que cela.

En réponse, elle leva la tête, le regarda et acquiesça, puis elle la laissa retomber, resserrant sa prise sur son biceps comme si elle n'allait jamais le lâcher.

Daniel appuya sa tête sur le haut de celle de Constance, une position qui lui permettait de s'offrir le luxe de profiter de son parfum fleuri, alors que les mèches soyeuses de ses cheveux taquinaient sa joue.

— Cela a-t-il un rapport avec ton père ?

La bachelette acquiesça, sans lever la tête.

— Ton père n'est pas Glenn de Buchan, n'est-ce pas ?

Elle se raidit dans ses bras, puis poussa contre son torse pour se détacher de lui, se déplaçant jusqu'à l'extrémité du banc. Il voulut lui prendre la main, mais elle le repoussa encore, la respiration saccadée. Elle recommença à agiter les doigts. Il savait à présent à quel point elle était bouleversée.

— Juste ta main, murmura-t-il. Puis-je te tenir la main, Constance ? Tu es toujours ma douce campanule, quoi qu'il arrive.

Elle l'observa pendant près d'une éternité avant de hocher lentement la tête, puis de hoqueter.

Daniel prit la main de Constance quand elle la lui tendit, la posa sur ses genoux et commença à suivre lentement le contour de ses doigts. Il commença par son pouce, puis effleura chacun d'eux doucement, selon un rythme régulier. La bachelette suivait ses gestes du regard ; aucun d'eux ne dit un mot avant qu'il n'ait fait cela sur toute sa main.

Il espérait l'avoir suffisamment apaisée pour qu'ils puissent avoir une conversation sérieuse.

— Constance, tu n'as pas besoin de me dire qui est ton vrai père, mais Glenn de Buchan est mort au combat, et il n'avait que deux fils et une fille. Je connais sa fille Davina.

La bachelette détourna son regard de ses doigts, puis elle le regarda, le visage rougi et gonflé par les larmes.

— C'est le seul nom qui m'est venu à l'esprit.

— Tu n'as pas besoin de me le dire. Mais réponds simplement à une question, si tu le veux bien. Ton véritable père est-il la raison pour laquelle tu es à l'abbaye ?

Elle sortit un carré de lin de sa manche, et elle se tamponna les yeux. Lorsqu'elle eut terminé, elle poussa un profond soupir et murmura :

— Oui. Mais c'est tout ce que je dirai.

— Cela me covient, et je te remercie pour cela.

Les doigts de Daniel remontèrent le long de son bras, poursuivant ses légères caresses sur son épaule, son cou, et sa joue. Constance frissonna. Elle ne le repoussait toujours pas, alors il se pencha en avant, ses lèvres effleurant celles de la bachelette en une douce caresse. Il se retira et la regarda droit dans les yeux, espérant qu'elle lui permettrait de continuer.

— Je tiens beaucoup à toi et j'aimerais t'aider. C'est la seule raison pour laquelle je suis ici.

Elle gémit et prit le visage de Daniel entre ses mains, l'attirant vers elle. Il l'embrassa à nouveau, et elle écarta les lèvres sur un autre gémissement. Il titilla sa langue et elle fit de même. Ils se goûtèrent et se touchèrent jusqu'à ce qu'il craigne de se perdre à cause des sons qu'elle émettait.

Mais il ne voulait pas profiter d'elle, alors il mit fin au baiser. Elle tomba vers lui et il sourit, passant un bras autour de ses épaules.

— Je veux plus de toi aussi, ma belle, mais pas ici, pas maintenant.

Il rit, puis l'embrassa sur le front quand elle posa sa tête sur son épaule.

— Daniel, je ne sais pas quoi faire.

— Si tu te confies à moi à propos de ce qui te trouble, je pourrai peut-être t'aider, mais je ne pourrai rien faire si tu ne t'ouvres pas à moi.

Elle soupira, un son chargé de tant de mécontentement et de frustration qu'il éprouva soudain l'envie de réduire en bouillie quiconque lui avait fait ressentir une telle douleur. S'agissait-il de son père ou de quelqu'un d'autre ?

— Je me suis enfuie de chez moi. Écouter Anna parler de sa famille m'a bouleversée. Je ne veux pas parler de mon père.

Elle sortit quelque chose des plis de sa robe, puis frotta ses doigts sur la surface tout en contemplant l'objet.

— Qu'as-tu dans ta main ? s'enquit Daniel.

Elle lui tendit l'objet pour qu'il le voie. C'était une amulette rouge foncé à la forme étrange.

— Je l'ai prise chez moi. Tu vois, elle a presque la forme d'un cœur. Il fallait que j'aie quelque chose qui me rappelle ma mère. Je la considère comme ma pierre porte-bonheur.

— La pierre est très belle. Je te conseille de ne pas laisser quelqu'un savoir que tu l'as sur toi. Elle pourrait s'avérer très précieuse, lui dit Daniel avant de reprendre sa main dans la sienne, caressant ses articulations avec son pouce. Tu es assez grande pour prendre tes propres décisions. Tu n'es pas obligée de le revoir si tu n'en as pas envie. Dis-moi une chose. Es-tu heureuse à l'abbaye ? Ressens-tu l'appel à devenir nune ?

Constance se redressa, le menton tremblant dès qu'elle croisa le regard de Daniel.

— Je n'en suis pas sûre, mais mon père me déteste, alors je n'ai nulle part d'autre où aller.

Daniel n'avait aucune réponse à lui apporter pour le moment. Il désirait protéger sa petite campanule, mais le laisserait-elle faire ? Et pouvait-il lui promettre une telle chose alors qu'il s'était engagé à rechercher les hommes malfaisants qui dirigeaient le canal de Dubh ?

Il ne pouvait s'empêcher de fixer du regard le joyau rouge qu'elle tenait encore dans sa main. Elle était d'une beauté envoûtante, et plus il la regardait, plus il était certain qu'elle était d'une grande valeur. Il devait la convaincre de la garder cachée.

— Constance, combien de personnes à l'abbaye ont vu cette pierre ?

— Je n'en suis pas sûre. Je la garde bien cachée. Elle est toujours dans ma poche. Pourquoi ?

Elle leva les yeux vers lui, et la confiance qui se lisait dans ses yeux verts pleins d'âme le rendit humble.

— Je te conseillerais de la montrer le moins

possible. Des personnages peu recommandables se cachent là où on les attend le moins. Sois très prudente avec ceci.

Tous deux fixèrent l'objet du regard ; la lumière se reflétait sur les différentes facettes de la pierre rouge.

Qui que soit Constance, il était certain d'une chose.

Sa famille était loin d'être pauvre.

CHAPITRE SIX

L E LENDEMAIN MATIN, Constance frotta
ses yeux encore pleins de sommeil. Elle avait
fait un rêve où Daniel la prenait dans ses bras,
lui parlait avec douceur, si vivace qu'elle l'avait
cru réel. Il avait presque chassé les souvenirs de
son cauchemar, dans lequel son père l'enfermait
comme celui d'Anna l'avait fait avec elle.

Le doux Daniel l'avait aidée à tout oublier.

Elle ne put s'empêcher de soupirer au souvenir
de son rêve, et, mieux encore, au souvenir de sa
véritable expérience avec lui. Il l'avait câlinée,
fascinée, embrassée à en perdre la raison. Elle
ferma les yeux pour savourer ces pensées. Il
n'avait rien à voir avec les autres garçons qu'elle
avait connus.

Surtout celui dont elle s'était crue amoureuse.

Elle chassa cette idée de son esprit. Elle aurait
aimé rester ici, mais elle décida que c'était
impossible. Les hommes de son père finiraient par
la rattraper. Ils pourraient l'enlever avant qu'elle
puisse crier. Elle les avait déjà vus à l'œuvre à
maintes reprises.

Elle ne leur donnerait pas cette occasion. Constance n'avait d'autre choix que de retourner à l'abbaye, même si elle pensait pouvoir voler quelques jours de bonheur supplémentaires. Elle avait fait un pacte avec Dieu. *Encore trois jours, Seigneur, et je reviendrai accomplir Votre œuvre, quelle que soit Votre volonté.*

Trois jours de plus avec Daniel, s'il vous plaît !

Ensuite, elle retournerait à son havre de paix, à l'endroit où les hommes de son père ne pourraient jamais la blesser ou l'enlever.

Elle termina ses ablutions à la hâte, car elle ne voulait pas perdre ce temps précieux avec Daniel ni verser davantage de larmes sur sa situation. Hui, elle allait profiter du cadeau qu'elle avait reçu. Elle chercha une tenue, et décida finalement que ce serait la robe verte. Elle l'enfila donc, puis ralentit le rythme pour manier tous les rubans.

Un coup frappé à la porte l'interrompit, et elle passa les doigts dans ses longues mèches. Comme elle n'avait personne pour lui faire des tresses, elle décida de laisser ses cheveux détachés pour la journée.

— Entrez, cria-t-elle, lissant la robe qu'elle avait rapidement enfilée, tout en nouant le dernier ruban.

Cairstine ouvrit lentement la porte.

— Mes excuses, nous n'avons pas de femme de chambre pour t'aider, mais puis-je faire quelque chose pour toi ? As-tu besoin d'aide pour tes rubans ou pour tresser tes cheveux ?

— Non, j'ai une robe avec les attaches sur le devant.

— Oh, mon Dieu ! roucoula Cairstine. Quelle belle robe, ma chère !

Constance lissa les plis de la jupe, l'une des rares qu'elle avait réussi à emporter de chez elle. Sa mère avait choisi le tissu, et elle l'avait portée à un mariage. Elle était faite d'un velours vert forêt avec des rubans assortis à la couleur de ses cheveux.

— Merci beaucoup. C'est ma plus belle robe.

Cairstine fit bouffer les plis, l'aidant à les lisser.

— J'adore ce tissu !

Steenie entra en trombe dans la pièce, débordant d'enthousiasme.

— Maman ! Daniel a prévu d'emmener Constance faire une promenade à la cascade. Puis-je y aller avec lui ?

— As-tu posé la question à Daniel ? s'enquit Cairstine, pivotant pour parler à son fils tout excité.

— Oui. Il m'a dit que je pouvais venir avec lui. Il apporte également un panier de pique-nique. Puis-je y aller, s'il te plaît ?

— Steenie, n'oublie pas tes bonnes manières. As-tu déjà salué notre invitée ?

Le petit garçon sautilla d'un pied sur l'autre, ses cheveux dorés rebondissant à chaque mouvement, même s'il gardait les mains croisées devant lui pour tenter de contenir son enthousiasme.

— Mes salutations, my lady.

— Tu peux m'appeler Constance, Steenie. Tu ressembles trait pour trait à ta maman. Il a des yeux verts magnifiques.

Le regard de Constance passa de nouveau de la mère au fils, observant les similitudes.

— Je ne suis pas magnifique. Je suis un garçon, je suis beau. Les filles sont magnifiques, pas les garçons. Un jour, quand je serai plus grand, je serai un guerrier. Un guerrier Grant.

Sa réponse lui fit penser à ses propres frères. Ils avaient détesté l'idée d'être un jour comparés à une bachelette. Elle se rappela leurs jeunes années, lorsqu'ils parlaient d'aller en Angleterre pour se faire sacrer chevalier. Le regret l'envahit, mais elle chassa ce sentiment et sourit à ses visiteurs.

— Je suis sûre que tu seras un puissant guerrier pour le clan Grant, mon garçon, et je te prie de m'excuser. Tu es bien un garçon, et non une bachelette. J'aimerais que tu te joignes à nous.

— Oui, tu peux y aller, Steenie, dit Cairstine. S'il te plaît, va dans ta chambre et trouve des bas de laine chauds à porter.

— Oui, maman.

Il repartit à toute allure, repoussant la porte au passage, manquant de heurter une autre personne à l'extérieur. Daniel.

— Elles ont dit que je pouvais venir ! s'exclama le petit garçon. Ne pars pas sans moi, s'il te plaît ! Je dois mettre des bas.

Daniel rit, baissant les yeux sur les pieds nus de Steenie.

— Oui, tu ferais bien de mettre des bas et de prendre tes meilleures bottes, sinon les orties risquent de te piquer, et tu ne pourras plus marcher demain matin.

— Mais tu m'attendras ? demanda-t-il, sautillant toujours.

— Oui, je promets de t'attendre, mon garçon.

Steenie disparut aussitôt, et Daniel se tourna vers Constance ; son sourire éclatant lui coupa le souffle. Il était tellement beau ! Comment avait-elle réussi à attirer l'attention d'un si beau garçon ?

— Je crois que ce garçon a gâché ma surprise, dit-il avec un sourire, mais puis-je te supplier de nous accompagner tous les deux, Constance ? Il y a un beau ruisseau et une chute d'eau non loin d'ici. Je vais emporter quelques fourrures pour les poser sur les rochers, car il fait frais.

Constance se retint de taper des mains tant elle était enthousiaste. La joie de Steenie était-elle contagieuse ou était-elle simplement excitée par la présence de Daniel ?

— J'adorerais me joindre à vous deux, Daniel.

Cairstine les contourna.

— Je vais aller voir mon fils.

Le regard de Daniel passa du visage de Constance à ses orteils.

— Tu es ravissante, hui, ma jolie. C'est une robe magnifique, et elle met parfaitement en valeur tes cheveux. Tu pourrais trouver étrange que je remarque une telle chose, mais ma mère a une touche de roux dans les cheveux et elle s'est toujours souciée de trouver des couleurs qui s'accordaient avec. Elle adorerait ta robe. Crois-le ou non, mon père, Micheil, a toujours aidé ma mère à choisir le tissu de ses robes. Il avait l'œil, et il approuverait certainement celle-ci.

Constance rougit.

— Je te remercie. J'aimerais rencontrer tes parents un jour.

Le sentiment était sincère, mais elle savait que cela n'arriverait pas. Daniel lui offrit sa main.

— Puis-je t'escorter dans l'escalier ?

Constance posa sa main dans la sienne, la chaleur de ce contact remontant le long de son bras, si attirante qu'elle se retrouva à se laisser aller contre lui tandis qu'ils avançaient dans le large couloir.

Ils étaient au milieu de l'escalier, Daniel près de la rambarde, son bras gauche dans son dos, lorsque Steenie fit irruption dans le coin et dévala les marches, avant de trébucher dès qu'il posa les yeux sur eux. Tous deux essayèrent de l'attraper, au moment où Cairstine se mettait à crier. Daniel attrapa le petit garçon avec sa main droite et le redressa, mais pas avant que Steenie n'ait percuté Constance, la déséquilibrant et lui faisant dévaler les marches.

Elle cria et agita les bras dans tous les sens pour trouver une prise. Elle voulut s'accrocher au bras gauche de Daniel, libre, mais il n'y avait rien à saisir, car son unique main retenait le petit garçon. Le jeune homme fit de son mieux pour arrêter la chute de Constance, mais il ne pouvait pas l'attraper et il la perdit. Perdant complètement l'équilibre, elle dégringola le reste de l'escalier, ses jupes volant dans tous les sens, jusqu'à ce qu'elle atterrisse en tas au pied des marches, sa tête heurtant le sol en pierre.

Étendue sur le dos, elle ne bougeait pas, encore

abasourdie par ce qui venait de se passer. Une douleur lui traversa le corps de la hanche à la tête, du pied gauche au coude. Les larmes menaçaient d'inonder ses joues, mais elle refusait de pleurer. Elle avait sûrement versé assez de larmes.

En un clin d'œil, Steenie et Daniel étaient agenouillés à ses côtés.

Au loin, elle ouït la voix de Cairstine, rendue aiguë par la panique.

— Steenie ! Tu vois pourquoi je te dis de ralentir dans les escaliers ?

— Maman, je suis désolé. Pardonne-moi, Constance, je n'ai pas fait exprès, dit-il, éclatant en larmes brûlantes qui éclaboussèrent sa robe. Est-ce que tu es morte ?

— Non, Steenie. Je vais bien. J'irai mieux dans un instant, mais je ne peux pas encore bouger.

Elle se concentra sur les poutres du plafond, essayant ainsi de rétablir sa vision, mais elle n'y parvint pas.

— Juste ciel, Constance ! s'exclama Daniel, prenant sa main aussi doucement que si elle était un bébé. Je suis sincèrement désolé. J'ai essayé de t'arrêter, mais j'ai d'abord attrapé Steenie et…

Le regard qu'il lui lança lui prouva à quel point il tenait à elle, à quel point il était désolé de ne pas avoir réussi à bloquer sa chute. Elle lui tapota l'avant-bras.

— Daniel, tu as fait ce qu'il fallait. Tu devais d'abord sauver le petit garçon.

Une paire de bras imposants souleva Steenie.

— Papa, je suis vraiment désolé. Je n'ai pas fait exprès.

Il s'agrippa à Braden, qui l'emmena après avoir marmonné des excuses rapides, mais sincères pour cet accident.

— Où as-tu mal ? s'enquit Daniel. Peux-tu t'asseoir ? Tiens, je vais t'aider.

Une femme s'agenouilla de l'autre côté d'elle. Elle était charmante, et son aura ne ressemblait à aucune autre. Elle avait dû sévèrement se cogner la tête, car elle voyait maintenant des auras célestes. Elle comprit que c'était la mère de Braden que lorsque son regard se posa sur Brodie, son père.

— Ma jolie, reste immobile jusqu'à ce que tu saches où tu as mal. Tu ne voudrais pas aggraver la situation. Je m'appelle Celestina.

— Mais je pense que je peux m'asseoir avec l'aide de Daniel, affirma-t-elle, s'accrochant à l'avant-bras du jeune homme comme s'il allait l'empêcher de retomber.

— Qu'est-ce qui te fait le plus mal ? demanda la charmante femme.

Elle fit de son mieux pour ralentir son cœur qui battait la chamade, prêtant attention à son corps afin de pouvoir répondre à la question. Déglutissant, elle se concentra enfin sur ce qui lui faisait le plus mal.

— Ma tête, ma cheville gauche… elle s'est tordue, je crois. J'ai aussi des douleurs plus légères, au coude et à la hanche.

— Ce ne seront probablement que des blaus[11] demain, mais assieds-toi. Nous allons te trouver une chaise.

Cette femme avait la voix apaisante d'un ange.

---

11   Bleus, ecchymoses.

Constance acquiesça, même si ce petit mouvement était douloureux. Connor apporta une chaise et Daniel l'aida à s'y asseoir ; ses joues rougirent tandis qu'il se débattait avec son unique main.

L'ange tira un tabouret et s'assit à côté d'elle.

— Puis-je regarder l'arrière de ta tête ? Il y a un peu de sang sur le sol.

— Oui, articula difficilement Constance, luttant contre la douleur qui l'assaillait de toutes parts. Merci pour votre aide. Vous avez l'air d'un ange.

Celestina sourit.

— On m'a déjà appelé ainsi, mais c'était il y a de nombreuses années.

Les mains de Celestina lui palpèrent l'arrière de la tête avec une grande tendresse.

— Oui, tu as une coupure à l'arrière et une grosse bosse. Je suis sûre que tu vas avoir un sacré mal de tête. J'ai une potion à te donner pour soulager la douleur.

— S'il vous plaît, ne m'endormez pas.

— Très bien, ma chère. Je te préparerai un mélange léger une fois que j'aurai fini de panser tes blessures.

Cairstine apporta des bandes de lin et une bassine d'eau qu'elle posa sur une table voisine.

— Constance, je suis vraiment désolée, dit-elle, la bouche tordue en une grimace inquiète. Steenie agit avant de penser. Il était tellement enthousiaste à l'idée d'aller se promener avec Daniel et toi.

— Il agit simplement comme un petit garçon. Ce n'était la faute de personne.

Tous les autres s'agitaient autour d'elle pour essayer de l'aider, mais sa vision restait floue et elle ferma les yeux pendant que Celestina nettoyait sa plaie. Quand elle eut terminé ses soins, Constance murmura :

— Je vous remercie. Daniel, pourrais-tu m'aider à me relever, s'il te plaît ? Je voudrais savoir où en est ma cheville.

— Bien sûr. David, interpella-t-il son frère, qui se tenait hors du champ de vision de la bachelette, attrape son autre coude, s'il te plaît.

Tous deux l'aidèrent à se relever, mais une douleur atroce lui traversa la cheville gauche dès qu'elle fit peser son poids dessus. Elle se laissa retomber sur la chaise.

— Je crois que je me suis cassé la cheville.

Celestina souleva le pied de Constance et le posa sur une chaise voisine, de manière qu'elle puisse voir sa cheville. Elle fit signe aux hommes qui les entouraient.

— Allez-vous-en, et laissez-moi une chance de l'examiner. J'ai passé suffisamment de temps avec les guérisseurs de notre famille pour savoir reconnaître une fracture.

Les hommes tournèrent alors les talons et se dirigèrent vers l'âtre, tandis que Celestina soulevait la jupe de Constance et la plaçait au-dessus de son genou.

— Je crains qu'elle ne soit très enflée, Constance, dit-elle d'une voix douce. Je vais appuyer un peu dessus pour voir si je sens un os cassé.

Constance siffla quand elle toucha un endroit

particulier, puis un autre, et encore un autre. Tout lui faisait mal.

— Je crois que tu as une belle entorse, constata Celestina. Tu ne dois pas trop marcher dessus. Je te suggère aussi de rester assise un moment, avec le pied sur un tabouret. Cela pourrait aider à réduire le gonflement. Je me souviens que Brenna, la sœur de Brodie, a dit que c'était important, et c'est l'une des meilleures guérisseuses de tout le pays.

— Ne vous inquiétez pas pour moi, lui dit Constance, se sentant coupable pour l'agitation qu'elle avait causée. Je me débrouillerai.

— Je me soucie de toi, répliqua la belle femme. Nous nous soucions tous de toi, même si nous venons juste de nous rencontrer.

Elle leva la main et repoussa quelques cheveux égarés qui étaient retombés sur le visage de Constance.

— Avez-vous toujours vécu ici ? demanda la bachelette, qui se sentit obligée de poser la question. On dirait que vous avez un accent anglais.

Sa mère avait le même accent musical.

— Nous avons longtemps vécu dans le clan Grant. Mais l'homme qui m'a élevée était un baron anglais qui est venu vivre en Écosse. Pendant longtemps, je n'ai pas parlé écossais. J'ai beau essayer de me débarrasser de mon accent, il persiste. Mon cœur est écossais.

Constance fut prise d'un accès de panique et la bile lui monta à la gorge.

— De quelle baronnie était cet homme ? Ce n'était pas votre père ?

— C'est une longue histoire, mais j'ai été élevée par le baron Lunde ; il est décédé maintenant. Ce n'était pas mon vrai père, expliqua Celestina, qui prit les bandes de lin et se mit à l'ouvrage. Je vais placer un petit bandage sur ta tête, puis j'envelopperai ta cheville pour voir si cela soulage ta douleur.

La peur de Constance décupla. Les barons connaissaient toujours les autres barons. Même si le baron Lunde était mort, il était toujours possible…

Était-il possible que cette femme connaisse son père ?

CHAPITRE SEPT

LE JOUR SUIVANT, Daniel emmena Constance à l'extérieur, bien décidé à ce que leur pique-nique se déroule comme prévu. Steenie les suivait, portant le panier, bavardant comme il le faisait souvent.

Daniel trouva un endroit agréable à l'ombre d'un arbre et donna des instructions au petit garçon. Celui-ci plongea la main dans le panier et en sortit les fourrures, qu'il déposa sur le sol. Daniel fit asseoir Constance dessus ; lorsqu'elle grimaça, il craignit aussitôt de lui avoir fait mal.

— Est-ce ta tête ? Ta cheville ?

— Mon mal de tête. Mais ne t'inquiète pas, Celestina m'a préparé une autre potion. J'aimerais quand même que nous ayons notre pique-nique. J'espère que cela me fera oublier ma tête.

Steenie était à côté du panier, mais ses yeux se portèrent sur les écuries. Brodie y entrait.

— Grand-père, attends-moi ! s'écria-t-il.

Puis il partit à toute allure sans se poser de questions. Daniel cria après le petit garçon qui courait.

— Pas de pique-nique, Steenie ?

— Non ! Il n'y a pas de cascade.

Constance sourit devant la logique du garçon.

— C'est un gentil garçon, et il s'est senti très mal après l'accident.

Daniel ne pouvait s'empêcher de se le reprocher. S'il avait eu ses deux mains, il aurait pu les rattraper tous les deux. Sa défaillance lui avait causé de la douleur.

— Je te présente à nouveau mes excuses pour ne pas t'avoir rattrapée. J'aurais dû t'agripper en premier.

Après avoir étalé un plaid propre près des fourrures, Daniel y déposa le contenu du panier, puis il s'assit près de Constance avec un soupir de frustration.

Elle posa la main sur son avant-bras.

— Non, tu n'aurais pas dû. Le garçon était plus important.

— Je ne suis pas d'accord. Il est plus souple. Il aurait roulé jusqu'au bas des marches, il se serait relevé, puis il serait parti en courant aussitôt, aussi vite qu'il vient de nous quitter, affirma Daniel, tournant les yeux vers les écuries. Les petits garçons sont résistants.

— Sauf s'il se cogne la tête. Je suis d'accord que les os des petits garçons sont plus flexibles. Quand je pense à toutes les…, commença-t-elle avant de se figer, puis elle continua. Chutes que mes frères ont faites sans blessures aux os, je suis d'accord avec toi, mais un choc à la tête aurait pu être grave. Daniel, tu as fait ce qu'il fallait. J'ai quelques blaus, mais tout va guérir.

Daniel aurait voulu lui dire qu'il aurait remué ciel et terre pour la sauver, et que n'avoir pas deux mains lui faisait honte et l'encombrait, mais il ne trouvait pas les mots. Il se contenta de quelque chose de proche de la vérité.

— Ma campanule, tu sais que j'aurais fait n'importe quoi pour te sauver. J'ai l'impression de t'avoir abandonnée.

Le regard de Daniel se posa sur celui de Constance, où il ne vit que de la douleur et de la compassion.

Ou bien, était-ce de la pitié ? Il détestait la pitié. Elle tendit la main et posa les doigts sur les lèvres du jeune homme.

— Daniel, non. S'il y a une chose que j'ai apprise au cours de ma courte vie, c'est que nous ne pouvons pas défaire ce qui s'est passé. Nous devons faire avec. Je suis désolée que tu aies perdu ta main, mais cela ne change pas qui tu es. Je tiens énormément à toi, mais c'est à cause de ton cœur, pas de ta main. Et nous ne pouvons pas annuler ma chute. S'il te plaît, cesse de t'inquiéter à ce sujet.

Mais il ne pouvait pas. C'était aussi simple. Il n'oublierait jamais cette image. Constance qui battait des bras, cherchant à l'atteindre alors qu'il n'était pas là pour elle, ses yeux emplis d'effroi.

Et s'il la laissait encore tomber ? Elle posa la main sur son menton, levant son regard vers le sien.

— Daniel ? Tu veux bien me promettre d'arrêter de t'en vouloir ?

— Je ne peux pas te le promettre, mais j'essaierai.

Elle se pencha en avant et posa les lèvres sur les siennes en un baiser doux et tendre qui lui déchira les entrailles, car il savait qu'il était sincère. Elle pensait ce qu'elle avait dit.

Pourquoi ne pouvait-il pas faire ce qu'elle lui demandait ?

Bon sang ! Il craignait d'être vraiment amoureux de cette bachelette.

Malheureusement, il ne la méritait pas.

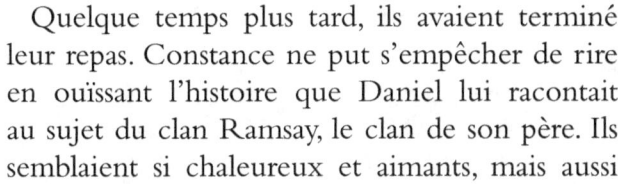

Quelque temps plus tard, ils avaient terminé leur repas. Constance ne put s'empêcher de rire en ouïssant l'histoire que Daniel lui racontait au sujet du clan Ramsay, le clan de son père. Ils semblaient si chaleureux et aimants, mais aussi prompts aux ruses et aux taquineries.

— J'ai hâte de rencontrer ton oncle Logan.

— Et n'oublie pas ma tante Gwyneth.

Constance rougit et murmura :

— Elle a une sacrée réputation, n'est-ce pas ?

Un appel retentit depuis les écuries, mais elle ne reconnut pas la voix.

— Gardes ! Tous les hommes aux portes d'entrée !

La peur la transperça, et Daniel se leva d'un bond.

— Reste ici, lui intima-t-il. Je sais que tu ne peux pas bouger, mais dès que je saurai ce qui se passe, je reviendrai pour faire ce qu'il y a de mieux pour toi. Aie confiance en moi.

Il se pencha vers elle et l'embrassa sur le front avant de filer à toute allure vers les portes. Elle ne savait pas ce que cela signifiait, alors elle resta où elle était, tendant l'oreille.

Et elle pria. *Pourvu que ce ne soit pas les hommes de mon père.*

Des chevaux furent sellés et montés, des hommes crièrent et sortirent leurs épées de leurs fourreaux. Que se passait-il ?

Constance parvint à se déplacer jusqu'à l'arbre, puis s'en servit pour se hisser afin de mieux voir, mais elle ne voyait toujours pas au-delà des portes.

Cairstine et Anna sortirent du château et descendirent les marches en criant après Steenie, qui arriva en courant.

— Maman ! J'aide avec les chevaux. Paddy veut sortir. Est-ce que je dois le chevaucher ?

— Non. Paddy n'a rien à faire au milieu des chevaux. Viens par ici, Steenie, jusqu'à ce que nous sachions ce qui se passe.

Steenie remarqua Constance et dit à sa mère :

— Nous devons l'aider.

Grâce aux deux femmes, elle parvint à avancer en boitillant. Ils la ramenèrent vers le château, et elle aperçut les portes, à présent ouvertes. Dès que Cairstine entrevit une ligne de chevaux devant, elle leur suggéra d'aller se mettre à l'abri derrière les écuries. Les autres acquiescèrent, impatients de savoir ce qui se passait.

Un garde en particulier semblait diriger les autres, pendant que Braden franchissait les portes.

— Dieu merci, Moray est enfin venu aider Braden, murmura Cairstine. Il a pris trois autres hommes avec lui. Nous avons besoin de gardes.

— Vous n'en aviez pas, avant ? s'enquit Constance.

— Tout s'est passé très vite, mais Braden a su que Moray serait son second dès qu'il pourrait emmener sa mère avec lui. Elle reste dans son cottage, mais elle s'entend bien avec la tante Fina. Elle a promis de nous aider à cuisiner, et elle est merveilleuse.

— Elle met du miel dans mon porridge, lança Steenie.

Cairstine lui tapota la tête avec un sourire, mais son regard se porta à nouveau sur le remue-ménage qui régnait à l'extérieur de leurs portes. Ils observèrent en silence, impatients de voir de quoi il retournait.

— Que veulent-ils ? demanda Anna.

— Je vais le découvrir, annonça Steenie qui commença à se faufiler vers l'avant des écuries.

Mais sa mère l'attrapa par le col et le tira en arrière.

— Non, tu ne feras pas cela ! Ton père sera furieux si tu sors.

— Mais je veux aider, geignit-il.

Constance se mit à transpirer, alors que la température était plutôt fraîche. Elle écoutait du mieux qu'elle pouvait, mais elle ne retenait que des bribes.

— … à la recherche d'une bachelette perdue…

— … nous paierons cher pour les bachelettes dont vous ne voulez pas…

Elle haleta à cette remarque. Cela signifiait qu'ils ne pouvaient pas être à sa recherche. Ils cherchaient toutes les bachelettes qu'ils pouvaient trouver.

Apparemment, Cairstine les avait aussi ouïs. Elle porta la main à sa bouche et murmura :

— Le canal de Dubh…

Steenie poussa un cri et étreignit sa mère, enfouissant son visage dans ses jupes.

— Ne les laisse pas m'emmener, maman. Je serai gentil. Je te le promets !

— Personne ne pourra plus jamais t'éloigner de moi, Steenie, affirma-t-elle. Nous faisons partie du clan Grant, et ils nous protégeront. Viens, rentrons.

Cairstine et Anna eurent un peu de mal, mais elles parvinrent à aider Constance à monter les marches et à entrer dans la grande salle. Celestina se tenait devant l'âtre, fixant les flammes.

Steenie se précipita vers elle :

— Grand-mère, ce sont les hommes du canal de Dubh ! J'espère que papa les tuera tous !

Celestina apaisa Steenie en lui frottant le dos et en lui disant :

— Je crois que nous devrions préparer un repas pour les hommes lorsqu'ils reviendront. Veux-tu m'aider à la cuisine, Steenie ? Hilda va avoir besoin de notre aide. Peut-être qu'Anna pourra se joindre à nous aussi.

Steenie partit en courant vers la porte de la cuisine, suivi d'Anna, tandis que Celestina se tournait vers Constance et Cairstine.

— Il ne fait pas bon être une jeune fille célibataire. Que Dieu vienne en aide à toutes les bachelettes alentour.

Constance tritura ses mains sur ses genoux, faisant de son mieux pour ne pas agiter les doigts comme elle le faisait souvent, en attendant le retour des hommes. Quelque temps plus tard, plusieurs d'entre eux revinrent.

— Je suggère que nous les suivions, annonça Connor.

— Pour quoi faire ? lui répondit Brodie. Tu ne peux pas demander que justice soit faite s'ils n'ont encore rien fait. Ils trouveront une excuse pour demander après les bachelettes. De plus, nous n'avons pas assez d'hommes pour les combattre tous. Ils étaient une douzaine, peut-être plus ailleurs. Je pense qu'ils sont partis vers d'autres châteaux et manoirs.

Moray intervint :

— Les trois gardes qui sont venus avec moi sont d'excellents épéistes. Nous pourrions vous aider.

Connor secoua la tête.

— Nous avons besoin de plus d'hommes. Il nous faut Roddy, Gavin et Gregor. Peut-être Will et Maggie. Tous les cousins.

Dès que Daniel entra, il se précipita vers Constance et passa un bras autour de ses épaules.

— Tu ne t'es pas fait mal en rentrant ? Pardonne-moi de t'avoir laissée seule.

— Non, je vais bien, mais je m'inquiète au sujet de ces hommes. Savent-ils que je suis ici ? M'ont-ils vue ? Ont-ils dit qu'ils cherchaient une bachelette aux cheveux roux ? demanda-t-elle, sa voix s'élevant à chaque mot.

— Non, dit Daniel. Ils n'ont pas posé de questions sur toi.

— Mais ils pourraient. Daniel, il faut que je retourne à l'abbaye.

Elle avait beau essayer, elle ne pouvait s'empêcher de jeter un coup d'œil à la porte à intervalles réguliers, sachant qu'à tout moment quelqu'un pouvait surgir, à sa recherche.

Des hommes payés par son père. Ou bien les hommes qui venaient de partir, un autre groupe qui l'embarquerait sur un navire semblable à celui où Rose, Euphemie et Ada avaient été retenues prisonnières, plein de bêtes suantes, méprisantes et brutales. Des ordures en rut. N'était-ce pas une expression qu'elle avait ouïe ?

Comment allait-elle survivre à cette catastrophe imminente prête à s'abattre sur elle à tout moment ? Elle devait retourner là où elle était en sécurité.

— Daniel ? S'il te plaît ?

— Maintenant ? Je ne t'emmènerai pas dehors alors qu'il y a une douzaine d'hommes à cheval à la recherche de bachelettes. Ce serait idiot.

Elle essuya la sueur de son front, sachant qu'il avait raison.

— Demain. Promets-moi de m'y ramener demain, insista Constance, se mordillant la lèvre inférieure en attendant sa réponse. S'il te plaît ?

Daniel lui jeta un regard étrange, puis il dit :

— Nous t'y ramènerons aux premières lueurs du jour. Ensuite, nous partirons vers le sud.

Elle poussa un soupir de soulagement. Elle refusait de mettre en danger ces gens qui ne lui avaient témoigné que de la gentillesse. Si une partie d'elle souhaitait s'épancher auprès de Daniel, elle devait protéger son secret.

CHAPITRE HUIT

DANIEL NE SAVAIT pas quoi penser. Constance avait réussi à s'emparer d'une partie de son cœur, mais elle souhaitait maintenant retourner à l'abbaye. Elle voulait le quitter.

Les bachelettes étaient toutes allées se coucher, et il était assis sur une chaise près de l'âtre, où il buvait une cervoise avec Connor et Braden. Ni l'un ni l'autre ne lui posa de questions sur Constance, mais il sut que son répit était terminé quand David descendit les escaliers, se servit une cervoise et se joignit à eux. Il n'attendit pas longtemps avant de commencer à interroger Daniel.

—Je ne t'ai jamais vu entretenir une quelconque relation avec une bachelette, Daniel. Veux-tu m'en dire davantage ?

Braden sourit.

— Quel âge as-tu, Fantôme ?

— J'ai presque dix-huit printemps. Je suis assez vieux pour aimer les bachelettes. Largement assez vieux pour me marier si j'en ai envie.

Son frère se contenta de froncer les sourcils avant de boire une nouvelle gorgée de cervoise.

— As-tu découvert qui elle est vraiment ?

Daniel posa ses coudes sur ses genoux, le regard fixé sur le feu.

— Non. Elle a admis avoir menti au sujet de Buchan, mais elle a dit qu'elle ne pouvait pas m'avouer quel était son vrai nom.

Connor laissa échapper un petit sifflement.

— Elle t'a dit que son père était Glenn de Buchan ? Elle se cache sûrement de quelque chose.

— Ou de quelqu'un, intervint Braden. Est-ce pour cela qu'elle a paniqué quand ces hommes sont venus hui ?

— C'est sans doute la raison pour laquelle elle souhaite retourner à l'abbaye demain, dit David.

Daniel s'adossa à son siège et les regarda.

— Je ne peux pas répondre à tout. J'ignore pourquoi elle a menti, mais je peux vous dire qu'elle craint son père, qui qu'il soit. J'espérais qu'elle aurait l'occasion de se détendre ici, suffisamment pour m'en dire plus, mais, au lieu de cela, ses peurs semblent s'être aggravées. Entre la chute, la douleur qu'elle ressent, et les hommes aux portes à la recherche de bachelettes, elle est très nerveuse. Si nous voulons partir à la poursuite de ces hommes, il est peut-être préférable que j'honore sa volonté et que je la ramène immédiatement à l'abbaye. Je pense que nous devrions suivre ces vauriens.

— Daniel, intervint David. Ce n'est pas ta faute si elle est tombée dans les escaliers. Je te connais.

— Je suis d'accord, confirma Braden.

Et Connor hocha la tête.

— Non ? s'exclama Daniel, se levant d'un bond de son siège. J'ai voulu l'attraper avec mon bras gauche. Elle a essayé de s'accrocher à moi, mais il n'y avait rien à saisir. C'*était* ma faute. Certes, Steenie a perdu l'équilibre, mais j'aurais dû être capable d'arrêter sa chute. Vous pensez tous qu'elle retourne à l'abbaye à cause des cavaliers qui sont venus ? Ce n'est pas vrai. C'est une excuse facile, mais je crois qu'elle a changé d'avis, et qu'elle ne souhaite plus que je la courtise.

Connor secoua la tête.

— Il est évident qu'elle a des sentiments pour toi. Elle est venue ici pour toi. Sinon, pourquoi aurait-elle accepté ton invitation et pas celle de Rose ?

Daniel s'obligea à se rasseoir et joua avec le bord de son gobelet en le regardant.

— Je vais te dire pourquoi elle part. Parce que je ne peux pas la protéger. Qu'est-ce qu'un Highlander est censé faire, sinon protéger les innocents ? Et j'ai failli à ma tâche en ce qui la concerne, affirma-t-il.

Il laissa retomber sa main de son verre. Son regard passa d'un cousin à l'autre, puis il se posa sur son frère.

— Qu'est-ce que nos pères nous ont appris depuis que nous sommes sortis du berceau ? À protéger les innocents. À protéger ceux qui ne peuvent pas s'aider eux-mêmes. J'ai fait un bien piètre travail, n'est-ce pas ?

David secoua la tête énergiquement, se penchant vers lui.

— Tu n'as pas les idées claires, Daniel. Je sais que tu es jeune, mais si tu as trouvé une bachelette pour qui tu éprouves des sentiments forts, tu dois la courtiser avant de la perdre. Mon expérience avec Anna ne t'a-t-elle rien appris ?

Daniel s'efforça de parler d'un ton égal, mais il n'y parvint pas.

— Si elle n'éprouve pas les mêmes sentiments, quel est l'intérêt ? D'ailleurs, pour l'instant, j'ai besoin de la bande de cousins. Dès que je l'aurai ramenée à l'abbaye, je me rendrai sur les terres Ramsay pour trouver Gavin et Gregor. Nous devons arrêter ces hommes. Oubliez que j'ai parlé d'elle. Nous ne sommes pas faits l'un pour l'autre. Connor, voudrais-tu bien faire le voyage avec moi ?

— Oui, répondit ce dernier de son ton calme habituel. Mais, avant de partir, tu devrais avoir une discussion sérieuse avec Constance. Si tu éprouves des sentiments pour elle, tu devrais le lui dire avant qu'elle ne prononce ses vœux. Mais, plus important encore, tu devrais découvrir de quoi elle a peur, et pourquoi. Sinon, tu risques de te retrouver à revenir la chercher, et apprendre qu'elle est partie… et tu ne pourras pas la retrouver, parce que tu ne connais même pas son vrai nom.

Daniel lança un regard à son cousin, irrité par le fait que tout le monde lui dise ce qu'il devait faire. Il était également contrarié que Connor ait songé à une chose à laquelle il n'avait pas pensé.

— Connor, pourquoi devrais-je suivre tes conseils alors que tu n'es pas marié ? Qu'y connais-tu aux bachelettes ?

Connor regarda Daniel droit dans les yeux et répondit :

— Je n'y connais peut-être pas grand-chose, mais il y a une chose que je sais. Lorsque j'aurai trouvé la bachelette que je souhaite épouser, je ne la laisserai jamais s'en aller. Je veux un mariage comme celui de mes parents, et je ne me contenterai de rien de moins. Si je dois attendre, je le ferai. Mais quand je l'aurai trouvée, elle ne se débarrassera jamais de moi.

— Daniel, tu dois cesser de penser que ta main manquante est à l'origine de tes problèmes. Ce n'est pas le cas. C'est ta tête qui t'induit en erreur, intervint David. Ne fais pas quelque chose que tu regretteras.

Daniel ne répondit rien. Que pouvait-il dire ? Il ne voulait pas laisser transparaître la force de ses sentiments pour Constance, car ils se mettraient alors à essayer de le convaincre de l'épouser. Mais comment pourrait-il construire un avenir avec une bachelette qui ne lui faisait pas assez confiance pour lui dire le nom de son père ?

Mais, pire encore, elle ne lui faisait pas confiance pour la protéger. Il le voyait dans ses yeux.

Sans confiance, ils ne pourraient pas être ensemble.

Dès son retour à l'abbaye, Constance était allée directement dans sa chambre et avait pleuré à chaudes larmes. Rose était partie, et Daniel aussi. Elle ne le reverrait probablement jamais. Elle s'était couchée tard, car elle avait mis longtemps à s'endormir, et lorsqu'elle s'était réveillée, le groupe de gardes et de cousins était prêt à partir. Elle avait à peine eu le temps de dire au revoir à Cairstine, Anna et Celestina. Elle avait espéré pouvoir parler en privé avec Daniel, mais l'occasion ne s'était jamais présentée. Le voyage s'était déroulé dans une atmosphère tendue, les gardes étaient tous sur le qui-vive à chaque fois qu'une brindille craquait, mais il y avait aussi une tension entre eux deux. Elle savait qu'elle l'avait blessé en lui cachant le nom de son vrai père.

Elle ne pouvait pas encore prendre le risque de lui révéler la vérité. Il devait lui faire confiance à ce sujet, et la réalité, c'était que ce n'était pas le cas.

Quelqu'un frappa à sa porte ; elle s'essuya le visage avec un carré de lin et se redressa.

— Entrez, murmura-t-elle.

À sa grande surprise, c'était Ada, l'une des bachelettes que Daniel et ses amis avaient sauvées.

— Qu'est-ce qui ne va pas, Constance ?

Celle-ci haussa les épaules avant de répondre.

— Rose me manque, affirma-t-elle, ce qui n'était pas tout à fait faux, car elle lui manquait réellement. Ada, je suis désolée pour tout ce que tu as enduré sur ce navire.

La jeune fille s'assit au bout du lit.

— Lorsque le père Seward m'a livrée à ces hommes, j'ai eu envie de pleurer, mais ils nous ont ensuite donné quelque chose qui m'a endormie, alors je ne me souviens pas de grand-chose d'autre. C'était malin de leur part. Si j'avais été réveillée pendant la tempête en mer, j'aurais hurlé et j'aurais vomi par-dessus bord. Je ne sais pas comment Rose nous a sauvées. Certaines des autres bachelettes sont jalouses, mais je suis heureuse pour elle.

Parler de sa chère amie ne fit que raviver les larmes de Constance. Elle était encore trop à vif pour le moment.

— Comment les choses se sont-elles passées ici ?

— C'était plutôt calme, mais ils vont amener de jeunes orphelins ici pour que nous nous en occupions.

Sœur Murreall apparut dans l'embrasure de la porte.

— Bienvenue, ma chère. L'abbesse aimerait vous voir quand vous serez prête.

— D'accord. Je vais aller la voir maintenant.

La religieuse fit un signe de tête vers sa robe.

— Vous devriez plutôt mettre vos vêtements de novice, jeune fille. Il y a deux robes propres et deux tuniques dans le coffre.

Constance soupira et se leva.

— J'arrive dès que je serai changée, ma sœur.

— Mon enfant, est-ce que vous boitez ? Êtes-vous blessée ?

Constance n'avait pas l'intention de mentir à ce sujet.

— J'ai fait une chute au château de Muir et je me suis fait une entorse à la cheville, mais ne vous inquiétez pas. Je vais beaucoup mieux. Je n'ai mal que si je marche trop.

Elle ne ferait pas mention de ses maux de tête. Elle pourrait se débrouiller avec.

— Avez-vous besoin d'aide ?

— Non. Je me déplace lentement, c'est tout. Mais je vous remercie, sœur Murreall.

— Si vous changez d'avis, vous n'avez qu'à m'appeler. Je vous ouïrai.

La gentille femme sourit avant de faire signe à Ada de sortir.

Les deux s'en allèrent, et Constance fit de son mieux pour améliorer son apparence pour l'abbesse. Elle se lava le visage après s'être changée ; mais la rougeur autour de ses yeux resterait probablement. Elle prit une profonde inspiration, fit une rapide prière, parcourut lentement le couloir et descendit l'escalier. Elle arriva devant le bureau de l'abbesse.

Surprise de trouver la porte ouverte, elle s'arrêta dans l'embrasure et frappa légèrement sur le bois. L'abbesse tournait le dos à Constance et consultait un parchemin, mais elle se retourna, ses jupes gonflant autour d'elle. Lorsqu'elle vit qui était là, son expression s'éclaircit.

— Bonjour, mon enfant. Bon retour parmi nous. Asseyez-vous, Constance, mais fermez d'abord la porte.

La bachelette s'exécuta, et prit place sur la chaise située devant le bureau. L'abbesse s'assit en face d'elle, dans son fauteuil habituel.

— Votre amie vous manque, à ce que je vois. Je suppose que c'est la raison de vos yeux gonflés ?

Elle acquiesça, reniflant un peu en s'efforçant de retenir ses larmes. Pourquoi devait-elle parler de Rose ?

— Et sœur Murreall me dit que vous avez une entorse à la cheville ?

— Oui, mais je vais bien mieux.

La mère abbesse s'éclaircit la gorge avant de commencer son sermon, ou ce qu'elle supposait être un sermon.

— Prenez votre temps, quand vous vous déplacerez. Je ne vous parlerai pas davantage de Rose, ma chère, passons à autre chose. Nous avons été informés qu'un petit groupe d'enfants serait amené à l'abbaye. Ce sont des orphelins d'âges variés, de deux à huit printemps. Je me demandais si vous accepteriez de donner des cours aux petites filles et de veiller sur elles pendant les repas et à la chapelle. Je suis sûre qu'elles seront très effrayées à leur arrivée.

Constance éprouva une légère excitation face à cette opportunité.

— J'aimerais beaucoup aider les plus jeunes.

— Ce qui m'amène à une autre question que je souhaiterais aborder avec vous, annonça l'abbesse qui se pencha en avant vers Constance, les mains croisées sur le bureau. Votre famille. Je vous ai laissé le temps d'y réfléchir, mais je souhaiterais maintenant que vous me disiez qui est votre père.

Constance fixa ses doigts du regard, prise d'une soudaine panique. Que devait-elle faire ? Dire la vérité ? Elle ne pouvait pas. Si l'abbesse apprenait la vérité, elle la livrerait sans doute à son père, et elle ne pouvait pas laisser une telle chose se produire. Elle souhaitait mener une vie normale, ou aussi proche de la normale que possible.

— Constance, seules les bachelettes nées de sang noble apprennent à lire, et, bien souvent, la noblesse n'enseigne qu'à ses garçons, pas à ses filles. Pourquoi vous a-t-on appris à lire ?

Constance décida que dire la vérité à ce sujet ne révélerait pas son identité.

— Mon frère aîné m'a appris à lire, alors mes parents m'ont demandé d'apprendre aux autres. Mes sœurs étaient autorisées à regarder depuis le fond de la pièce.

— Je vous remercie. Je crois que vous dites la vérité. Je suis fière de voir des bachelettes qui n'ont pas peur de se servir de leur esprit. Et comme je suis convaincue que les filles devraient apprendre à lire comme les garçons, je vous demanderai d'enseigner l'alphabet aux enfants les plus âgés.

Elle joignit les mains et sourit.

— Merci beaucoup, Révérende Mère. Je ne vous décevrai pas. Je vous promets de travailler très dur.

L'abbesse leva la main pour faire comprendre à Constance qu'elle devait s'arrêter.

— Je l'autoriserai à une condition. J'ai besoin de savoir qui est votre père.

Que pouvait-elle faire ?

Elle se creusa la tête pour trouver une solution, mais en vain.

Pardonnez-moi, Seigneur, car je suis sur le point de pécher. Je ne vois pas d'autre solution. Je vous en prie, ne me punissez pas pour avoir menti.

— Constance ? Qu'avez-vous décidé ? Voulez-vous travailler avec les enfants ou non ?

La jeune fille tapait du pied, alternativement à droite et à gauche, et ses doigts s'agitaient.

Des souvenirs l'assaillaient, malgré elle. Son père avait toujours bien traité ses gardes… jusqu'au jour où il avait ordonné que l'un d'entre eux soit fouetté devant tout le monde. L'homme s'appelait Mungo MacKenzie. Son père était si furieux qu'il n'avait pas osé tenir le fouet lui-même, préférant faire les cent pas et hurler derrière l'homme pendant qu'il était puni pour une chose que Constance ne comprenait pas encore tout à fait. Ils n'avaient jamais revu Mungo ensuite. Elle savait seulement qu'il avait commis une imprudence.

C'est le mot exact que l'un de ses frères avait utilisé pour décrire ce qu'elle-même avait fait.

Elle n'avait pas été autorisée à assister au châtiment de l'homme, mais elle s'était faufilée jusqu'aux écuries avec l'un de ses frères, jetant un coup d'œil par l'ouverture entre les lattes de bois. La fureur qu'elle avait vue sur le visage de son père l'avait terrifiée.

— Jeune fille, m'avez-vous ouïe ? s'enquit la mère abbesse.

Elle se pencha en avant sur son bureau avant de frapper du plat de la main sur la surface en bois. Le bruit sec ramena l'attention de Constance au présent.

Les larmes lui montèrent aux yeux et menacèrent d'inonder son visage.

— Je suis désolée, Révérende Mère. Vous me posez une question difficile.

— Jeune fille, j'aimerais que vous me fassiez confiance. Je suis certaine que je pourrais trouver un moyen de vous aider, quels que soient les problèmes que vous pensez rencontrer. Donnez-moi juste le nom pour l'instant. C'est tout ce que je demande.

Constance garda le regard baissé, incapable de regarder l'autre femme. Elle n'avait pas d'autre choix que de raconter un nouveau mensonge. Le nom qu'elle s'apprêtait à donner finirait par être démenti, mais elle n'en voyait pas d'autre pour l'instant. Tous les autres noms qui lui venaient à l'esprit entraîneraient à coup sûr une réaction rapide. Elle espérait que celui-ci lui permettrait de gagner du temps ; elle déglutit et murmura :

— MacKenzie. Mon père est Mungo MacKenzie.

CHAPITRE NEUF

DANIEL ET CONNOR arrivèrent sur les terres Ramsay deux jours plus tard, ravis de voir Gavin et Gregor chevaucher à leur rencontre.

— Pourquoi es-tu ici, et pas avec ta sœur, Gavin ? s'enquit Daniel.

— Maggie et Will se sont rendus au château royal pour régler le cas de Jean MacDole et de ses complices. Papa les accompagne. À leur retour, nous déciderons où aller ensuite.

Jean était la mère de Rose, une femme horrible qui avait comploté avec le père Seward pour vendre des bachelettes par l'intermédiaire du canal de Dubh.

— Oui, dit Connor. Nous nous sommes arrêtés chez Will, mais son grand-père a dit qu'ils n'étaient pas venus depuis longtemps. Tu étais le prochain sur notre liste. Cela fait un certain temps que je ne suis pas venu. Torrian est-il ici ?

— Oui. Cailean, Kyle et lui sont dans les lices, si tu veux y aller.

— Non, répondit Connor. Je vais au château.

Tante Brenna a la meilleure des cuisinières. Il faut que je mange avant de commencer à m'entraîner.

— Et peut-être que Jennet sera là, suggéra Daniel en souriant.

Sa petite cousine le faisait rire comme personne. Elle avait un esprit très vif, plus fort que celui de la plupart des adultes, mais elle n'avait pas un sens aigu des convenances sociales. Jennet pouvait bien choquer tout le monde, elle s'en moquait éperdument. Elle avait déjà été enlevée une fois, et elle avait même effrayé ses ravisseurs.

— Oui, elle est impatiente de te voir, dit Gregor en lui jetant un regard lourd de sens.

Jennet était sa petite sœur, même s'ils ne se ressemblaient pas beaucoup.

— Attends de voir sur quoi elle a travaillé. Tu dois être l'un de ses préférés, Daniel.

Il agita les rênes de son cheval et les guida à travers le petit pont menant à la porte ouverte de leur mur d'enceinte.

Daniel ignorait à quoi Gregor faisait allusion, mais il avait hâte de le découvrir. Il leva le visage dans le vent léger, respirant la note de pin écossais toujours présente dans l'air, et qu'il adorait. Quand ils entrèrent dans la cour, l'odeur des fleurs l'accueillit et lui rappela quelqu'un qu'il faisait de son mieux pour oublier.

Mais il n'y parvenait pas, pas même un instant. Constance lui manquait déjà.

Les autres parlaient, la voix de Gavin se distinguant des autres, mais il ne parvenait pas à se concentrer sur leur conversation. Il chevauchait, perdu dans son monde, pensant aux boucles rousses de Constance et au regard qu'elle avait posé sur lui avant qu'il ne la quitte à l'abbaye, un mélange de tristesse et de regret dans les yeux. Soudain, Gavin s'écria :

— Mes yeux me trompent-ils ou vois-je un peu de mal d'amour sur ton visage, Daniel ?

Ce qu'il fit ensuite choqua Daniel. Gavin renversa la tête en arrière et poussa son plus beau cri de guerre, qui mélangeait celui des Ramsay, des Grant et des Drummond.

Connor éclata de rire.

— Bon sang ! Qu'est-ce que c'était ?

Gavin rit aussi.

— C'était un cri d'*amour* ! Daniel est éperdument amoureux ! Nous l'avons tous vu avec Constance.

Ce fut plus fort que Daniel, il éclata de rire.

— Gavin, tu n'as pas tort, mais tu ferais mieux de courir quand tu seras descendu de ta monture.

Les trois cousins riaient en approchant des écuries. Ils sautèrent au sol avant Daniel, qui prit son temps. Lorsqu'il descendit enfin de cheval, il passa devant eux trois, dont les épaules étaient encore secouées par leur rire. Il s'arrêta près de Gavin et lui tapota l'épaule.

— C'est triste de te voir aussi jaloux. Cela t'arrivera peut-être un jour, mon petit.

Son cousin afficha un regard horrifié, comme si Daniel l'avait maudit, mais les deux autres poussèrent un grand cri satisfait.

La porte de la grande salle s'ouvrit à la volée et la tante Brenna sortit.

— Ne seraient-ce pas là deux de mes neveux préférés ? Si c'est le cas, vous feriez mieux de vous dépêcher de me faire un câlin, sinon je dirai à la cuisinière que vous n'avez pas faim.

Daniel aimait sa tante Brenna, la mère de Gregor, la meilleure guérisseuse de tout le pays. Elle avait épousé son oncle après avoir guéri ses deux enfants d'une étrange maladie. Depuis, elle avait rempli le rôle de mère pour Lily et Torrian, qui étaient rarement souffrants.

Il laissa ses cousins à leurs plaisanteries et se hâta de monter les marches pour saluer sa tante. Connor laissa échapper un dernier rire et grimpa à sa suite.

— Mes salutations, ma tante.

Daniel la serra dans ses bras, puis il recula pour que son cousin puisse faire de même.

— Daniel, tu ressembles de plus en plus à ton père chaque jour, et Connor… Oh, mon Dieu ! tu ressembles tant à ton père que c'en est troublant. Et cesseras-tu jamais de grandir ? Es-tu déjà aussi grand que ton père ?

— Je crois que je suis un peu plus grand, tante Brenna. Il ne me laisse plus me tenir à côté de lui.

Brenna éclata de rire.

— Oh ! C'est sans doute le signe que tu es plus grand. Il n'aime pas être surpassé en quoi que ce soit, même s'il préfère l'être par l'un de ses fils plutôt que par un inconnu. Entrez. Je vais vous trouver du ragoût et peut-être une ou deux pâtisseries.

Ce n'était pas le moment habituel du repas, aussi la salle était-elle en grande partie déserte. Mais les quatre cousins prirent place à l'une des tables à tréteaux et mangèrent, se racontant leurs voyages, se vantant de leurs forces comme ils le faisaient souvent, et ils évoquèrent ce qui s'était passé au château de Braden. Daniel venait juste de remplir son verre de cervoise quand deux voix se firent ouïr depuis le balcon.

— Daniel ! Connor !

Jennet et Brigid dévalèrent les escaliers pour les saluer, ensemble comme toujours. Elles étaient aussi inséparables que leurs frères, Gregor et Gavin.

Après avoir salué les garçons, elles s'assirent à la table avec eux, attendant qu'ils terminent leur repas. Jennet semblait plutôt impatiente, et lorsque la tante Brenna sortit des cuisines, elle se leva d'un bond et s'enquit :

— Puis-je, maman ?

— Bien sûr. C'est un moment idéal pour lui montrer ta création, dit-elle, puis elle se plaça derrière Daniel et posa les mains sur ses épaules. Daniel, te souviens-tu de ta dernière visite, lorsque Jennet s'est inquiétée du fait que tu n'aies qu'une seule main ?

— Oui.

Les questions de sa cousine l'avaient impressionné, témoignant d'une sagesse rarement vue chez une bachelette d'à peine dix printemps. Elle lui avait demandé ce qu'il ressentait dans son bras, son épaule, et même dans ses doigts manquants. C'était une jeune fille très curieuse.

— Vas-y, Jennet. Va le chercher, et montre-le à Daniel, lui dit la tante Brenna.

Daniel ignorait à quoi elle faisait référence, mais il était curieux.

— Daniel, expliqua sa tante, elle a été tellement touchée par la gravité de ta situation, par la perte de ta main et, surtout, de tes doigts, qu'elle s'est trouvé une finaison. Nous avons ouï parler d'armuriers qui attachent des crochets aux membres, mais nous voulions être plus créatives. Elle a imaginé quelque chose qui, elle l'espère, te sera utile.

À présent, Daniel était *vraiment* curieux. La guérisseuse des Drummond lui avait suggéré de mettre un crochet au bout de son bras, mais il n'avait pas eu envie d'avoir l'air plus insolite qu'il ne l'était déjà.

Jennet disparut dans la salle de soins de la tante Brenna. Daniel fixa la porte du regard, essayant d'imaginer ce que sa petite cousine avait bien pu créer pour lui. Mais rien n'aurait pu le préparer à ce que Jennet portait dans ses mains quand elle fit son apparition.

En fait, ses cousins avaient commencé à parler de combats à l'épée, mais toutes les conversations cessèrent dès qu'elle revint dans la grande salle.

Daniel était si stupéfait qu'il se retrouva debout, incapable de détourner le regard de la jeune fille et de ce qu'elle portait dans ses bras. Elle posa l'appareil sur la table à côté de lui.

Elle s'adressa à lui d'un ton sérieux.

— Permets-moi de t'expliquer, Daniel. Après en avoir discuté avec papa et maman, je me suis dit que ce dont tu avais le plus besoin, c'était de quelque chose pour saisir les objets, et qu'il était important que ce soit de la même longueur que ton autre bras. Il se peut que je doive faire quelques ajustements, expliqua-t-elle en soulevant sa création. Mais je crois que cela pourrait t'aider à accomplir certaines des tâches les plus simples de ta vie. Elle retourna l'objet pour le lui montrer.

Il prit le manchon de cuir qu'elle avait créé, censé se glisser sur son avant-bras et agir comme une nouvelle main. Alors qu'il le contemplait, il fit une chose qu'il n'avait pas faite depuis des années… et il s'en moquait. Des larmes perlèrent sur ses cils et il les laissa couler, se contentant de les essuyer lorsqu'elles gênaient sa vision.

— Pourquoi pleures-tu, Daniel ? s'enquit Jennet, visiblement perplexe. Je ne voulais pas te rendre triste.

— Je ne suis pas triste, ma belle. Je suis reconnaissant, dit-il, souriant enfin. Continue. Je veux tout savoir au sujet de ta création.

La tante de Daniel passa un bras autour des épaules de Jennet.

— Ce sont des larmes de joie. Il apprécie tout ce que tu as fait pour lui.

Brigid leva les yeux vers Daniel, lui offrant un sourire.

— J'ai aussi participé. Mais c'est Jennet qui a tout prévu.

— Je vous remercie toutes les deux.

— Si tu tends le bras, je vais te montrer comment cela fonctionne, proposa Jennet.

Daniel fit ce qu'elle lui demandait, et il glissa la merveilleuse trouvaille en cuir sur son avant-bras.

— Maman, Brigid et moi avons pensé que cela

fonctionnerait mieux si nous pouvions l'attacher comme ceci sur ton épaule.

Elle essaya de le faire, mais sa mère intervint pour l'ajuster.

— Daniel, il faudra peut-être quelques adaptations supplémentaires, mais tu peux l'essayer et nous dire comment cela se passe. Vas-y, Jennet, explique le reste.

La petite fille tira quelque chose de l'extrémité de l'étrange appendice.

— J'ai demandé au forgeron de m'aider pour ceci. Ce sont les parties que tu peux étendre si tu as besoin d'attraper quelque chose. Tu vois ? s'enquit-elle, déplaçant des pièces métalliques pour lui montrer de quoi elle parlait. Si tu tires sur ce levier, ces pièces se déplaceront vers l'extérieur afin que tu puisses saisir un objet.

— Mais je ne peux pas tirer avec mon moignon, Jennet, protesta Daniel.

— Bien sûr que non. Je me suis mal exprimée. Si tu actionnes le levier, cela devrait marcher. Tu peux sentir et pousser avec le moignon, n'est-ce pas ?

— Oui, je peux, confirma-t-il, et l'espoir jaillit dans son cœur.

La tante Brenna s'avança.

— Pourquoi n'essaierais-tu pas toi-même, Daniel ? Je peux le tenir, si tu veux.

— Oui, j'aimerais essayer.

Ses cousins formèrent un cercle autour de lui et le regardèrent manœuvrer la création de Jennet, la remuer et l'ajuster. Finalement, il parvint à pousser le levier, envoyant les pièces de métal vers un carré de lin sur la table. Lorsqu'elles saisirent habilement le tissu, tout le monde applaudit à tout rompre, donnant des tapes dans le dos de Jennet et de Daniel.

Et il était là, debout, pleurant comme un enfant.

— Jennet, je ne sais pas comment te remercier.

— Et moi aussi ! intervint Brigid.

— Et toi aussi, Brigid.

Il les étreignit, puis serra aussi sa tante Brenna dans ses bras.

— Si cela ne te dérange pas, j'aimerais te regarder l'utiliser pour que je puisse faire les ajustements nécessaires, que ce soit au niveau du tissu à l'intérieur, du cuir ou du métal, dit Jennet. Le forgeron a accepté de l'ajuster pour toi, tant que ce sera nécessaire.

Les larmes de Daniel se tarirent et il déclara :

— Je serai honoré que tu viennes avec moi.

Il aurait aimé que Constance soit là pour voir l'invention de Jennet.

Il y avait peut-être encore de l'espoir pour eux.

CHAPITRE DIX

CONSTANCE ÉTAIT ASSISE dans la chambre d'enfant improvisée, entourée de petites filles. Il n'y avait aucun garçon dans le groupe, à sa grande surprise, mais elle se dit que c'était peut-être mieux ainsi. Elle travaillait avec deux des filles les plus âgées, leur apprenant les lettres de l'alphabet, et elles se débrouillaient bien.

À la fin de la leçon, elle se dirigea vers l'autre partie de la grande chambre, où elle participa à un jeu avec les plus jeunes.

Une petite fille s'approcha et s'appuya sur la jambe de Constance.

— Constie, porter, plaît ?

Elle n'avait que deux printemps et une jambe nettement plus courte que l'autre ; c'était épuisant pour elle de marcher.

— Oui, Kelby.

Elle souleva la petite fille brune qui laissa rapidement retomber sa tête sur l'épaule de Constance.

— Moi fatiguée, murmura-t-elle en enfonçant son pouce dans sa bouche. Va voir maman ?

— Non, nous ne pouvons pas aller voir ta maman. Elle est partie au paradis, ma jolie.

Constance avait été peinée d'apprendre les circonstances qui avaient amené certains des enfants ici. La mère de Kelby était morte en donnant naissance à un jeune frère, mais celui-ci avait survécu. Le père avait décidé de garder le garçon et de donner la fille, simplement parce qu'elle « n'était pas comme les autres ».

Ne pouvait-il pas comprendre que ce n'était pas la faute de Kelby si l'une de ses jambes était plus courte que l'autre ? Elle s'activait quand même aussi dur que toutes les autres petites filles. Elle s'entraînait sans relâche, mais sa démarche était saccadée, et elle tombait souvent. Mais les efforts qu'elle déployait pour simplement marcher étaient vraiment épuisants pour elle. La fillette ferma les yeux, et Constance lui fredonna une mélodie. Cette douce petite fille avait rapidement volé une partie de son cœur.

Kelby était venue voir Constance dès qu'elle l'avait vue marcher.

— Tu es comme Kebby ?

Constance ne voyait pas ce qu'elle voulait dire, mais lorsqu'elle s'était avancée pour prendre la petite fille dans ses bras, Kelby avait pointé du doigt son pied et dit :

— Tu marches comme Kebby.

Effectivement, elle se déplaçait comme la petite fille à la démarche étrange.

La mère abbesse entra dans la pièce.

— Tout va bien avec les enfants, Ada ?

Celle-ci acquiesça. Elle avait également été sollicitée pour aider à s'occuper des enfants.

L'abbesse poursuivit son chemin jusqu'à l'endroit où se trouvait Constance.

— Kelby s'est beaucoup attachée à vous, Constance. Vous avez fait du bon travail avec les petits hui.

— Je vous remercie, Révérende Mère.

Elle s'efforçait de travailler dur, de donner de l'amour à ces petits, et d'oublier Daniel et Rose. C'était une lutte constante, mais rester occupée lui rendait les choses plus faciles.

— Je fonde tant d'espoirs sur vous, mais vous continuez à me décevoir.

L'abbesse croisa les bras et observa les autres enfants. Son regard ne croisait pas celui de Constance.

— Je… je ne comprends pas.

Qu'avait-elle encore fait ? Au cours des derniers jours, elle avait fait tout ce qui était en son pouvoir pour aider l'abbesse et garder le sourire. Elle avait tâché de toutes ses forces d'oublier l'homme dont elle était tombée amoureuse.

Elle se contenta de fixer l'abbesse du regard, attendant la mauvaise nouvelle.

— Vous avez dit que votre père était Mungo MacKenzie ?

À présent, elle savait qu'elle avait de sérieux ennuis.

— Oui, répondit-elle d'une petite voix.

— Aucun Mungo MacKenzie ne peut être votre père. Vous avez inventé ce nom, jeune fille.

Constance baissa le nez et ferma les yeux, essayant de se concentrer sur la douce respiration de l'enfant qui dormait sur son épaule, pour ne pas paniquer.

— Il y a un Mungo MacKenzie au sud d'ici, mais il n'a pas d'enfants.

Elle s'était à nouveau fait prendre. Elle ne s'était pas attendue à une telle nouvelle, mais elle n'était pas surprise qu'il ait été renvoyé par son père et qu'il se soit installé loin.

— Il est peut-être temps pour vous d'aller en cellule de châtiment.

Cette fois, Constance ne pouvait pas protester. Alors, elle embrassa le front de Kelby pour se consoler un peu du temps qu'elle allait passer loin d'elle.

Qu'il en soit ainsi.

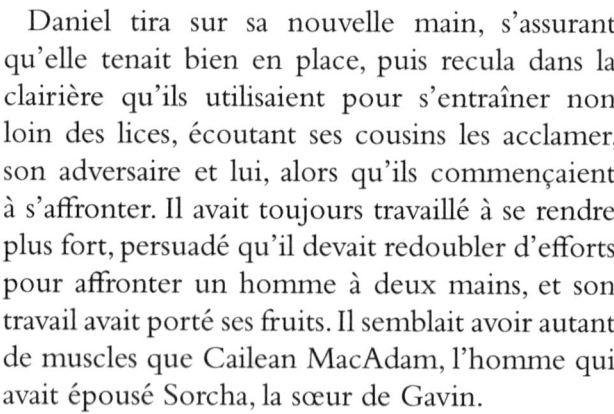

Daniel tira sur sa nouvelle main, s'assurant qu'elle tenait bien en place, puis recula dans la clairière qu'ils utilisaient pour s'entraîner non loin des lices, écoutant ses cousins les acclamer, son adversaire et lui, alors qu'ils commençaient à s'affronter. Il avait toujours travaillé à se rendre plus fort, persuadé qu'il devait redoubler d'efforts pour affronter un homme à deux mains, et son travail avait porté ses fruits. Il semblait avoir autant de muscles que Cailean MacAdam, l'homme qui avait épousé Sorcha, la sœur de Gavin.

— Cailean, il va t'assommer ! cria Connor. Fonce sur lui, Daniel. Tu peux le battre. Tu deviendras le *treun*, le champion de tous.

Au cours de la semaine écoulée, Daniel s'était pris d'affection pour sa nouvelle main. Ses cousins l'avaient aidé à s'entraîner avec, ce qui avait mené à ce combat. Cailean MacAdam était considéré comme l'adversaire le plus coriace avec ses poings nus.

Will et Maggie les avaient rejoints la veille et leur avaient parlé des nouvelles informations qu'ils avaient au sujet du canal de Dubh. Grâce au travail acharné de la bande de cousins, le raisiau clandestin s'était enfoncé encore plus loin dans la clandestinité.

Au lieu d'enlever des épouses comme par le passé, les pillards enlevaient des bachelettes pour les vendre. Ils attendaient le retour d'Edinburgh de l'oncle Logan avant d'élaborer un nouveau plan.

Maintenant que Daniel pouvait se battre, il était déterminé à se lancer dans cette bataille et à faire de son mieux pour la gagner.

Daniel se frotta l'œil et cracha. Il avait déjà un œil enflé à cause de Connor, et de nombreux blaus à cause des autres. C'était son premier combat contre Cailean. Ils étaient covenus de ne pas donner de coups de poing dans les reins ou dans l'aine. La tante Brenna avait insisté.

Alors qu'ils décrivaient un cercle, Daniel aperçut du coin de l'œil des nouveaux venus : l'oncle Logan…

Et son père.

— Papa ? appela-t-il, le poing toujours levé devant son visage pour se protéger.

— Daniel ? Tu te bats avec ton poing ? Où est

ton épée ? Et que diable est cette chose sur ton autre bras ?

— Papa, je vais bien. J'ai juste besoin de m'entraîner.

Il continua à faire face à Cailean, esquivant ses coups et se déplaçant autour de lui dans la petite surface.

L'oncle Logan se trouvait deux pas derrière son père.

— Qu'est-ce que c'est que cette histoire ? Je ne m'attendais pas à vous trouver dans les lices. J'ai besoin de tous les hommes possibles pour mener à bien cette bataille contre le canal de Dubh. Je n'ai pas besoin que vous vous entretuiez. MacAdam, recule.

Cailean MacAdam respectait le père de sa femme, surtout parce que Logan lui fichait une peur bleue. Il recula d'un pas et leva les mains en l'air.

Daniel s'arrêta pour faire face à son oncle et s'écria :

— Non, oncle Logan ! J'ai besoin de cela.

Cailean n'était pas encore parti, mais il n'avait pas non plus repris le combat.

— Pourquoi, Daniel ? s'enquit son père.

Il montra l'extension de son bras aux deux hommes.

— Je m'entraîne avec la création de Jennet. Je dois pouvoir me défendre.

— Qu'est-ce ? l'interrogea son père.

— Mon *treun*.

Daniel jeta un coup d'œil à Connor et lui fit un clin d'œil. Il avait aimé cette suggestion.

— L'arme secrète qui fera de moi un champion.

Le mot gaélique pour « champion » était exactement ce dont il avait besoin. Il appellerait cet engin *Treun.*

L'oncle Logan se rapprocha pour mieux le voir.

— Brigid m'a dit qu'elles y travaillaient. Est-ce que tu arrives à le stabiliser ? s'enquit-il, tendant la main pour le sentir avant de tirer un bon coup dessus, sourcils froncés.

— Jennet et Brigid ont fait cela pour toi ?

— Avec l'aide de tante Brenna, répondit Daniel. Je ne frappe pas avec à cause des bouts de métal à l'intérieur, mais j'essaie d'apprendre à m'en servir pour me défendre. Certains de ces hommes sont sans pitié.

L'oncle Logan jeta un coup d'œil au père de Daniel, qui lui adressa un léger signe de tête, puis il pinça les lèvres avant de dire :

— Alors, je ne vais pas t'arrêter. Mais souviens-toi que ton ennemi aura aussi quelque chose d'autre à quoi s'accrocher.

— Compris. Cailean, tu frappes le premier.

Daniel recula dans la clairière, esquivant facilement le premier coup de Cailean.

— C'est une brute, Daniel, mais il n'est pas rapide sur ses pieds. Tu peux le battre, cria l'oncle Logan, souriant à son gendre.

Il aimait bien se moquer du mari de sa fille, même s'il l'appréciait visiblement beaucoup.

— Ne me ménage pas, insista Daniel. Je dois apprendre à me battre avec les deux bras, Cailean.

Les deux hommes s'affrontèrent pendant un petit moment avant que Will ne s'écrie :

— Égalité !

Daniel se laissa tomber en arrière avec un sourire. Il n'avait pas vaincu le guerrier Ramsay, mais il avait tenu bon. Il serra l'épaule de Cailean et le remercia.

Daniel avait l'impression qu'une nouvelle vie s'offrait à lui. Chaque soir, il songeait à toutes les nouvelles choses qu'il pourrait faire maintenant qu'il avait deux mains. Le mécanisme de préhension était encore imprécis, mais il avait appris à tenir un bouclier avec la pression de son bras, simplement parce qu'il avait un peu d'extension. Il avait aussi travaillé avec Maggie et Will sur la façon de tenir une flèche en place, et s'il avait progressé, il n'arrivait pas à stabiliser suffisamment l'arc pour tirer droit.

Il était conscient que ces choses nécessitaient de la pratique, mais cela lui donnait de l'espoir, l'espoir d'être considéré comme un homme normal au lieu d'un infirme. Il détestait le fait que sa main manquante était la première chose que les gens remarquaient chez lui. Pas son rire, ni ses cheveux noirs, ni sa musculature, mais son appendice manquant.

Avec *Treun*, ce n'était plus aussi visible. On avait l'impression que sa main était coincée à l'intérieur de la manche. Presque normale.

Après le combat, l'oncle Logan s'approcha et lui donna une tape dans le dos.

— Bien joué. Je suis sûr que ton père est aussi satisfait de ta performance que moi.

— Papa ? Que penses-tu de mon nouvel

équipement ? l'interrogea-t-il, essuyant la sueur de son front avec sa manche.

— Tu me permets de l'examiner à nouveau, s'il te plaît ? s'enquit son père, les yeux rivés sur *Treun*.

Daniel s'approcha de lui et lui montra le mécanisme intérieur lui permettant d'agripper des objets.

— C'est encore assez simple, et j'ai des endroits à vif à cause des frottements, mais tante Brenna et Jennet l'ajustent tous les jours.

— Je veillerai à les remercier comme il se doit. J'espère que tu pourras continuer à travailler avec ton *Treun*, Daniel. Ta mère et ton frère seront ravis.

Il adressa un signe de tête à Logan et se tourna pour repartir vers le château, mais pas avant que Daniel ne voie les larmes dans ses yeux.

— Oui. Maintenant que je t'ai vu à l'œuvre, j'ai une proposition à faire à la bande de cousins. Will et Maggie ne vont pas tarder à arriver. Rassemblez-vous, leur ordonna l'oncle Logan. Cailean, va te laver. Ta place est auprès de ma fille.

Une fois Cailean parti, Gavin, Gregor, Will, Maggie et Daniel se regroupèrent autour de l'oncle Logan, attendant qu'il prenne la parole.

— Le roi, bien qu'en deuil, est encore plus déterminé à découvrir qui dirige le raisiau, d'autant plus que beaucoup de nos jeunes ont été mis en danger par celui-ci. Il veut que nous entrions dans la clandestinité, que nous feignions d'être intéressés par l'achat ou la vente de bachelettes, et que nous voyions ce que nous pouvons découvrir.

— Nous tous ? l'interrogea Maggie.

— Non, je doute que tu puisses réussir cette mission, Maggie. À notre connaissance, il n'y a pas de femmes impliquées. Je crains également que la réputation de Will ne trahisse son identité. Je pense que vous devriez y aller tous les quatre : Gavin, Gregor, Connor et maintenant Daniel. Je pense que vous pourrez vous débrouiller seuls. Je vous envoie en mission demain, alors reposez-vous. Vous vous êtes suffisamment entraînés. Vous devez être en pleine forme pour cela. J'ignore complètement ce que vous allez trouver.

Daniel jeta un regard aux trois autres hommes, et, à en juger par leurs expressions, tous étaient d'accord.

— Vous le ferez tous ?

Quatre têtes acquiescèrent.

Daniel avait enfin une finaison.

CHAPITRE ONZE

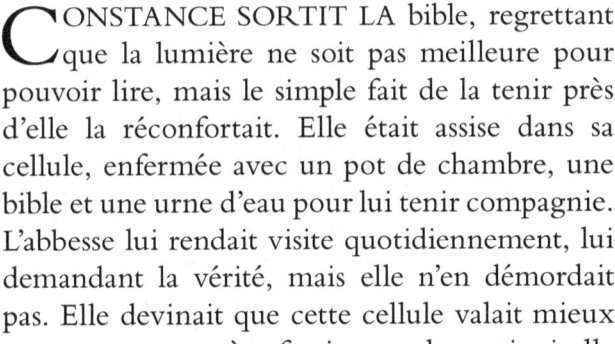

CONSTANCE SORTIT LA bible, regrettant que la lumière ne soit pas meilleure pour pouvoir lire, mais le simple fait de la tenir près d'elle la réconfortait. Elle était assise dans sa cellule, enfermée avec un pot de chambre, une bible et une urne d'eau pour lui tenir compagnie. L'abbesse lui rendait visite quotidiennement, lui demandant la vérité, mais elle n'en démordait pas. Elle devinait que cette cellule valait mieux que ce que son père ferait pour la punir si elle rentrait chez elle.

Elle l'aimait, mais il croyait fermement au bien et au mal. Et si vous aviez tort, vous deviez en payer le prix en fonction de votre crime. Il avait réussi à inculquer à Constance et à ses frères et sœurs la peur du châtiment, surtout après la flagellation publique de Mungo. Jusque-là, elle n'avait jamais cru aux récits de ses frères sur les coups qu'ils avaient reçus pour s'être mal comportés, mais après cela, elle avait changé d'avis. Elle avait eu trop peur du prix à payer pour avoir enfreint les règles pour défier son père.

Jusqu'à ce jour fatidique.

Elle secoua les épaules, se jurant de ne plus y penser.

Les sœurs la nourrissaient deux fois par jour : les conditions n'étaient donc pas si terribles. Ada était descendue un soir pour lui parler, lui apporter un peu de soutien et aussi un fruit, mais Constance l'avait suppliée de ne pas risquer de s'attirer des ennuis.

Les enfants lui manquaient, surtout Kelby, mais Daniel lui manquait plus encore. Le souvenir de ses lèvres douces et de ses caresses tendres lui permettait de tenir bon, même si elle savait qu'elle ne le reverrait probablement jamais. À quoi avait-elle pensé en l'envisageant comme prétendant ? Elle n'était pas digne de lui.

Elle connaissait la mère abbesse. Elle pouvait se montrer impitoyable et intraitable. Elle finirait par découvrir elle-même la vérité sur le père de Constance. Lorsqu'elle le ferait venir, ce qu'elle ne manquerait pas de faire, Constance serait emmenée dans une nouvelle prison. Pourquoi n'avait-elle pas expliqué à Daniel pourquoi il était primordial pour elle de rester cachée ? Elle savait qu'il pensait qu'elle ne lui faisait pas confiance pour la protéger, mais rien ne pouvait être plus éloigné de la vérité. Daniel la protégerait au péril de sa vie.

Elle ne méritait pas cela.

Elle pensait aussi à sa chère sœur Denise et à sa meilleure amie, Rose. Toutes les deux lui manquaient. Reverra-t-elle un jour sa sœur ? De nouvelles larmes perlèrent sur ses cils, même si elle essayait de les repousser. Pleurer ne servirait à rien.

Quelque chose attira son attention. Des coups forts, frappés à une porte à l'étage, se répercutèrent jusqu'aux caves. Elle était la seule à être punie pour l'instant ; elle était donc seule avec sa panique. Se levant de son grabat, elle s'approcha de la porte pour écouter à travers le petit rectangle découpé dans la partie supérieure.

— Je vous dis qu'il n'y a personne ici ressemblant à votre description, alors prenez congé maintenant.

La mère abbesse était manifestement contrariée, Constance l'ouïssait dans son ton. Elle parlait de plus en plus fort.

— Allez-vous-en ! Gardes ! Où êtes-vous ?

— Nous avons encerclé vos gardes. Parce qu'il s'agit d'une abbaye, nous ne les tuerons pas, mais nous ne partirons pas sans avoir fouillé les lieux. Je veux qu'on m'amène toutes les bachelettes aux cheveux de flamme. Jusqu'à la dernière !

La voix tonitruante de l'homme résonna jusqu'au bas de l'escalier, comme s'il se tenait à côté de Constance.

— Comme vous le voulez, dit la mère abbesse, dont la voix s'élevait à chaque mot. Votre demande concerne une femme adulte. J'ai deux fillettes de moins de cinq printemps à la chevelure flamboyante, qui pleurent sans cesse. Est-ce ce que vous souhaitez ? M'enlever une enfant qui pleure ? Le Seigneur vous le fera payer. Il vous foudroiera.

Constance ouït le bruit d'une forte gifle, suivi

d'un léger cri de la part de l'abbesse. Une voix masculine ordonna :

— Amenez-les maintenant !

Elle ouït les pas de l'abbesse au-dessus d'elle et pria sans relâche pour que ces hommes malveillants ne ravissent pas les petites. Que se passerait-il s'ils descendaient dans les caves et la trouvaient ?

Il était possible que ces hommes ne soient pas à sa recherche. Après tout, elle n'était pas la seule bachelette à la chevelure flamboyante en Écosse. Mais, si c'était bien elle qu'ils recherchaient ? Et si son père avait engagé cinquante hommes pour fouiller tous les châteaux et abbayes du pays ? Il avait les richesses nécessaires pour le faire.

Elle sortit l'amulette de sa mère de sa poche cachée et la caressa du bout des doigts, espérant qu'elle lui porterait chance. La frottant aussi vite qu'elle le pouvait, elle pria pour que les hommes partent sans emmener personne.

L'homme lança :

— Fouillez cet endroit !

Constance paniqua en écoutant le chaos qui se déchaînait au-dessus des escaliers. Les enfants criaient et pleuraient tandis que les nunes allaient et venaient, faisant de leur mieux pour répondre aux questions arrogantes des hommes. Elle balaya du regard son petit espace. Où pourrait-elle se cacher ?

Il faisait assez sombre au sous-sol, car il n'y avait qu'une seule fenêtre pour éclairer tout l'endroit. Le manque de lumière faisait partie de la punition. Il n'y avait qu'une seule torche, qui n'était allumée que peu de temps chaque jour. À cet instant, elle était éteinte.

Elle remit son grabat en bon ordre, prit sa bible et ses vêtements et se plaqua contre la porte, se drapant d'une couverture usée. Si quelqu'un regardait par l'ouverture, il ne la verrait pas. Il faudrait ouvrir la porte. C'était le mieux qu'elle pouvait faire dans ces circonstances.

Elle s'appuya contre la porte quand deux brutes dévalèrent l'escalier.

— Il fait noir ici. Comment sommes-nous censés voir quoi que ce soit ?

L'autre homme répondit :

— Elle dit qu'il n'y a personne ici, et je doute qu'elle mette des bachelettes à la cave. Jette un coup d'œil rapide dans chaque pièce. Tu commences par cette extrémité, je commence par l'autre.

Constance retint son souffle quand les pas s'arrêtèrent devant sa porte. Un moment s'écoula, puis l'homme annonça :

— Il n'y a personne ici. Nous perdons notre temps.

Son compagnon poussa un juron et tous deux remontèrent les escaliers. Constance laissa échapper un soupir soulagé, mais le cauchemar était loin d'être terminé.

D'autres cris, pleurs et jurons lui parvinrent depuis le haut de l'escalier, mais elle ne pouvait rien faire. Elle haletait de peur, essayant tant bien que mal de respirer profondément pour ralentir ses tremblements et son cœur qui s'emballait.

Au bout d'un moment, les hommes s'en allèrent, et elle sortit enfin de sa cachette.

La seule chose dont elle était sûre, c'était qu'ils avaient un accent anglais.

Étaient-ce les hommes de son père, ou cherchaient-ils des bachelettes pour le canal de Dubh ? À sa connaissance, son père n'avait pas de gardes anglais, mais elle ne pouvait en être certaine.

Elle espérait ne jamais connaître la réponse à cette question : mais, au fond de son cœur, elle savait déjà.

Les quatre hommes cheminaient dans les rues sombres d'Edinburgh.

— Es-tu sûr que nous allons dans la bonne direction ? demanda Gregor.

Connor hocha la tête.

— Oui. L'oncle Logan a dit que c'était le meilleur endroit pour nous permettre d'entrer dans la clandestinité.

Avec une réserve inhabituelle, Gavin murmura :

— Je ne suis pas sûr de vouloir trouver l'endroit où faire cela.

Daniel, vêtu de noir, posa la main sur sa hanche et promena son regard d'une auberge à l'autre. Il devait bien y avoir un indice quelque part. Ils étaient entrés dans trois tavernes sans ouïr le moindre murmure au sujet du canal de Dubh.

— Mais, que diable cherches-tu ? s'enquit Gavin.

— N'importe quoi indiquant que l'établissement

n'est pas ce qu'il semble être. Tu sais pourquoi on appelle cela la clandestinité, n'est-ce pas ? Je suppose que la plupart de leurs activités doivent se dérouler dans des souterrains. L'oncle Logan a dit qu'il y avait beaucoup de paris et qu'ils voulaient le cacher. Ils sont sans doute dans les caves de l'un de ces établissements.

— Daniel n'a pas tort, intervint Connor, tournant en rond, observant tous les bâtiments de la place. Il y a probablement une entrée séparée, peut-être même à l'arrière. Ainsi, les clients ordinaires ne voient pas les brigands. Laquelle de ces auberges est la plus grande ?

Ils ne prêtaient pas attention à Daniel ; chacun de ses cousins était occupé à examiner les différents bâtiments. Il profita donc de cette situation idéale.

Une foule bruyante d'imbéciles ivres s'approcha d'eux, divisée en quelques groupes de trois ou quatre hommes, hurlant à tue-tête à propos de « paris ». Sans un mot à ses cousins, il se fondit dans la foule, se déplaçant avec eux tandis qu'ils se dirigeaient vers l'une des tavernes. Comme il l'avait soupçonné, ils s'avancèrent vers une porte latérale au lieu d'entrer par l'avant. Un garde impressionnant se tenait près de la porte, au pied d'une série de marches, et, avant d'entrer, chaque petit groupe lui remettait une pierre. Le groupe qu'il avait rejoint était tellement ivre qu'il avait réussi à se joindre à eux sans se faire remarquer.

Une fois à l'intérieur, il attendit que ses yeux s'adaptent à l'obscurité pour savoir dans quoi il était tombé. Il se déplaça jusqu'à un long comptoir, observant l'employé qui vendait des boissons et prenait des paris. La foule était dense, personne ne lui prêtait attention, mais il ne pouvait s'empêcher de se poser des questions.

Des paris sur quoi ?

Il suivit deux jeunes hommes dans le couloir, se déplaçant comme s'il était à sa place, et il découvrit l'attraction.

Des combats. Des hommes s'affrontaient à coups de poing.

Cela répondait à sa question. Il resta sans bouger jusqu'à ce que quelques hommes sortent de la cave en grommelant sur leurs pertes. Comme il l'avait fait plus tôt, il les suivit ; suffisamment loin pour qu'ils ne le remarquent pas, mais pas assez pour que quelqu'un d'autre se rende compte qu'il était seul. Il retourna auprès de ses cousins, qui étaient confus. Ils n'avaient pas beaucoup bougé de leur position au milieu de la rue.

— Qu'est-ce qui se passe, Fantôme ? Où étais-tu passé ? s'écria Connor.

Gavin rit, puis lui dit :

— J'aimerais savoir comment tu as fait. Je me suis retourné, et tu n'étais plus là. Belle façon d'être à la hauteur de ton nom.

— Qu'as-tu appris exactement ? demanda Gregor.

— Exactement ce que je pensais trouver. Des brutes qui se battent à coups de poing dans une grande salle de la cave d'une taverne. Des hommes pariaient de l'argent sur l'issue des combats. Il faut une pierre spéciale pour entrer.

— Vraiment ? intervint Connor. Alors, comment es-tu entré ?

Daniel ne put s'empêcher de sourire.

— J'ai ma façon bien à moi de me faufiler sans me faire remarquer.

— Où était-ce ? s'enquit Gavin.

Daniel pointa du doigt la taverne qui se trouvait non loin devant eux.

Gregor siffla.

— *Le Chien et le Cerf* est l'une des plus grandes auberges de la ville, expliqua-t-il en agitant la main en direction du bâtiment. Elle attire beaucoup de monde après la chasse. Et si nous y allions pour prendre un petit repas ?

— Peut-être pourrons-nous découvrir comment obtenir l'une de ces pierres, dit Gavin.

Daniel et Connor avaient déjà commencé à avancer dans ce sens. Tous les quatre, vêtus de noir, se démarquaient dans la foule. C'était presque le moment des matines, et s'il n'y avait pas vraiment foule dans la rue, il y avait beaucoup d'hommes ivres.

— Si nous ne trouvons pas ce que nous cherchons dans les auberges, l'autre possibilité serait un bordelage[12]. Ils pourraient se retrouver dans la cave. Mais les combats n'ont peut-être rien à voir avec le canal de Dubh.

Gavin ricana.

— Je n'ai aucune envie de voir les caves d'un bordelage. Ce qu'ils font là-bas n'est pas digne de mes yeux.

Connor toussa. Daniel s'arrêta et dit :

— C'est celle-ci.

---

12   Bordel, maison de passe.

— Comment es-tu entré dans la cave ? s'enquit Gregor.

Il inclina la tête.

— Par l'entrée latérale en bas des escaliers. On ne voit rien depuis la rue la nuit. Passons d'abord par l'entrée principale. Voyons ce que nous pouvons apprendre sur la manière d'entrer dans le sous-sol.

Daniel pénétra dans la taverne et trouva une table dans le coin le plus reculé. Les autres le suivirent et, une fois qu'ils furent installés, Daniel commanda quatre cervoises et lança une pièce à la bachelette qui les servit. Elle inclina son ample poitrine bien visible vers Connor, ce qui fit ricaner les trois autres.

Il lui sourit.

— Peut-être plus tard, ma jolie.

Gavin attendit qu'elle parte, puis murmura :

— Pourquoi lui as-tu dit cela ? Tu ne feras rien avec elle. Je te connais, Grant.

Connor haussa les épaules.

— Elle est partie avec le sourire, n'est-ce pas ? C'est tout ce que vous avez besoin de savoir.

Daniel intervint.

— C'est toi qui devras lui demander plus d'informations, vu qu'elle a une préférence pour toi.

La taverne était bondée : de nombreux clients étaient debout et la plupart des tables étaient occupées. Connor attendit que la bachelette qui les servait revienne vers eux et l'appela :

— Ma jolie, pourrions-nous avoir quatre tourtes à la viande, et quatre autres cervoises ?

— Tout ce que vous voudrez. J'aime les hommes costauds, lui dit-elle, se penchant vers lui pour passer un doigt sur son visage.

— Alors, peut-être me donnerez-vous quelques informations, en échange desquelles je vous donnerai un joli tas de pièces.

— Je ne veux pas que ça, je veux tout le reste aussi, dit-elle, et elle laissa échapper un petit rire rauque. Que voulez-vous savoir ?

— Nous avons ouï dire qu'il y avait un bon endroit pour placer des paris dans cette rue. Où se trouve-t-il ?

Elle lui lança un regard grivois, tourna les talons, remua les fesses devant Connor, puis disparut.

À son retour, elle leur servit un pichet de cervoise ainsi que les tourtes à la viande les plus généreuses qu'ils aient jamais vues. Et, bien sûr, Connor eut droit à la plus grosse. La bachelette lui tendit la main, et il paya son dû, assorti d'une généreuse rallonge. Avant de s'éloigner de la table, elle posa son autre main sur celle de Connor, puis elle glissa une pierre rouge dans sa paume.

Il lui adressa un regard perplexe.

— Cela vous permettra d'entrer, chuchota-t-elle. Donnez-la à l'homme qui se trouve devant l'entrée latérale, et il vous laissera passer. Revenez quand vous aurez terminé.

Elle agita les sourcils en le regardant, puis elle s'en alla.

— Bien joué, Connor, le complimenta Gavin.

— Mangez, leur intima Daniel. Nous irons dès que nous aurons terminé.

— Ne mange pas trop, Connor, intervint Gavin. Tu auras besoin de tes forces pour plus tard. Elle a plus d'appétit que n'importe lequel d'entre nous, l'avertit-il, penchant la tête vers la serveuse qui les regardait toujours.

Dès que Connor tourna la tête, elle lui adressa un clin d'œil et soupesa l'un de ses seins de sa main libre.

Gregor s'étrangla avec sa cervoise.

CHAPITRE DOUZE

ONSTANCE N'AVAIT PAS dormi du tout. Ada avait dévalé les escaliers pour venir la voir, des larmes ruisselant sur ses joues, mais l'abbesse l'avait rappelée à l'étage pour l'aider à s'occuper des petits. Elle l'avait rapidement informée que personne n'avait été enlevé. Constance avait passé le reste de la nuit seule et effrayée.

Si ces hommes étaient venus la chercher, ils ne s'arrêteraient jamais. Elle avait ouï l'un d'entre eux gifler l'abbesse. Ils avaient tant effrayé les fillettes qu'elles ne cessaient de pleurer. Après y avoir longuement réfléchi, elle comprit qu'elle n'avait qu'une seule chose à faire.

Elle s'enfuirait.

C'était sa décision, mais avant qu'elle puisse mettre son plan à exécution, elle avait deux choses à accomplir. D'abord, elle devait sortir des caves. Il lui serait presque impossible de s'échapper sans une aide quelconque. Elle avait pensé à demander à Ada de trouver la clé et de la libérer, mais son amie serait punie, ensuite. Elle ne pouvait pas supporter cette idée, et son seul choix était celui de dire la vérité.

Consciente qu'elle n'avait pas d'autre choix, Constance décida de donner son véritable nom à l'abbesse. Elle avait une autre raison de le faire : si Daniel revenait un jour la chercher, cela l'aiderait à la retrouver.

Elle ne pouvait plus nier qu'elle l'aimait. C'était vraiment un homme bien, et lui et ses cousins l'impressionnaient beaucoup. Ils œuvraient pour le bien de tous les Écossais, essayant de débarrasser leur pays des bêtes qui faisaient du commerce avec les humains. Elle savait qu'il se sentait incomplet à cause de son infirmité, mais elle ne le voyait pas ainsi. Elle ne le considérait pas du tout comme un infirme.

Sa première décision était prise. La prochaine fois que la mère abbesse viendrait lui parler, elle lui raconterait la vérité.

Pleine et entière.

Ensuite, dès qu'elle le pourrait, elle s'enfuirait au milieu de la nuit.

Ce qui l'amena à sa seconde décision, qui était plutôt un dilemme. Où irait-elle ? Elle avait envisagé quatre possibilités.

Rentrer chez elle serait son dernier recours, une chose qu'elle ne ferait que si elle était poursuivie par de méchants pillards et des sangliers sauvages. La prochaine possibilité était de retourner au château de Muir, et espérer que Daniel serait là. Mais elle savait que ses cousins et lui avaient prévu de se lancer en quête d'informations sur le canal de Dubh. Son troisième choix était de retourner au château des MacDole pour y vivre seule. Si elle appréciait que ce plan n'implique personne d'autre, et qu'elle n'avait donc pas à craindre que quelqu'un puisse être blessé à cause d'elle, elle n'était pas certaine que le château était toujours vide. Un endroit aussi beau devait sûrement être habité maintenant.

Son quatrième choix, qu'elle jugeait meilleur que les autres, était d'essayer de retrouver Rose. De se rendre au château des Grant. Connor, Brodie et Celestina lui avaient beaucoup parlé des terres Grant. Le voyage serait long, mais elle avait une idée générale de la direction à prendre. Si elle parvenait à rester cachée lorsque des pillards rôdaient dans les parages, elle pourrait sûrement trouver des gens bienveillants dans les huttes le long de la route pour la guider.

Elle sentait que c'était son meilleur choix, et le moyen le plus probable pour elle de retrouver Daniel. S'il voulait encore d'elle. Il lui avait à peine parlé sur le chemin du retour à l'abbaye. Elle savait pourquoi : il pensait qu'elle ne lui faisait pas confiance. Mais quand il saurait la vérité, il ne voudrait sans doute pas d'elle.

Des pas résonnèrent dans l'escalier.

La mère abbesse se plaça devant sa cellule, les bras croisés.

— Avez-vous ouï le groupe d'hommes qui a forcé l'entrée et pris nos gardes en otage hier soir ?

Des larmes roulèrent sur les joues de Constance tandis qu'elle hochait la tête.

— Mes excuses, Révérende Mère. J'ignore qui

sont ces hommes. Je n'ai reconnu aucune voix. Ils me cherchaient, n'est-ce pas ?

L'abbesse poussa un profond soupir.

— Oui, je le crois. Il est temps de mettre fin à cette histoire. Je ne sais pas pourquoi vous me cachez des choses, et j'ai essayé de me montrer patiente avec vous, mais je ne peux plus mettre en danger le bien-être de tant de personnes ici. Je veux la vérité, Constance. Cessez de me raconter des histoires. Qui est votre père et pourquoi vous cherche-t-il ?

— Je vais vous le dire. Puis-je sortir, s'il vous plaît ? demanda-t-elle, la respiration entrecoupée de pleurs.

— Donnez-moi d'abord le nom, et si j'estime que c'est la vérité, je vous autoriserai à sortir pour que nous puissions discuter à la table. Si vous ne me dites pas tout, j'appellerai un garde pour vous remettre dans la cellule et vous trouverez un autre endroit pour prononcer vos vœux. Je ne tolérerai pas plus longtemps ce mensonge.

Constance sanglota un long moment avant de pouvoir enfin se maîtriser.

— Qu'avez-vous l'intention de faire ? s'enquit enfin l'abbesse. Je suis en train de perdre mon temps à rester ici.

Constance continua à sangloter, mais elle parvint finalement à dire la vérité.

— Mes parents sont un baron et une baronne, Douglas et Margaret Lockhart de Lee, dans le Lanarkshire. Et j'ai sept frères et sœurs.

Ses sanglots se poursuivirent tandis que l'abbesse

déverrouillait la porte. Sans mot dire, elle l'ouvrit et pointa la table du doigt.

Une fois que Constance fut assise, l'abbesse lui tendit deux carrés de lin pour qu'elle puisse se moucher, puis elle s'assit en face d'elle.

— Et maintenant, vous allez m'expliquer pourquoi ils vous recherchent.

— J'ai deux sœurs plus âgées et une plus jeune. J'ai appris à lire toute seule grâce à mon frère. J'ai appris si vite qu'il m'a demandé d'apprendre à lire à mes autres frères, et je suis donc devenue assez habile dans ce domaine.

— Pourquoi vous recherchent-ils ? Vous êtes-vous enfuie ?

Elle acquiesça, jouant avec le carré de lin sur ses genoux.

— Pourquoi ?

Constance essuya ses larmes et contempla le mur du fond de la cave. Elle devait répondre avec délicatesse, mais comment ? Elle abandonna et se contenta de dire la vérité.

— Je me suis laissée séduire par l'un des garçons du village. Il m'a menti, et dit qu'il était l'héritier d'une baronnie. Il m'a dit qu'il m'épouserait et que nous vivrions dans le château sur la colline.

— Oh ! Mon enfant…

— Je n'ai compris ce qu'il faisait qu'une fois que ce fut trop tard. Quand j'ai vu le sang, j'ai su que j'aurais des ennuis. Mon père m'avait toujours dit que c'était la seule chose de valeur que je possédais, alors je n'ai rien dit à mes parents. Mais ils l'ont découvert, parce que ce garçon n'était qu'un garçon d'écurie dans le village, et qu'il se vantait devant tout le monde qu'il allait bientôt m'épouser parce qu'il m'avait mise enceinte.

— Mais il ne l'a pas fait ? Vous n'avez pas de ventre.

— Non. Quand j'ai eu mes menstrues[13], ma mère m'a tout expliqué.

— Bien que cela soit embarrassant, cela ne me dit pas pourquoi vous avez fui.

— Mon père était absent lorsque les rumeurs ont commencé. Lorsqu'il est revenu, je savais que je n'étais pas enceinte, mais il a découvert mon comportement honteux. Il l'a ouï lui-même dans le village.

Constance fit une pause pour s'essuyer les yeux, se rappelant l'expression de son père lorsqu'il l'avait convoquée dans son solarium. Il avait fait les cent pas dans la pièce, puis il avait frappé le bureau de son poing à plusieurs reprises. Sa mère avait tenté de le calmer, mais il les avait ignorées toutes les deux.

— Mon père a dit qu'il m'enverrait seule sur une île et qu'il m'y abandonnerait. Ensuite, il a promis de m'attacher à un poteau et de me fouetter. Puis il a dit qu'il pourrait me laisser attachée à un poteau à l'extérieur du donjon pendant toute une semaine pour que tout le monde soit témoin de son échec. Il m'a dit que j'avais fait honte au nom de notre famille, et il ne voulait même pas poser les yeux sur moi. Il me demandait sans cesse pourquoi j'avais fait cela. Si j'avais perdu tout bon sens. Si j'avais perdu la capacité de réfléchir, raconta Constance, se mouchant avec le carré de

---

13   Règles, menstruations.

lin. J'ai eu peur qu'il soit assez en colère pour mettre ses menaces à exécution. Qu'il me fouette, qu'il m'attache à un poteau, *et* qu'il m'envoie sur une île. Vous ne connaissez pas mon père. Il ne fait jamais de menaces en l'air.

— L'avez-vous déjà vu aussi en colère ?

Les doigts de Constance recommencèrent à s'agiter, et elle ne fit rien pour s'en empêcher.

— Pas exactement. C'était de loin la pire chose que j'aie jamais faite. Le regard qu'il m'a lancé... c'était comme s'il me détestait. Ma mère a dit que je n'étais pas la première bachelette souillée, et mon père a répliqué que j'étais la première de *ses* filles, expliqua-t-elle, s'interrompant plusieurs fois pour prendre de grandes inspirations avant de terminer son explication d'une voix douloureuse. Il m'a dit que j'étais ruinée, que je ne valais plus rien à ses yeux, que j'étais la plus belle de ses filles, mais que personne ne voudrait jamais de moi parce que j'étais une idiote et que j'étais souillée, que je ne me marierais jamais et que je ferais tout aussi bien de me retirer sur une île en tant que vieille fille.

L'abbesse lui prit la main par-dessus la table.

— Mon enfant, les adultes disent souvent des choses qu'ils ne pensent pas lorsqu'ils sont contrariés.

— Pas mon papa. Il pense tout ce qu'il dit, insista-t-elle. Mais toutes ces menaces ne m'ont pas autant bouleversée que la dernière qu'il a proférée.

L'abbesse déclara :

— Toutes ces menaces m'auraient également

fait peur, mais je crois qu'il disait ces choses simplement pour faire retomber sa colère. Certains hommes la laissent éclater de manière étrange. Malgré tout, je suis heureuse qu'il n'ait pas fait preuve de violence. Qu'aurait-il pu dire ou faire de pire ?

Constance renifla à nouveau, puis murmura :

— Il a dit qu'il enverrait ma plus jeune sœur Denise dans un couvent pour qu'elle ne soit pas influencée par mes erreurs. Je ne pouvais pas le laisser faire du mal à ma sœur. Ce n'était pas sa faute.

L'abbesse lui tapota la main.

— Donc, vous vous êtes enfuie.

— Oui, pour protéger ma sœur et parce que je ne veux pas aller sur l'île. Il possède une petite île qui n'est habitée par personne. Il nous a emmenés là-bas plusieurs fois lorsque nous étions plus jeunes, pour ramasser des coquillages. Cet endroit me faisait peur. Je n'aurais pas pu vivre là-bas toute seule. Il n'y avait même pas de bâtiment, rien qu'une grotte. Je l'ai ouï dire à notre régisseur de s'assurer que le bateau serait prêt le lendemain. Je me suis donc enfuie cette nuit-là.

La mère abbesse se pencha en avant et tira Constance vers elle.

— Je suis sûre qu'il ne l'a fait que pour vous aiguillonner, mais je vous remercie de m'avoir dit la vérité. Y a-t-il autre chose que je devrais savoir ?

— Non, c'est tout. Je suis navrée d'avoir été un tel fardeau, mais j'aimerais travailler avec les enfants, faire quelque chose de bien pour notre Seigneur. Ne m'obligez pas à retourner auprès de lui.

Peut-être n'aurait-elle pas à s'enfuir après tout. Si l'abbesse l'acceptait et qu'elle ne la forçait pas à rentrer chez elle, si personne d'autre ne venait la chercher, pourrait-elle faire sa vie ici ? Elle aimerait essayer, ne serait-ce que pour le bien de Kelby.

— Quel âge avez-vous, jeune fille ?

— Je suis née au milieu d'un hiver très froid. C'était il y a dix-neuf printemps.

La nune tapota la main de Constance.

— Vous êtes donc assez grande pour prendre vos propres décisions. Je ne vous obligerai donc pas à retourner auprès de votre père. Je serai ravie de pouvoir à nouveau compter sur votre aide avec les enfants. Vous manquez à la petite Kelby.

Constance était si enthousiaste qu'elle bondit de sa chaise et entoura la mère abbesse de ses bras.

— Je vous remercie, Révérende Mère. Je m'engage à faire ce qu'il faudra. Je ne m'égarerai plus.

— Mon enfant, dit-elle, levant les mains pour dénouer celles de Constance derrière sa tête. Vous m'étranglez ! S'il vous plaît, relâchez mon cou.

La bachelette recula d'un bond, s'excusant et souriant. Elle avait enfin dit la vérité, et elle n'avait pas été punie pour cela. Elle pourrait tout recommencer. Elle poussa un soupir de soulagement et se laissa retomber sur sa chaise.

— Il n'y a qu'un petit problème.

Constance étouffa le gémissement qui menaçait de jaillir de sa bouche. Se redressant, elle s'enquit :

— Qu'est-ce que c'est ?

— Je ne crois pas que ces hommes étaient ceux d'un baron. Ils étaient sales, irrespectueux et l'un d'eux m'a frappée. Cela ressemble-t-il aux hommes de votre père ?

— Non. Je suis désolée qu'ils vous aient fait du mal, mais je ne crois pas que les gardes de mon père auraient jamais frappé une femme, surtout pas dans une abbaye. Qui peuvent-ils être ?

Peut-être la recherchait-on pour le canal de Dubh.

CHAPITRE TREIZE

DANIEL SE DIRIGEA vers l'entrée latérale, saisit la poignée de la porte et l'ouvrit avec son nouvel appendice, mais elle fut tirée vers l'arrière. Il agrippa sa nouvelle main, ce qu'il faisait souvent par peur de la perdre, mais elle était toujours attachée.

— Que diable se passe-t-il ? murmura-t-il aux autres.

— Frappe, lui suggéra Connor.

Daniel s'exécuta, et la porte s'ouvrit avec une force qui l'aurait fait tomber s'il n'avait pas été assez rapide pour s'écarter. Une énorme brute se tenait là, le regardant fixement sans parler. Daniel n'avait pas osé regarder le garde auparavant, mais il l'observa à la dérobée pour prendre sa mesure. Il avait une longue cicatrice sur le visage, de l'œil gauche à la mâchoire droite. Cela aurait été une erreur de contrarier ce rustre.

Daniel lui tendit en silence la pierre que la servante avait donnée à Connor.

La brute s'en saisit, recula, et les laissa passer.

Une fois à l'intérieur, Daniel attendit que ses

yeux s'ajustent à la lumière, surpris de se retrouver dans une pièce presque vide à l'exception d'un comptoir avec un homme derrière. L'endroit était bondé plus tôt.

— Prenez une cervoise et allez par là, dit l'homme derrière le comptoir en indiquant le long couloir au bout de la salle. Le combat est sur le point de commencer. Que voulez-vous parier ?

— Qui se bat ? s'enquit Connor en s'approchant de lui, une pièce dans la main.

— Chasse-mort contre Ivan.

— Je prends Chasse-mort.

Les autres le suivirent. Chacun d'entre eux se vit remettre une cervoise et une pierre pour garantir son pari, puis ils s'engagèrent dans le couloir. Gregor voulut poser une question, mais Daniel lui donna un coup de coude.

— Tais-toi jusqu'à ce que nous entrions.

Le vacarme s'amplifia à mesure qu'ils avançaient dans le passage sombre éclairé par de petites torches. Lorsqu'ils atteignirent l'immense salle à mi-chemin, ils furent surpris d'y trouver une cinquantaine d'hommes, dont plusieurs étaient assis sur des tabourets, tandis que d'autres faisaient les cent pas. La terre du sol avait été nivelée de manière à ce que ceux qui se trouvaient à l'arrière puissent voir par-dessus ceux qui étaient à l'avant. Des bancs et des tabourets étaient disposés au milieu, mais le reste de la salle était réservé aux personnes debout. Trois hommes se tenaient dans un espace ouvert en contrebas. Il n'y avait de la place pour les spectateurs que sur trois côtés. Dans le fond de la salle se trouvaient des tabourets pour les combattants.

— Chasse-mort doit être le plus grand, suggéra Daniel.

— Qu'est-ce qui te fait dire cela ? lui demanda Gavin. Les yeux capables de transpercer ton âme ou la bave qui lui coule sur le menton ?

Gregor s'étrangla avec sa cervoise. Daniel lança un regard à Gavin.

— Est-ce que l'un des deux autres ressemble à un chasse-mort ?

Connor, un sourire en coin, lui répondit :

— Je ne suis pas sûr qu'il ressemble à un chasse-mort, mais l'homme qui se tient en face de lui, qui ne peut être qu'Ivan, a l'air d'avoir pris un coup de trop sur la tête.

— Taisez-vous ! Ils nous regardent.

Gregor tourna les talons et se dirigea vers un tabouret situé à l'arrière de l'espace réservé aux spectateurs.

— Que diable cherchons-nous, de toute manière ?

Ils trouvèrent chacun un siège au dernier rang. Dès qu'ils eurent pris place, l'homme qui se tenait entre Ivan et Chasse-mort s'adressa aux deux combattants, puis leur serra l'épaule, recula et agita sa main en cercle au-dessus de sa tête.

Le combat commença.

Ivan plongea sur son adversaire, le fit tomber, et lui asséna des coups de poing dans le ventre. Chasse-mort le frappa à la mâchoire, envoyant Ivan au sol, ce qui lui donna le temps de se relever et se préparer à combattre. Quand Ivan revint, ils se battirent encore un peu avant que Chasse-mort ne frappe son adversaire à la tempe et n'assomme complètement Ivan.

La foule cria et applaudit ; plusieurs spectateurs sautèrent de leur siège avant de se rasseoir.

Le juge se tint à côté de Chasse-mort et annonça :

— Chasse-mort l'emporte !

Un autre homme apparut dans l'embrasure d'une porte à l'autre bout de la salle, distribuant des pièces à tous ceux qui présentaient leur pierre gagnante.

Gavin écarquilla les yeux quand il vit la pièce qu'on lui remettait.

— C'était facile. Je parie à nouveau.

Quand ils finirent de récupérer leurs gains, l'homme au centre dit :

— Qui est le suivant ?

Les quatre cousins restèrent encore le temps de deux rounds, regardant Chasse-mort vaincre divers adversaires, avant que Daniel n'annonce :

— Je vais l'affronter. Je peux le battre.

— Daniel ! répliqua Connor. Au cas où tu l'aurais oublié, tu n'as qu'une main.

— Je me servirai de mon nouvel assistant, *Treun*.

— Ils ne t'autoriseront pas à le porter.

— Nous verrons.

Dès qu'ils demandèrent qui serait le suivant, Daniel se leva d'un bond de son siège.

— Moi ! s'écria-t-il.

— Comment t'appelles-tu ?

Daniel jeta un regard à ses amis avant de crier :

— Damien !

Il n'était pas question pour lui d'utiliser son vrai nom.

— Damien le Démon ? Avance.

Ce n'était pas exactement le surnom qu'il aurait choisi, mais il n'avait pas l'intention de protester. Il avait fait tout ce qu'il pouvait pour se forger des biceps dans les lices des Drummond, et le moment était venu de faire ses preuves devant un public plus nombreux. Avec *Treun* à son bras, il ne doutait pas de pouvoir affronter le bien nommé Chasse-mort. Alors qu'il descendait vers le centre de la plate-forme, il ouït les chuchotements s'intensifier.

— Qu'est-ce que c'est que ça ? s'enquit Chasse-mort en pointant sa fausse main.

Daniel la retira et la tendit à l'homme qu'il devinait être le juge.

— Je n'ai qu'une main, ce qui lui donnerait un avantage certain sur moi. Cela nous met sur un pied d'égalité, ça rend les choses plus équitables.

Le juge manipula la fausse main, l'inspectant soigneusement avant d'annoncer :

— Tu peux la porter. Faites vos jeux. Damien ou Chasse-mort.

Daniel se plaça sur le côté, secouant les bras pour détendre ses muscles tandis que ses cousins se précipitaient pour placer leurs paris. Connor revint le premier et se pencha pour lui murmurer à l'oreille.

— Ils parient tous contre toi. Si tu es vainqueur, nous gagnerons beaucoup d'argent.

— Vous avez tous parié sur moi, n'est-ce pas ? s'enquit Daniel.

— Bien sûr que oui ! s'écria Gavin qui sortit du couloir pour revenir dans la salle. Je t'ai vu combattre Cailean, l'invincible Brute Démente : je n'ai aucun doute sur ta victoire.

Gregor rit et dit :

— Cailean se débrouillerait bien ici.

Ses cousins se rapprochèrent pour avoir une meilleure vue du combat. Peu après qu'ils se furent assis, le juge agita le bras au-dessus de sa tête et le combat commença. Daniel avait observé les mouvements de Chasse-mort depuis trois combats maintenant, et il savait qu'il essaierait les mêmes contre lui. Certes, l'homme était énorme, mais il n'était pas rapide, et il avait bien l'intention d'utiliser cela à son avantage.

Chasse-mort bougea le premier en plongeant vers Daniel, les bras écartés pour entourer sa taille, mais ce dernier l'évita en le poussant, l'envoyant à plat ventre sur le sol. La foule hurla sa surprise devant sa rapidité.

Il laissa Chasse-mort se relever et parvint à lui asséner deux coups consécutifs au visage, l'un à la mâchoire et l'autre à la tempe. Il vit les yeux de l'homme réagir au second coup, rouler un peu avant qu'il ne parvienne à se concentrer à nouveau et à porter un autre coup.

Daniel esquiva le coup, puis balança sa fausse main et sa vraie main d'avant en arrière devant la brute, la désorientant au point qu'elle ne savait plus laquelle des deux allait vers elle. Il décrivit un cercle complet autour de Chasse-mort, qui ne cessait de tourner, incapable de suivre les mouvements rapides de Daniel et ses mains déroutantes. Il finit par lui asséner un violent coup à la tête, et Chasse-mort s'écroula à ses pieds.

La foule acclama Daniel.

— Damien ! Damien ! Damien !

— Bien joué ! le félicita Connor quand il s'approcha de lui.

Il lui agrippa l'épaule et lui tendit une cervoise pour qu'il boive quelques gorgées avant l'annonce du prochain combat.

— Encore un combat, Damien ?

Daniel jeta un regard à Connor, haussa les épaules et acquiesça.

Il battit deux autres adversaires.

À la fin de la nuit, il avait battu quatre combattants et il avait gagné un nouveau nom.

Il était désormais Damien la Main du Diable.

Ils avaient gagné leur place dans la clandestinité.

Constance mangea autant qu'elle le pouvait au repas suivant. Ada était assise avec elle.

— Nous sommes tellement ravies que tu aies quitté la cave, Constance. Ce n'était pas bien que tu y sois. Je n'arrive pas à croire que la mère abbesse t'ait laissée là si longtemps.

Elle plongea son morceau de pain dans le ragoût de poisson et mâcha tranquillement.

Constance remarqua le regard étrange qu'Ada lui jetait. Finalement, elle lui demanda :

— Qu'y a-t-il, Ada ?

— Je me demandais juste si c'était vrai ou non.

Elle garda les yeux rivés sur son repas en posant la question, et ne croisa pas le regard de Constance.

— Si quoi est vrai ?

— Es-tu de sang noble ? C'est la dernière rumeur, expliqua Ada, croisant les mains sur ses genoux, regardant enfin Constance. Et, si c'est le cas, pourquoi ne pas me l'avoir dit ? Je suis venue te voir à la cave. Je veux être ton amie.

— Oh, Ada ! Pardonne-moi de ne pas m'être confiée à toi. Pendant longtemps, je ne me suis confiée à personne. Finalement, j'ai dû dire la vérité. La mère abbesse ne m'a pas laissé le choix.

Ada acquiesça, contemplant ses mains.

— J'aimerais être de sang noble. Je pourrais peut-être rentrer chez moi si c'était le cas. Ta maison doit être bien plus belle que celle-ci.

Constance soupira.

— Ma demeure est plus belle que celle-ci, c'est vrai, mais je ne pourrai jamais rentrer chez moi. Il n'en est pas question. Je préfère de loin passer mon temps à m'occuper des enfants du monde, surtout ceux qui sont perdus. Tu fais du bon travail avec eux. Pourquoi ne pas en profiter ?

Ada fixa les poutres au plafond un moment, et Constance crut voir des larmes dans ses yeux.

— Je suppose que j'y arriverai, dit finalement la jeune fille, baissant le menton. Tu as raison. Je suis désolée que tu aies dû révéler quelque chose que tu ne souhaitais pas dire. Veux-tu me raconter le reste de ton histoire, maintenant ?

— Non. Je préfère garder ma véritable identité secrète. C'est plus sûr ainsi.

Si son père avait toujours subvenu à leurs besoins, elle savait que c'était un homme têtu et impitoyable. Il jugerait sans doute bon de punir tous ceux qui l'avaient aidée à lui échapper.

— Je comprends. La mère abbesse s'est montrée méchante avec toi en te laissant seule là-bas.

— Peu importe. C'est fini maintenant et je retourne travailler avec les petites. Je te retrouverai dans la chambre d'enfant.

Constance termina son repas et partit à la hâte. Elle voulait mettre fin à sa conversation avec Ada avant qu'elle ne prenne une autre tournure.

Le plus beau spectacle qu'elle avait jamais vu l'accueillit dans la chambre d'enfant. Kelby sauta au bas de son tabouret et courut vers Constance, suivie de deux autres fillettes. Dès que la petite à la jambe courte la rejoignit, elle s'accrocha à ses jupes avant de tendre les bras vers elle.

— Constie, bras ?

Constance se baissa et souleva la petite fille, l'étreignant rapidement en lui donnant un baiser sur la joue.

— Encore baisers ?

La petite tendit sa joue à Constance, impatiente. La bachelette rit et lui donna trois autres baisers, puis elle s'installa sur un tabouret pour pouvoir étreindre les deux autres fillettes qu'elle embrassa sur le front.

Kelby regarda Constance et lui demanda :

— Tu as trouvé ma maman ?

La jeune femme secoua la tête.

— Non, ma jolie. J'ai bien peur que ta maman ne soit plus là.

Kelby enfonça son pouce dans sa bouche et posa la tête sur l'épaule de Constance.

Sœur Murreall s'approcha d'elle.

— Vous nous avez manqué, jeune fille. Surtout à la petite Kelby. Je suis ravie de vous retrouver. Nous avons un nouveau jeu de blocs en bois pour les plus petites. Pourquoi ne pas vous asseoir avec les fillettes et leur montrer comment les empiler ?

Constance s'assit au milieu d'une grande fourrure, et les enfants se rassemblèrent autour d'elle. Elles empilèrent les blocs, réalisant différentes formes jusqu'à ce qu'elles tombent sous les rires des fillettes. Ensuite, elle leur raconta deux histoires d'anges et de paradis ; avec un peu de chance, elle pourrait inspirer de l'espoir à Kelby. Elle était sans doute trop jeune pour comprendre, mais peut-être le souvenir resterait-il gravé dans sa mémoire.

Les enfants étaient totalement captivés par sa voix ; certains se couchèrent même sur le côté et fermèrent les yeux pour faire une sieste. Lorsque Kelby s'endormit enfin, Constance l'allongea sur une autre fourrure et la recouvrit d'un plaid.

— Bien joué, jeune fille, dit sœur Murreall. Elles ont besoin d'une petite sieste. Certaines n'ont pas bien dormi.

Constance adressa un signe de tête à la nune.

— Je dois aller satisfaire mes besoins. Je reviens tout de suite.

— Bien sûr, jeune fille.

Constance s'avança dans le couloir, prenant son temps et remerciant Dieu d'avoir envoyé les fillettes ici pour lui donner une finaison. Elle n'était pas allée bien loin quand le bruit des chevaux à l'extérieur lui parvint.

Elle s'immobilisa, la peur au ventre, puis elle chercha une cachette. La seule qu'elle trouva fut un vestiaire ; elle s'y glissa alors, tira le rideau et tendit l'oreille.

Un poing frappa à la porte et l'un des gardes répondit.

— Vous n'avez pas besoin de casser la porte ! Où sont vos bonnes manières ?

— Nous avons été approuvés à la grille, répondit l'homme à l'extérieur. Nous devrions être autorisés à parcourir votre bâtiment.

— Quelle est votre finaison ? demanda une voix, indubitablement celle de la mère abbesse.

— Nous sommes à la recherche de quelqu'un, à la demande du baron Walter Lockhart de Lee. Nous devons fouiller les lieux.

Constance reconnut cette voix comme étant celle du chef des gardes de son père. Il n'abandonnait pas facilement. Elle ferma les yeux et pria pour qu'il s'en aille sans fouiller l'abbaye. Ses jambes tremblaient si fort qu'elle manqua de perdre pied et de s'écrouler sur le sol.

— Au nom de notre Seigneur ! s'écria la mère abbesse. Vous n'avez pas besoin de vous montrer belliqueux. N'oubliez pas que nous sommes la maison de Dieu et que nous ne nous soumettons pas aux fouilles. Que cherchez-vous exactement ?

La voix du garde parvint aisément à Constance.

— Nous recherchons sa fille. Elle s'est enfuie, ou elle a été enlevée, et il veut la récupérer. Maintenant.

Son père avait l'habitude de se montrer aussi exigeant. Ses hommes n'étaient pas aussi grossiers que ceux qui les avaient précédés, mais ils n'en étaient pas moins autoritaires. Ils avaient fait irruption et commencé à aboyer leurs exigences.

L'abbesse poursuivit de sa voix calme.

— Nous n'avons personne de ce nom. À quoi ressemble-t-elle ?

— Elle a des cheveux rouges comme le feu, longs et ondulés, et des yeux verts. Elle est à peu près de cette taille, dit-il, et si Constance ne voyait pas le geste, elle devina qu'il avait dû lever la main à hauteur de son torse. Elle serait arrivée il y a environ une lune.

— Pourquoi la cherchez-vous seulement maintenant ?

— Parce que nous avons fouillé toute l'Écosse, les Lowlands et les Highlands. Et nous ne nous arrêterons pas tant que nous ne l'aurons pas retrouvée.

Même s'ils repartaient sans elle, tout le monde à l'abbaye saurait qu'ils étaient venus pour elle. Elle ne pouvait plus mentir sur son héritage. Elle ne pouvait plus se cacher.

L'abbesse affirma :

— Nous n'avons personne ici qui corresponde à cette description, et vous ne fouillerez pas notre abbaye. Une messe se déroule en ce moment même. Gardes ! appela-t-elle par la porte. Escortez-les !

— Nous allons prendre congé, répondit le garde de son père, le ton brusque. Si vous voyez une bachelette correspondant à cette description, pourrez-vous en avertir le shérif du Lanarkshire ?

— Bien sûr.

La porte se referma et Constance faillit tomber à genoux de soulagement, mais celui-ci ne dura pas longtemps. Elle ne pouvait pas demander à l'abbesse de continuer à mentir pour elle. Son secret étant éventé, elle n'avait pas le choix.

Elle partirait au milieu de la nuit.

CHAPITRE QUATORZE

DEUX JOURS PLUS tard, le groupe de cousins était assis à une table de l'auberge où ils séjournaient à Edinburgh, pour prendre le repas de midi.

— Daniel, cela fait quelques jours que nous sommes là et nous n'avons rien appris. Je pense que nous devrions repartir. Cette piste ne mène à rien.

— Non, je ne crois pas, répondit Daniel, prenant un morceau de ragoût qu'il se mit à mâcher du côté gauche de sa bouche. J'ai ouï parler de l'homme responsable. Nous devons découvrir s'il a un lien avec le canal de Dubh.

Il porta sa main sur le côté droit de sa mâchoire et la frotta. Il avait reçu un bon coup de poing de ce côté la nuit précédente, et il était encore contrarié d'avoir laissé à ce gredin l'occasion de le lui asséner.

— Je vais me raser hui, annonça Connor avant de pointer Daniel du doigt. Tu en as besoin aussi. Tu commences à ressembler à un voyou.

Gavin éclata de rire.

— Ta mère te botterait les fesses si elle te voyait. Tu as plus de blaus que mon derrière lorsque mon père m'avait envoyé dans les lices parce que j'étais paresseux.

Gregor ricana et du ragoût s'échappa de sa bouche.

— J'aime avoir un peu de barbe, répondit Daniel en haussant les épaules. Je pense qu'elle ajoutera à ma présence. Elle m'aidera à me faire passer pour quelqu'un qui a vraiment la main du diable.

Gregor dit :

— Je ne crois pas non plus que je révélerai à tes parents le nom que tu utilises.

Daniel ricana à son tour.

— C'est pour la bonne cause et tu le sais.

Connor posa ses couverts pour le regarder.

— Est-ce bien la vérité ? Parce que je n'en suis plus si sûr. Je pense que tu aimes ton nouveau titre. Vas-tu pouvoir oublier tout cela une fois que cette histoire sera terminée ?

Ces mots touchèrent Daniel avec force, car ils étaient plus qu'un peu vrais. Il devait bien admettre qu'il se sentait un peu grisé par l'attention qu'on lui portait parce qu'il était féroce et puissant, ce qu'il n'avait jamais vécu auparavant. Il aimait ouïr la foule crier son nom. Enfin, pas vraiment son nom, mais celui de Damien. Il se sentait… important. *Vu*. Mais il ne voulait pas que les autres le sachent. Baissant les yeux sur sa nourriture, il dit :

— Bien sûr que je pourrai oublier, mais pas avant d'avoir appris quelque chose. Je pense avoir presque trouvé qui est le chef. Il pourrait y avoir une relation entre ce groupe et le canal de Dubh. Ce soir, je vais demander s'il y a un moyen de gagner davantage d'argent.

Gavin baissa le ton pour plus d'effet.

— Tu ne supportes pas l'idée de repartir. Pourquoi cela ? Tu es bien mystérieux, Daniel Damien la Main du Diable, ou quel que soit ton nom. Nous ne te laisserons pas nous cacher des secrets.

Daniel prit un nouveau morceau de pain pour garder sa main occupée.

— Je sais pourquoi c'est important pour lui… et elle a les cheveux roux, dit Gregor.

Il avait toujours été un peu plus intuitif que les autres. Mais, pour le moment, Daniel n'avait pas envie de le remercier pour cela. Il se tourna pour jeter un regard noir à Gregor sur le banc à côté de lui.

— Qu'est-ce que Constance a à voir là-dedans ? Rien. Est-ce si étrange que j'aime recevoir un peu d'attention ? Que j'aime être perçu comme quelqu'un de fort plutôt que comme un infirme ? Connor, tout le monde te regarde et voit Alexander Grant renaître. Gavin, tu es le fils unique du grand Logan Ramsay, et ta mère est le meilleur archer de tout le pays. Et, Gregor, ta mère est la guérisseuse la plus réputée du pays, tu es son fils unique, et celui d'un célèbre laird. Qu'est-ce que je suis ? Un deuxième fils qui n'est rien de plus qu'un infirme. Quand les gens me regardent, ils ne voient que ce qui me manque.

Ils ont pitié de moi. Faut-il s'étonner que j'aime cette attention et qu'ils parient sur moi ?

Connor lui lança un regard qui indiquait qu'il n'était absolument pas d'accord.

— Tu es le garçon qui a acquis la réputation d'être capable d'entrer et de sortir de situations sans être vu. Tu le fais si bien que cela t'a valu le surnom de « Fantôme ». Cela ne te suffit-il pas ? De plus, si « Damien » devient encore plus célèbre, tu ne pourras plus jamais entrer et sortir d'où que ce soit sans être vu. Ta renommée tuera ton fantôme.

Daniel se leva de table.

— Non, cela ne me suffit pas. Et ce n'était pas suffisant pour Constance non plus. Elle est retournée à l'abbaye parce qu'elle pense que je ne pourrai pas la protéger. Et, jusqu'à ce que Jennet me donne cette main, je ne croyais pas non plus en moi.

Il était tellement bouleversé qu'il quitta la salle en trombe, manquant de renverser le banc. Il s'élança en courant dans la journée grise et brumeuse.

Bon sang ! Il n'avait pas prévu de révéler cette dernière partie. Il détestait aussi admettre que Connor avait sans doute raison. Il ne pourrait plus se déplacer librement à Edinburgh. Les gens allaient se souvenir de lui.

Il traversa la route, erra sans finaison, puis il trouva un grand arbre contre lequel il s'appuya. Il avait dû quitter la salle sur-le-champ, sinon il aurait commencé à jeter des objets. Ses cousins ne comprenaient pas.

Il ne voulait pas s'apitoyer sur son propre sort. Mais maintenant qu'il avait goûté au pouvoir, il ne pouvait se résoudre à y renoncer. Pas encore.

Cela ne faisait pas longtemps qu'il était là quand Connor arriva. Il s'arrêta juste devant lui.

— Tu as raison à propos d'une chose. Perdre ta main a été bien plus difficile à surmonter que tout ce que j'ai eu à accomplir. Mais tu as un talent qui te place bien au-dessus du reste d'entre nous.

— Qu'est-ce que tu racontes ? s'enquit Daniel, les bras croisés.

— Tu as l'esprit le plus vif d'entre nous. Tout le monde peut apprendre à manier une épée ou à tirer à l'arc, mais personne ne peut apprendre à être intelligent. C'est un don que tu as reçu. Ne perds pas la tête pour quelque chose d'aussi insignifiant que des combats et des paris. Sois puissant et précis pour une finaison particulière, pas seulement pour gagner un nom. Un nom dans les raisiaux clandestins ne vaut rien, et ce n'est pas le genre de réputation dont on peut être fier, lui dit-il, puis il marqua une pause avant de reprendre. Et je ne crois pas que tu voies clairement la situation avec Constance. Tu es épris d'elle, et cela altère ton jugement.

— Quoi ? J'ignore totalement ce dont tu parles. Je croyais que nous avions une chance, et elle s'est enfuie. Qu'y a-t-il d'autre à savoir ?

Gavin et Gregor arrivèrent derrière Connor.

— Quoi d'autre ? poursuivit Connor. As-tu réfléchi à la raison pour laquelle elle a choisi de rester à l'abbaye plutôt que de voyager avec son amie ? Pourquoi elle a cessé de parler à qui que ce soit après que ces hommes se sont approchés des portes de chez Braden ? Manifestement, la pauvre fuit quelque chose ou quelqu'un. Elle se bat pour survivre, et cette bataille a pris le pas sur sa relation avec toi. Tu l'as laissée partir parce que tu pensais qu'elle te considérait comme un sous-homme. Tu avais tort, Daniel, et tu le regretteras un jour si tu ne l'aides pas.

— Je suis d'accord avec Connor, intervint Gavin, inhabituellement sérieux. Ne te retire pas encore de la vie de Constance. En ce qui concerne les activités clandestines, si tu souhaites y retourner une soirée de plus, nous te soutiendrons, mais nous devons retrouver notre équipe demain.

Gregor acquiesça.

— Oui. Pour ce que nous en savons, quelque chose d'autre a pu arriver, et nous fouillons la mauvaise ville.

— J'espère que tu viendras avec nous, dit Connor, saisissant l'épaule de Daniel. Trop de coups à la tête, et tu ne penseras plus comme Fantôme, mais plutôt comme Ivan.

Ce fut plus fort que lui : Daniel éclata de rire.

— Je retourne à l'intérieur pour finir de manger, annonça Connor. Rejoins-nous quand tu seras prêt.

Tous trois retournèrent à l'auberge tandis qu'il restait appuyé sur l'arbre. Ils lui avaient donné de quoi réfléchir. S'était-il trompé sur la douce Constance ?

C'était possible, mais pourrait-il s'en aller alors qu'il ne cessait de gagner ?

Il en doutait. Il aimait son titre : *Damien la Main du Diable*. Ou, simplement, la Main du Diable.

Il ne se rasait pas, ne se préoccupait pas de ses cheveux.

Et il avait *deux* mains.

Constance passa une dernière fois les mains sur le pantalon qu'elle avait enfilé sous sa robe. Elle avait envisagé de ne porter que cela, mais elle avait finalement décidé que les différentes couches lui tiendraient plus chaud. Elle resta cachée dans sa chambre, attendant le milieu de la nuit pour s'échapper. Ada avait accepté de la retrouver dans les jardins au moment des matines pour l'aider à franchir la clôture.

Il fallait qu'elle s'en aille.

Tous ces bouleversements s'étaient révélés trop lourds à supporter pour elle. Chaque nuit, elle avait eu des maux d'estomac, depuis que les premiers hommes étaient arrivés à l'abbaye à la recherche d'une jeune fille à la chevelure flamboyante. Elle ne savait toujours pas pourquoi le premier groupe était à sa recherche. Mais elle était consciente de la raison pour laquelle son père voulait la retrouver : la punir.

Elle sortit la pierre rouge de sa poche, et elle s'affairait à la frotter lorsque quelque chose lui vint à l'esprit.

Daniel avait dit qu'elle pouvait avoir de la valeur. Et s'il avait raison ? Peut-être pourrait-elle s'en servir pour troquer une place dans une charrette jusqu'aux terres Grant ? Elle détestait l'idée d'y renoncer, car elle avait appartenu à sa chère mère, mais elle ferait tout ce qui était en son pouvoir pour rester en vie.

C'est alors qu'une autre idée lui vint à l'esprit, une chose qu'elle n'avait jamais envisagée. Et si cette pierre était extrêmement précieuse et que sa mère avait dit à son père qu'elle avait disparu ? Était-ce possible qu'il la recherche parce qu'elle avait volé la pierre précieuse ? Ou peut-être trouveraient-ils l'objet, et remonteraient sa piste de cette manière.

Ses yeux s'écarquillèrent et elle remit la pierre dans sa poche, se promettant de la garder cachée.

Le moment venu, elle se faufila dans l'escalier et sortit par la porte latérale. Comme il n'y avait personne, elle se glissa jusqu'au banc pour attendre Ada, mais, à sa grande surprise, la bachelette était déjà là.

Elle lui tendit quelque chose.

— Tiens. J'ai apporté ceci pour toi. C'est une dague. Tu pourrais en avoir besoin.

Constance la fixa, les larmes aux yeux à cette pensée

— Es-tu sûre de vouloir aller sur les terres Grant, Constance ? Pourquoi ne pas aller au château où vit l'amie de Rose ? Tu y es déjà allée. Ne crois-tu pas qu'ils t'aideraient ? Ils seraient plus à même de te guider vers les terres Grant.

Elle avait envisagé cette possibilité, mais Daniel n'y serait plus. Pourtant, Ada avait raison : ils s'étaient montrés gentils avec elle, là-bas. Peut-être enverraient-ils quelqu'un pour voyager avec elle.

— Je ne pense pas qu'il soit prudent de te rendre seule sur les terres Grant, poursuit Ada. D'après ce que tu m'as dit, c'est trop loin. J'ai interrogé la mère abbesse au sujet du clan Grant, et elle m'a dit qu'ils étaient très, très loin. Je ne veux pas que tu sois blessée.

Constance secoua la tête. Elle ne savait pas quoi croire ni où aller. Tout ce qu'elle souhaitait, c'était retrouver Daniel. Ou Rose. Elle avait du mal à garder ses larmes d'apitoiement à l'intérieur, sachant qu'une fois la digue rompue, elle serait submergée.

— Rends-toi au château de Muir, lui suggéra Ada. Je crois que tu y seras plus en sécurité. Le voyage est plus court, et tu auras de plus grandes chances de succès. Les animaux sauvages, les pillards… comment pourrais-tu les combattre seule ?

Constance réfléchit un instant et dit :

— Tu as peut-être raison. Je crois que je pourrai trouver mon chemin, mais il me faudra une demi-journée de marche.

— Tu devrais y être avant l'aube si tu ne t'arrêtes pas. Tiens, lui dit-elle en lui tendant un paquet de tissu. Voici la tunique de moine que tu devras porter, comme nous en avons discuté. Les pillards devraient te laisser tranquille s'ils pensent que tu es un homme d'Église.

— Oh ! J'aimerais tant pouvoir voler un cheval, mais je n'ose pas essayer.

— Tu n'es pas une voleuse, confirma Ada.

Elle aurait aimé que ce soit vrai, mais n'avait-elle pas volé la pierre précieuse de sa mère ?

C'était indéniable, même si, sur le moment, elle ne l'avait pas envisagé ainsi. Elle n'arrivait pas à le regretter. La pierre lui avait apporté du réconfort et de la force, presque comme si sa mère était avec elle.

— Es-tu sûre de vouloir partir ? s'enquit Ada en lui prenant la main.

— Oui.

Ce geste lui fit penser à Rose. Son amie lui manquait beaucoup, mais elle devait continuer à avancer seule. Si elle partait maintenant, elle pourrait atteindre les terres Grant avant l'arrivée de l'hiver.

— Veux-tu que je t'accompagne ?

La question d'Ada la tira de sa mélancolie.

— Non ! s'écria-t-elle, tout en lâchant la main d'Ada pour la plaquer sur sa bouche, tentant d'atténuer le bruit.

Elle refusait que quelqu'un d'autre soit blessé à cause d'elle.

— Ce n'est pas sûr. Je me souviens du trajet vers le château de Muir. Je crois que tu as raison. Je commencerai par là, et s'ils refusent de m'aider, je me rendrai au château des Grant par mes propres moyens.

— Je pense que c'est une sage décision, murmura Ada. J'ai quelque chose d'autre pour toi.

La bachelette lui tendit un autre paquet emballé.

— Il y a un morceau de fromage et du pain à l'intérieur. Je les ai pris pendant que je travaillais dans les cuisines hier soir. Utilise ta dague s'il le faut. Garde-la cachée dans la poche du vêtement du moine. Et garde ta capuche pour qu'ils ne remarquent pas tes cheveux roux.

Constance étreignit Ada de toutes ses forces.

— Je te remercie. Tu t'es montrée très gentille avec moi.

— Bonne chance, ma belle. J'espère que tu le trouveras.

— Qui ?

Son amie lui adressa un sourire entendu.

— Je sais de qui ton cœur se languit. Va le retrouver. Il te protégera.

— Oh, Ada ! Si je pouvais simplement retrouver Rose, je serais aux anges. Daniel et moi ? Je ne crois pas. Il est de sang noble, et moi ?

Ada lui lança un regard en coin.

— Je crois que tu es la fille du baron, n'est-ce pas ? Celle que ces hommes sont venus chercher plus tôt.

Constance soupira, résignée à tout dire à ce moment. La bataille pour protéger son identité était désormais terminée.

— Oui, c'est moi. Mais j'ai fait honte à mon clan.

Ada haleta : elle semblait comprendre exactement ce qui pourrait faire honte à son clan. Mais elle étreignit ensuite Constance.

— Tu es une bachelette au grand cœur. Tu trouveras ta voie, d'une manière ou d'une autre. Maintenant, vas-y. Tu dois partir avant le lever du soleil.

Ada l'aida à franchir la clôture, puis elle lui fit un signe d'adieu.

Le cœur de Constance s'emballa tandis

qu'elle se faufilait le long des haies vers l'avant de l'abbaye. Longeant la courtine, elle jeta un coup d'œil à l'angle, heureuse de voir le garde de l'entrée principale endormi, le dos appuyé au mur. La plupart du temps, il se passait très peu de choses à cet endroit.

Elle retrouva bientôt le chemin qu'ils avaient suivi en direction du château de Muir. Il lui faudrait sans doute un long moment pour y arriver, peut-être même toute la journée si elle devait rester cachée.

Elle se mit en route à vive allure, tendant l'oreille à tous les bruits qui l'entouraient. Le début de son voyage se déroula sans encombre. Elle remarqua des arbres familiers le long du chemin, des vallées et des ruisseaux qui lui indiquèrent qu'elle parcourait la même route que celle qu'elle avait empruntée avec Daniel. Heureusement, la nuit était sans nuages et la lune pouvait l'aider à trouver son chemin. Le voyage aurait été plutôt agréable si son ventre ne se nouait au moindre bruit.

En réalité, elle aurait pu jurer qu'une chouette semblait la suivre, son doux hululement se situant toujours un peu au-dessus de son épaule droite.

Devinant qu'elle était à mi-chemin, elle estima que si le voyage continuait ainsi, elle pourrait arriver avant l'aube, pour son plus grand plaisir. Elle venait de prendre un virage lorsqu'elle aperçut quelque chose du coin de l'œil.

Malheureusement, cette personne la vit aussi.

Elle avait relevé sa capuche pour qu'on ne remarque pas ses cheveux roux, mais elle ne voulait pas être vue de près. S'élançant dans la direction opposée, elle finit par trouver un chemin qu'un cheval ne pourrait jamais emprunter.

Les voix derrière elle se rapprochèrent. L'une d'entre elles dit :

— Laisse-le. Ce n'était qu'un moine.

— Il a peut-être de l'argent à partager avec nous, mais tu n'es pas obligé si ça ne t'intéresse pas. Je garderai tout pour moi, imbécile.

Constance continua sur le sentier étroit, espérant pouvoir se glisser et se cacher dans un bosquet plus loin. Mais ils la rattrapèrent.

— Il est parti sur un sentier. Tu ne peux pas aller par là. Laisse-le tranquille. Le Seigneur nous le fera payer si tu fais du mal à un moine.

C'est alors que le pire se produisit. Une branche se prit dans sa capuche, la rabattant sur ses épaules. Elle pria pour qu'ils aient déjà fait demi-tour.

Ce n'était pas le cas.

— C'est la jeune fille aux cheveux roux, elle s'est déguisée, s'écria l'un d'eux.

— Attrapez-la !

Constance hurla et courut aussi vite qu'elle put.

CHAPITRE QUINZE

D ANIEL S'APPROCHA SEUL de l'entrée latérale de la taverne *Le Chien et le Cerf*. Ses cousins avaient prévu d'attendre dans la salle principale avant de le suivre. Il descendit rapidement les escaliers, sans parler à personne, et il frappa.

Le portier blessé, qu'il avait pris l'habitude d'appeler le Balafré, bien qu'il ne soit pas assez stupide pour le faire en face, ouvrit la porte.

— Il t'a bien eu la nuit dernière. C'est un bel œil bleu que tu as là, mon garçon, dit-il en riant.

Quand il rejoignit l'homme qui s'occupait des paris dans la première salle, il décida qu'il était temps de commencer à poser des questions.

Il fut accueilli avec un sourire.

— Damien ! Je suis heureux que tu sois de retour. Tu nous as fait gagner beaucoup d'argent ces derniers jours. Voici ta part.

Daniel l'empocha.

— Mes remerciements, mais j'ai besoin de plus. Que puis-je faire d'autre pour gagner davantage de pièces ?

— Ah ! Tu es un garçon audacieux, n'est-ce pas ? Nous pourrons peut-être t'aider. Attends ici.

Sur ces mots, il disparut dans le couloir. Il revint un moment plus tard avec le juge qui arbitrait les combats. Sans mot dire, le juge lui fit signe de le suivre, et l'homme à la pièce lui adressa un clin d'œil avant de se glisser à nouveau derrière le bar.

Daniel et lui empruntèrent le couloir menant à la salle de combat. L'endroit semblait grand et vide quand il n'y avait personne.

— Tu veux davantage de pièces ? demanda-t-il enfin à Daniel. J'ai peut-être une opportunité pour toi, mais tu dois être prêt à quitter Edinburgh.

— Je peux me déplacer. Je n'ai pas besoin de rester ici.

Le juge lui adressa un long regard approbateur.

— Il y a un moyen, mais tu devras gagner deux autres combats pour nous dans la grande salle.

Daniel ignorait à quoi il faisait référence.

— La grande salle ?

L'homme inclina la tête vers le fond de la pièce, où le couloir se poursuivait.

— La salle à l'arrière est bien plus grande. Tout est permis. Nous n'offrons cette chance qu'à nos meilleurs combattants. Les paris sont délirants parce qu'il y a plus de sang. Dans la pièce avant, les règles entre gentlemen sont appliquées. Pas de coup de pied dans les coilles[14]. Dans la salle du fond, tu recevras des coups de pied dans tous les sens, mais tu gagneras beaucoup d'argent. Si tu survis à ces deux combats, nous t'enverrons sur

---

14   Testicules.

une mission. Qui pourrait te rapporter bien plus d'argent que tu ne l'aurais imaginé.

— Quelle mission ?

Daniel ne put contenir son excitation. Il se rapprochait enfin du canal de Dubh. Il en était sûr.

— Tu pourras te joindre à nos hommes dans le canal.

— Qu'est-ce que le canal ? s'enquit-il, parvenant à paraître décontracté.

— Les hommes travaillent environ une fois par lune. Ils sont envoyés chercher des marchandises, principalement dans le nord, mais elles doivent être acheminées vers l'est. Viens par ici. Je vais te laisser parler au responsable.

Il conduisit Daniel à travers la salle de combat avant, le guidant vers une salle bien plus grande qui se trouvait presque au bout du couloir.

— C'est ici que tu te battras. Comme tu peux le voir, nous pouvons accueillir beaucoup plus de spectateurs ici. Les paris sont bien plus élevés.

Daniel jeta un coup d'œil autour de lui, remarquant que l'endroit était deux fois plus grand que la salle avant. Le sol présentait des taches sombres par endroits. *Du sang.*

Le juge dut remarquer ses regards, car il ajouta :

— Oui, des hommes sont morts ici. Tout est permis avec les poings.

— Je peux me débrouiller, répondit Daniel.

Il releva le menton, dans l'idée de donner une impression d'assurance. Maintenant, il n'avait plus qu'à se convaincre lui-même. En fin de compte, le danger n'avait pas d'importance : si c'était le seul moyen d'accéder au canal de Dubh, il devait le faire. Il devait survivre.

Le juge acquiesça et tourna les talons, le menant vers une petite porte au bout du couloir. Quelqu'un à l'intérieur grogna en réponse à son coup. Il ouvrit la porte et fit signe à Daniel de le suivre. Cette petite salle était remplie de tables sur lesquelles étaient empilées des pièces de monnaie. L'espace était vide, à l'exception d'un homme entouré de quatre gardes. L'homme leur tournait le dos quand ils entrèrent.

— Damien veut gagner plus d'argent. Il veut entrer dans le canal.

L'homme se tourna, et Daniel manqua de s'étrangler. Blair Lamont se tenait devant lui. Il s'était laissé pousser les cheveux, mais il était impossible de le confondre avec un autre. Blair et son frère avaient tué le clan de Cairstine et lui avaient volé son château. Le frère l'avait revendiquée comme épouse, même si aucun vœu n'avait jamais été échangé. Le brigand qui avait engendré Steenie était mort, mais son frère avait survécu et s'était échappé. Ils avaient soupçonné qu'il voudrait retourner dans le canal de Dubh, et il l'avait fait. Daniel était sur le point d'apprendre une information très importante. Il n'avait pas le droit à l'erreur.

Lamont le dévisagea, et, pendant un instant, Daniel craignit qu'il ne le reconnaisse. Puis il se rendit compte que c'était idiot. Pourquoi Blair se souviendrait-il de lui ? Cet homme avait quitté les terres Drummond de nombreux printemps plus tôt, quand Daniel n'était qu'un enfant. Il se souviendrait peut-être de ses parents, mais pas de lui.

— Il doit faire ses preuves pour entrer dans le canal.

Blair reporta son regard sur sa tâche, triant des pièces de monnaie dans différents sacs.

— Je ferai tout ce qu'il faut, déclara Daniel. Je veux de l'argent.

— Pourquoi ?

Daniel réfléchit rapidement.

— Parce que je souhaite voyager vers l'est. Je veux aller en France.

— Tu devras accomplir deux tâches avant de pouvoir travailler pour le canal. La première consiste à remporter deux combats dans la grande salle. Et tu seras confronté à des hommes puissants. Ce ne seront pas des combats faciles.

— Pas de problème. Je peux le faire.

— Quand ce sera fait, je t'enverrai sur une mission très lucrative. Les deux premiers groupes que j'ai envoyés ne sont pas parvenus à faire le travail. Si tu échoues toi aussi, je devrai peut-être te trancher la gorge.

— Je n'échouerai pas, affirma Daniel. Quelle est la mission ?

— Retrouver la bachelette aux cheveux rouges, avec la pierre précieuse rouge. Je te dirai où elle se trouve une fois que tu auras terminé tes combats.

Daniel manqua de s'étrangler.

Constance courut aussi vite qu'elle le pouvait, mais en vain. Elle hurla lorsque l'un des hommes attrapa sa capuche et la tira en arrière. Elle atterrit sur le dos, le souffle coupé.

Deux visages apparurent au-dessus d'elle, avant d'être attaqués par une chouette.

— Qu'est-ce c'est que ça ? Éloigne cet oiseau de moi !

Le volatile s'abattit sur eux trois fois avant que l'un des hommes ne le frappe avec le plat de son épée, l'envoyant voler au loin.

— Tu crois que c'est celle qu'ils veulent ?

— Oui, sans doute. Nous allons l'emmener à Lamont, qui nous donnera notre argent.

— Ou nous la vendons au plus offrant. J'ai ouï dire qu'elle était de sang noble et que les gardes de son père la recherchaient. Peut-être que le baron paiera davantage que Lamont.

— Non. Nous l'emmenons à Lamont. Un autre groupe de brigands est à sa recherche. Je ne sais pas pour qui ils travaillent, mais ils nous écorcheront vifs pour s'amuser avant de la prendre. Nous allons voir Lamont.

Constance toussa lorsqu'elle retrouva enfin son souffle.

— S'il vous plaît, je suis sûre que les Grant vous paieront si vous me conduisez à eux.

Elle s'assit et regarda ses assaillants. Il ne servait à rien de se battre avant de savoir à qui elle était confrontée.

Connais ton ennemi.

C'était la morale de l'une des histoires que son père leur racontait, des histoires sur les fées qui parcouraient les forêts, et d'autres créatures mystiques.

Papa, pardonne-moi.

Qu'est-ce que son père leur avait dit d'autre ? Elle se souvint que ses frères lui posaient souvent des questions au sujet de la guerre.

Il avait dit que la meilleure arme d'un homme était son esprit.

Elle lui ferait honneur en prêtant attention. Jusqu'à sa transgression, son père lui avait toujours témoigné son approbation, et même son affection. Un sentiment aigu de nostalgie la tiraillait, mais jamais plus il ne l'accepterait comme sa fille. Son père était un guerrier féroce, et toute la famille savait qu'il ne fallait pas le provoquer quand il arborait son expression de guerrier.

Il l'avait affichée dans son solarium tandis qu'il la menaçait d'un châtiment après l'autre.

Mais la honte cuisante qu'elle éprouvait chaque fois qu'elle se souvenait de cette journée ne l'aiderait pas à se sortir de cette situation. Son esprit était la seule chose capable de le faire. Elle n'était peut-être pas en mesure de fuir ces imbéciles, mais elle pouvait les manipuler, n'est-ce pas ? Daniel croirait en elle, tout comme Rose. Essuyant la terre de ses mains, elle se leva et recula de deux pas jusqu'à ce qu'elle se retrouve adossée à un arbre, espérant qu'il soutiendrait ses jambes tremblantes.

L'un des hommes était bien plus grand que l'autre, mais le petit ne cessait de lui aboyer des ordres. Tous deux portaient de vieux plaids, dont les motifs étaient désormais méconnaissables à cause de l'usure et de la saleté. L'apparence négligée de ces deux hommes suggérait que c'étaient des pillards, qui vivaient de leurs larcins. Chacun de leurs chevaux portait deux lourdes sacoches, sans doute pleines d'objets volés qu'ils vendraient plus tard. Leurs visages semblaient n'avoir pas vu de carré de lin humide depuis des années. La crasse était profondément incrustée dans leurs rides.

— Les Grant ? Il est hors de question que je m'approche d'eux ! Ils me découperont en morceaux et me donneront d'abord en pâture aux vautours. Je me fiche des Grant.

— Je dis que nous devrions l'emmener aux gardes de son père, suggéra le grand homme.

Le plus petit secoua la tête, l'air passablement agacé.

— Je te l'ai dit. C'est à Lamont que nous la remettrons. C'est le plus simple, et nous serons bien payés. Il n'y a aucun risque. Nous y serons d'ici deux jours. Maintenant, viens là, ma jolie, et monte sur ce cheval, dit-il, pointant du doigt la bête la plus proche.

— Laisse-la monter avec moi, dit l'autre, dont les yeux pointaient dans des directions différentes.

L'un d'eux regarda de haut en bas avant qu'il ne tende la main vers elle.

— Quelles courbes caches-tu sous cette tenue de moine ?

La peur s'infiltra le long de l'échine de Constance, mais l'ami du grand homme lui donna une tape pour repousser sa main.

— Non, ne la touche pas. Elle est de sang noble.

— Plus maintenant. Maintenant, c'est une

paysanne comme nous, et je veux coucher avec elle avant de la livrer. S'il te plaît, Malcolm ?

— J'ai dit non. Elle monte avec moi. Et quand nous serons là-bas, elle ne pourra pas dire à Lamont que nous l'avons touchée. Sinon il couperait ton membre et le mien.

— Bon sang, Malcolm ! Tu ne me laisses jamais m'amuser ! s'exclama-t-il avant de s'essuyer le nez avec sa manche. Je l'aime bien. Elle est jolie.

— Si nous la ramenons à Lamont d'ici deux jours, je te donnerai assez d'argent pour une bordelière[15] à Edinburgh.

Le visage de l'autre homme s'illumina.

— D'accord. Je peux attendre. Mais je pourrai faire tout ce que je voudrai.

Constance avait espéré trouver un allié en Malcolm, mais son expression n'avait rien de prometteur. Ses yeux de fouine semblaient la scruter en permanence.

Au moins, il n'avait pas l'intention de l'agresser physiquement. Et, *au moins*, ils n'étaient que deux. Si la chance était de son côté, elle pourrait s'échapper.

L'homme aux yeux de fouine la hissa sur son cheval, laissant sa main s'attarder sur son postérieur. Elle voulut lui donner un coup, mais il grimpa adroitement derrière elle et immobilisa son poing sans mal.

— Les attouchements n'ont jamais fait de mal à personne, ricana-t-il.

Puis il rit et saisit l'un de ses seins.

— Malcolm, pourquoi as-tu le droit de la

---

15   Prostituée.

toucher, alors que moi, je ne peux pas ? lui cria son partenaire.

— Peu importe. Il n'y a pas grand-chose à toucher, alors ne t'inquiète pas. Je m'arrête.

— Mais pourrai-je dormir à côté d'elle quand nous nous arrêterons ?

Le plus grand lui adressa un étrange sourire qui ressemblait plus à un rictus, ses deux dents manquantes étant bien visibles.

— Non. Elle reste avec moi pour que tu ne gâches pas tout. Nous n'avons sans doute jamais autant gagné. Et, je te l'ai dit. Je t'en trouverai une autre à Edinburgh.

Constance avait la nausée. Comment allait-elle échapper à ces deux brigands ? Elle l'ignorait, mais elle se promit de le faire.

Daniel reçut un autre coup de poing au visage, gémit et retomba sur le sol.

— Pause pour une boisson, intervint le juge.

Les clients étaient plus bruyants dans la salle du fond, et ils hurlaient et encourageaient les deux combattants. Daniel ne parvint qu'à se lever de force et à se rendre dans le coin, où son tabouret était placé à côté d'un seau d'eau. Il essuya le sang de sa bouche avec le linge qui était posé sur le siège.

— Le combat de la Main du Diable contre le Roi du Mal se poursuivra dans quelques instants, annonça le promoteur. Placez vos paris pour la seconde partie.

Daniel prit une gorgée d'eau qu'il recracha. Un garçon qui devait avoir douze printemps s'approcha.

— J'ai été désigné pour vous aider, monsieur Main du Diable, expliqua-t-il, se servant d'un carré de lin pour essuyer le sang sur l'œil de Daniel. Tenez, nous mettons cela pour arrêter le saignement.

Le garçon appliqua une préparation sur l'œil blessé avec sa main droite, ce qui attira l'attention de Daniel.

— Appelle-moi Damien. Qu'est-il arrivé à ta main gauche, mon garçon ?

Tout comme Daniel, il n'en avait pas, et son bras se terminait par un moignon net, dépourvu de cicatrices.

— Je suis né comme ça. Où avez-vous trouvé votre main ? Qui l'a fabriquée ? J'en veux une.

— C'est une amie qui l'a faite. Elle n'est pas à Edinburgh. Quel est ton nom ?

— Je m'appelle Terric. Vous devriez ajouter quelque chose au bout. Vous les battriez tous, puisque le juge vous a autorisé à l'avoir.

— Quoi ?

Terric tendit une petite tasse d'eau à Daniel.

— Si vous y mettez une lame, vous les tuerez tous.

— Je ne peux pas les tuer. Ce n'est pas l'objet du combat, dit-il avant de soupirer. Je ne tiendrai peut-être pas jusqu'à la fin de celui-ci.

Il ne s'en sortait pas bien, mais il devait tenir bon, d'une manière ou d'une autre. Il devait être celui qui retrouverait Constance. Il ne pouvait permettre à personne d'autre de la toucher. Constance était à lui.

— Si vous ne mettez pas de lame, pourquoi pas un morceau comme celui-ci ? Je dois parfois m'en servir quand je dors dans la rue.

Il présenta à Daniel un morceau de métal incurvé dont les quatre bords présentaient des formes bizarres.

— Cela frappe plus fort qu'un poing. Cela les arrête tous.

— Où as-tu trouvé cela ?

— Mon père l'a fait fabriquer pour moi avant de mourir. Il voulait que je puisse toujours me protéger.

— Les paris sont bientôt clos ! annonça le promoteur.

Le regard de Daniel balaya la grande salle ; il était étonné par le nombre d'hommes venus le voir se battre. Il remarqua Connor au fond, assis tranquillement, les bras croisés devant lui.

— Tenez, essayez-le, lui proposa Terric.

Tous deux œuvrèrent à le glisser dans le cuir de l'extrémité de la main de Daniel. Ce n'était sans doute pas éthique, mais qu'y avait-il d'éthique dans le monde clandestin des jeux d'argent ? Il ferait tout ce qu'il faudrait pour sauver Constance du canal.

Terric recula et l'encouragea.

— Battez-le !

Daniel se releva juste à temps pour la reprise du combat. Le Roi du Mal s'élança vers lui et le fit tomber sur les fesses avec un coup de poing violent sous la mâchoire. Daniel vit quelques étoiles, mais il n'allait pas abandonner. Il reçut un coup de pied au ventre, esquivant de justesse un coup à l'aine, mais ce fut comme un signal pour lui. Si cette ordure voulait se battre de manière déloyale, il en ferait autant.

Daniel se releva, et, dans une soudaine explosion d'énergie, il devint Damien.

CHAPITRE SEIZE

D ANIEL SE RELEVA, plié en deux, pour faire croire à son adversaire qu'il avait du mal à se redresser. Il savait que l'imbécile ne s'attendrait à recevoir un coup que de son bras droit. Au dernier moment, il l'attaqua avec le gauche, le prenant complètement par surprise. Daniel ouït le craquement de l'os dans la mâchoire de l'autre homme. Il recula de plusieurs pas, mais il resta debout. La foule hurlait.

— Diable ! Diable ! Diable…

Daniel se servit de l'outil du jeune garçon et de son propre poing pour frapper le ventre de son adversaire. Dès que l'autre homme se plia en deux, Daniel balança son poing en une frappe puissante sous le menton de l'homme, l'envoyant au sol.

La foule hurla quand le juge prononça sa victoire. Il jeta un regard à Terric, qui souriait et sautillait en tapant des mains.

Les hommes coururent récupérer leurs gains, et la foule s'amenuisa. Connor le rejoignit tandis que Gavin et Gregor se déplaçaient avec la foule, espérant ouïr quelque chose à propos du canal.

Le juge s'approcha et lui tapota l'épaule.

— Bien joué, Damien. Je te croyais fichu. Beau retour.

— Ma part ? lui demanda Daniel.

L'homme lui donna quelques pièces.

— Tu auras le reste quand tu parleras au responsable demain. Il aimerait te voir avant sixte.

— Qui est le garçon ? demanda Connor en désignant Terric du menton.

En dépit de la taille du cousin de Daniel, le petit ne semblait pas intimidé.

— Je m'appelle Terric. J'aide les combattants. Ils me paient en nourriture. Cela m'évite de mourir de faim.

Daniel lui tendit une pièce.

— Tiens. Tu l'as mérité.

— Je vous remercie de votre générosité, dit-il en l'empochant. Pourrai-je m'occuper de vous demain ? Aussi, j'ai besoin de récupérer mon arme.

— Oui.

Daniel regarda Terric qui semblait sur le point de partir, mais quelque chose le dérangeait. Il songea à ses cousins Loki et Kenzie, qui avaient vécu dans la rue avant d'être recueillis par le clan Grant. La vie était dure, sans doute encore plus pour un garçon qui n'avait qu'une main.

— Où dors-tu, Terric ?

Le petit garçon se retourna et lui dit :

— Ils m'autorisent à dormir dans les écuries

si je les nettoie. Je ne dois dormir dehors que lorsqu'elles sont occupées.

Connor jeta un regard à Daniel, qui proposa :

— Tiens, voilà ton arme. Mais tu n'en auras pas besoin cette nuit. Viens à l'auberge à la tête de bélier, et je t'offrirai un vrai lit pour la nuit. Va t'acheter à manger, et retrouve-moi là-bas plus tard.

Connor fit signe à Terric. L'excitation avait eu raison de sa lassitude et lui avait redonné l'air d'un enfant.

— Pourquoi y a-t-il autant de garçons sans foyer à Edinburgh ?

— C'est malheureux. Il m'a prêté un objet que je pense faire fabriquer pour moi.

Il expliqua en quoi consistait cette nouvelle arme à Connor, qui ne dit rien jusqu'à ce qu'il ait terminé.

Finalement, son cousin réagit.

— Tu as une mine affreuse, Damien. Retournons à notre auberge.

Daniel se leva et se pencha vers Connor, ne se rendant compte qu'il avait un problème d'équilibre qu'au moment où il faillit tomber. Son cousin passa un bras autour de ses épaules pour le redresser, et il le guida hors de l'établissement presque vide.

— Il est temps de mettre un terme à cette folie, lui dit son cousin à voix basse alors qu'ils atteignaient la rue. N'es-tu pas d'accord ? Tu as encaissé pas mal de coups cette fois-ci. Ton visage ne sera peut-être plus jamais le même.

— Non, protesta Daniel dans un murmure. Je dois revenir.

Son regard passa d'un côté à l'autre du bâtiment avant qu'il ne poursuive.

— Je t'expliquerai, mais attends que nous soyons sortis d'ici.

Les deux hommes s'en allèrent et retrouvèrent le chemin de leur auberge, où ils retrouvèrent Gavin et Gregor dans la salle principale. Ce dernier le regarda fixement.

— Bon sang ! Tu as une mine affreuse. Qu'as-tu décidé ? Es-tu prêt à renoncer ?

Ils trouvèrent une table dans le coin de la salle, où personne ne leur prêtait attention. Daniel chuchota :

— J'ai rencontré l'un des propriétaires. Blair Lamont, annonça-t-il avant de lever une main pour empêcher quiconque de faire des commentaires. Restez discrets. Nous ne savons pas qui peut nous écouter.

Les trois hommes acquiescèrent, puis se penchèrent en avant, impatients d'en apprendre davantage.

— Je dois continuer. Si je gagne encore un combat, ils me laisseront entrer dans le canal.

— Bon sang ! Tu as fini par trouver un moyen d'entrer ! constata Gavin avec un sourire excité.

— Oui, c'est pourquoi je ne peux pas arrêter maintenant.

Gavin frappa la table du plat de la main.

— Je le savais. Nous sommes au bon endroit. Tu dois rester.

Daniel leva une main pour l'empêcher de

terminer. Il aurait pu rappeler à Gavin qu'il les avait exhortés à rentrer chez eux la veille, mais cela n'aurait servi à rien. C'était *Gavin*. À la place, il dit :

— Il y a autre chose.

— Vraiment ? s'exclama Gregor.

— Ne parle pas trop fort ! intervint Connor, qui écoutait attentivement. Continue.

— Lamont souhaite m'envoyer en mission spéciale pour localiser une jeune fille aux cheveux roux qui a une pierre précieuse rouge.

Il s'adossa à son siège et attendit leur réaction.

— Constance ? Es-tu sûr qu'il s'agit d'elle ? insista Connor.

— A-t-elle une pierre précieuse ?

Gavin posa les deux mains sur la table et se pencha vers Daniel.

— Oui. Elle me l'a montrée au château de Muir. Elle appartenait à sa mère. Elle l'appelle sa pierre porte-bonheur. Quelqu'un doit l'avoir vue, mais je ne comprends pas pourquoi les hommes de Lamont la chercheraient en particulier.

Connor pinça les lèvres et déclara :

— Je savais qu'elle se cachait de quelque chose. Et si son père était un noble ?

— Il doit l'être, intervint Gavin, sinon sa femme n'aurait pas de pierres précieuses. Constance a dû s'enfuir et s'en emparer avant de partir.

Gregor ajouta :

— Et son père est à sa recherche. Mais pourquoi se serait-elle enfuie ?

Connor se gratta la tête.

— Nous passons à côté de quelque chose

ici. Les hommes qui sont venus chercher une bachelette chez Braden n'avaient pas l'air d'être les gardes d'un noble… et je doute que le père de Constance ait engagé Lamont.

— Oui, dit Daniel. Ces pillards nous ont demandé si nous avions des bachelettes dont nous ne voulions pas. Je pense qu'ils cherchent de jeunes filles pour le canal de Dubh. Je ne sais pas s'ils étaient au courant de l'existence de Constance. Une autre chose qu'elle m'a dite me pousse à me demander ce qui s'est passé.

— Quoi donc ? demanda Connor.

— Elle a dit que son père la détestait. C'était comme si elle ne souhaitait plus jamais le revoir.

— Ah ! Cela explique tout, déclara Connor.

— Quoi ? Cela ne m'explique rien, dit Gavin, l'air exaspéré.

Connor haussa une épaule.

— C'est au sujet d'un garçon. À son âge, il s'agit forcément d'un mariage.

Daniel ne pouvait contester le raisonnement de Connor.

— Quelle que soit la raison qui l'a poussée à s'enfuir, je ne peux pas m'en aller tant que je n'ai pas trouvé le moyen de l'aider. Je dois rester et me battre. Resterez-vous avec moi ?

Connor soupira.

— Je crois que nous avons besoin d'aide. Les gardes d'un noble, Blair Lamont, une grosse pierre précieuse. Tout cela pourrait entraîner de graves problèmes. Je reste avec toi. Vous deux, ajouta-t-il en faisant un signe de tête à Gavin et Gregor, repartez et mettez Will et Maggie au courant.

Daniel ajouta :

— Et, quand vous reviendrez, nous ne serons peut-être plus là. Si je gagne, je partirai à la recherche de Constance.

Enfin, il se sentait digne de son amour. À présent, il était capable de protéger sa campanule.

Il était un champion, même si ce n'était que dans un monde clandestin, et il avait deux mains.

Constance feignit de dormir, attendant que les deux pillards commencent à ronfler. Ils avaient volé de la cervoise dans une hutte devant laquelle ils étaient passés, puis avaient bu jusqu'à s'évanouir tous les deux. Par prudence, elle attendit encore un peu avant de se lever et de se faufiler jusqu'à l'un des chevaux, choisissant celui qu'elle avait monté plus tôt.

Malheureusement, alors qu'elle s'apprêtait à monter la bête, elle hennit suffisamment fort pour réveiller Malcolm.

— Mais que fais-tu, bon sang ?

Dans ses yeux de fouine, elle lut une fureur qu'elle n'avait pas souvent vue. Elle se mit à courir à toute allure, mais il la suivit et se jeta sur elle, lui atterrissant dessus avec un grognement.

Constance haleta, essayant de reprendre son souffle, tandis qu'il pesait de tout son poids sur elle. Il la fit rouler sur le dos et lui tint les bras au-dessus de la tête. Son visage était si proche du sien qu'elle eut envie de vomir à cause de la puanteur de son haleine chargée de cervoise.

— J'aurais dû me douter que tu tenterais

quelque chose. À partir de maintenant, je vais t'attacher. Et si tu essaies encore de t'enfuir, je laisserai mon frère te prendre, mais pas avant de t'avoir goûtée. Tu mets ma patience à l'épreuve, ma belle.

Il se releva et la remit debout, la giflant brutalement. Il réveilla son frère d'un coup de pied et lui ordonna de la tenir pendant qu'il lui liait les mains.

— Nous partons maintenant, annonça Malcolm, qui s'apprêtait à la balancer sur le dos du cheval, avant de faire une pause. Peut-être qu'il te faut un bon mal de tête pour t'empêcher d'essayer de t'échapper.

Il lui asséna un coup de poing à la mâchoire, et la tête de la bachelette tourna violemment sur le côté.

Constance lutta contre les larmes : elle ne voulait pas lui donner cette satisfaction. Mais il avait tenu sa promesse.

À présent, elle avait un mal de tête fulgurant. Quand son cauchemar allait-il prendre fin ?

***

Daniel et Connor dormaient dans une chambre, Gavin et Gregor de l'autre côté du couloir. Terric dormait dans la salle commune, où l'aubergiste gardait plusieurs lits pour un prix plus modeste.

Daniel ne dormit pas bien, surtout parce qu'il avait mal partout, mais il était profondément endormi quand l'orage s'abattit sur eux.

Un coup de tonnerre les réveilla, Connor et lui, et son cousin poussa un juron.

— Bon sang ! J'ai vu assez d'orages pour toute une année.

Il se retourna dans son lit et se couvrit la tête d'une fourrure.

Daniel s'assit au bord de son lit, puis s'approcha de la fenêtre, ouvrit les volets et observa l'arrière de l'auberge. Il ne resta là que quelques instants, avant que plusieurs éclairs fulgurants ne le fassent reculer de la fenêtre. Le tonnerre gronda dans leur chambre, et Connor se redressa enfin dans son lit.

— J'abandonne.

Daniel s'était retourné pour jeter un coup d'œil à son cousin quand il ouït une voix qui semblait venir de l'autre côté de la fenêtre.

— Tu dois l'aider !

Il se retourna et regarda dehors. Une apparition flottant dans l'air à l'extérieur de la fenêtre l'observait. Le fantôme, la femme, quoi qu'elle soit, portait une robe blanche à manches cloche et un bandeau bleu autour de la taille. Ses jupes amples gonflaient sous elle comme si elle était ballottée par le vent de la tempête. Elle avait des cheveux roux, qui ressemblaient à ceux de Constance, et ses boucles rebondissaient dans la brise.

— Tu avais raison, Connor. J'ai pris trop de coups à la tête.

Il s'appuya sur le rebord de la fenêtre, scrutant les écuries derrière l'auberge.

— Qu'est-ce que tu regardes ? s'enquit Connor alors qu'un autre éclair illuminait le ciel.

— Je n'en suis pas sûr, mais elle ressemble un

peu à Constance. Viens voir par toi-même. Tu ne me croiras pas, sinon.

Fasciné par le spectre flottant devant lui, Daniel fit signe à Connor sans tourner la tête.

Connor haleta en s'approchant.

— Non, non, non. Pas encore !

— Quoi ? murmura Daniel. Tu l'as déjà vue ?

Connor se rapprocha de la fenêtre, et tous deux se tenaient désormais côte à côte, tandis que l'apparition fantomatique flottait dans l'air, juste devant eux.

— Oui, se contenta de répondre Connor. Mais il y a quelque chose de différent chez elle. Il contemplait la vision, l'observant attentivement.

Le fantôme se remit à parler.

— Tu dois la sauver. Tu es le seul à pouvoir l'aider, dit-elle, et elle leva un doigt qu'elle pointa sur Daniel. Trois. Il y en a trois.

Elle se tourna ensuite vers Connor, levant la main pour lui montrer trois doigts.

— Où sont ses perles ? Avant, elle avait des perles autour du cou.

L'apparition commença à se dissiper, mais Daniel se pencha vers la fenêtre.

— Qui ? Qui sommes-nous censés sauver ?

Connor agrippa l'épaule de Daniel et dit :

— Constance. Fais-moi confiance. Elle protège les jeunes filles des abbayes.

Le fantôme sourit et pointa Connor, hochant la tête avant de disparaître avec un dernier commentaire :

— Elle a besoin de *toi*, Daniel.

Ensuite, elle ouvrit la main et lui montra

une pierre précieuse rouge en forme de cœur. Daniel ferma les volets et les verrouilla, se laissant retomber sur son lit.

— Je croirais avoir perdu la tête si tu ne l'avais pas vue aussi.

Connor soupira.

— C'est la deuxième fois que je la vois. Elle a prévenu Roddy au sujet de Rose. Elle a dit presque exactement la même chose. La seule différence, c'est qu'elle portait des perles autour du cou la dernière fois. Je lui ai dit de ne plus jamais en parler, et je te dis la même chose. Ne le dis ni à Gavin ni à Gregor.

— As-tu vu la pierre précieuse qu'elle tenait dans sa main ?

— Oui, confirma Connor, qui passa une main sur son front et son visage. Cela ne signifie qu'une seule chose, et je crois que tu peux deviner de quoi il s'agit.

Daniel leva les yeux vers le plafond.

— Oui, Constance a des problèmes.

CHAPITRE DIX-SEPT

DANIEL ET CONNOR firent leurs adieux à Gavin et Gregor après avoir déjeuné, et leurs cousins partirent en direction des terres Ramsay. Puis Daniel envoya Terric avec plusieurs pièces de monnaie, le chargeant de faire fabriquer un outil similaire pour son bras. Il y avait deux forgerons en ville, et le petit garçon connaissait l'un deux : il promit donc de faire ce qu'il lui avait demandé.

Lorsque Connor et lui se retrouvèrent enfin seuls à l'auberge, il dit :

— Je ne peux pas t'emmener avec moi, mais j'aimerais que tu me suives.

Il regarda fixement la boisson dans sa chope.

— J'en ai l'intention. Comment vas-tu aborder Lamont, et que crois-tu qu'il puisse faire pour toi ?

— J'ai posé beaucoup de questions au responsable avant le combat d'hier. Il a dit qu'ils envoyaient quelques hommes sur le canal une fois par lune pour récupérer une cargaison dans le nord et l'amener sur la côte est. Le nombre varie. On lui a offert un supplément pour qu'il retrouve la bachelette aux cheveux roux. Je pense qu'ils ont l'intention de l'envoyer sur un navire, même s'il ne l'a pas dit.

— Pourquoi ? demanda Connor, se caressant le menton tout en gardant les yeux rivés sur son gobelet d'hydromel. C'est une situation des plus étranges.

— Oui. Qui prendrait sciemment le risque de vendre la fille d'un noble au canal ? Même si son père est en colère contre elle, il ne manquera pas de se venger.

— Nous passons à côté de quelque chose.

— Tout à coup, c'est une bachelette bien populaire pour quelqu'un qui vivait dans une abbaye, remarqua Daniel en se grattant la barbe.

— Cette pierre précieuse doit avoir une grande valeur, déclara Connor. Même le fantôme était au courant. Pourquoi ne cessait-elle de dire « trois » ? Que cela signifie-t-il ? Trois jours ? Trois hommes la détiennent ? Une idée ?

Il regardait Daniel, dans l'attente de sa réponse.

— À mon avis, nous devons la retrouver dans les trois jours qui viennent. C'est ce qui me paraît le plus logique, car Blair a dit qu'il m'enverrait en mission dans deux jours. Je me bats encore ce soir, et demain, je pars.

— Non, cela pourrait te prendre trois jours pour la trouver. Nous sommes à près de deux jours de l'abbaye.

Daniel se leva de table, y jetant quelques pièces en guise de paiement pour leur repas.

— Je vais aller le voir maintenant et écouter ce qu'il a à me proposer.

— Ta barbe pousse rapidement, remarqua Connor. Bon sang ! Je crois qu'elle a doublé de longueur en une nuit !

Daniel sourit.

— Oui. Je crois que ce côté indiscipliné contribue à mon image.

Ils commencèrent à descendre la route en direction de la taverne *Le Chien et le Cerf*.

— Et quelle image espères-tu avoir exactement, Damien ? s'enquit Connor, l'appelant volontairement par son faux nom.

— Le voilà ! Damien la Main du Diable !

Un jeune homme sur le côté s'arrêta pour le montrer du doigt.

— Main du Diable, est-ce que vous allez vous battre ce soir ? Je parie tout mon argent sur vous, dit le compagnon du jeune homme.

Daniel inclina la tête vers l'homme.

— Oui, je serai là ce soir.

Connor et lui poursuivirent leur route, écoutant les discussions dans la cour en passant devant le château d'Edinburgh.

— C'est le combattant le plus coriace qu'ils aient. J'ai ouï dire qu'il avait failli tuer un homme hier.

— Nous devons y aller ce soir, dit un autre.

— C'est l'un des combattants les plus féroces que j'aie jamais vus.

Daniel afficha un sourire narquois.

— Tout cela. C'est exactement l'image que je veux : dur, brutal, le meilleur.

— Parce que tu crois que c'est ce que Constance veut ? marmonna Connor tout bas.

Ils arrivèrent à destination, mais Daniel éloigna Connor de l'entrée.

— Toi, tu attends ici. Et, oui, je crois que Constance serait fière de moi.

Connor rit et croisa les bras.

— Tu crois qu'une bachelette approuverait ton apparence ?

Daniel se renfrogna.

— Je ne suis pas si mal.

Connor arqua un sourcil en le regardant.

— Et tu crois que les jeunes filles veulent avoir peur de leur mari ?

— Qui a dit que je voulais être son mari ?

— Moi, je le dis. Tu es peut-être jeune, mais c'est exactement ce dont tu as besoin. Tu te comportes exactement comme ton père quand il a perdu son cœur pour ta mère. J'ai ouï toutes les histoires sur l'oncle Micheil. Il la suivait partout, il essayait de lui montrer que les autres garçons n'étaient pas faits pour elle. Il a même fait des joutes pour gagner ses faveurs, pour lui montrer à quel point il était fort. Des joutes, des combats… Quelle est la différence ?

— Je ne suis pas du tout comme mon père ! David est comme mon père, pas moi.

Il tourna les talons et se dirigea vers l'entrée latérale, faisant un signe de la main à Connor.

— Je reviens bientôt.

Il ouvrit la porte, prêt à montrer sa pierre spéciale au Balafré. Il refusait de réfléchir à ce que

Connor avait dit, car il n'y avait absolument rien de vrai.

À moins que… ?

Il était toujours surpris lorsque quelqu'un le comparait à son père. Son frère, qui était solide, fort et inébranlable, ressemblait assurément davantage à Micheil Ramsay. Pourtant, leur mère lui avait souvent dit qu'il lui rappelait son père dans sa jouvence[16], le jeune guerrier qui avait eu la force de terrasser le meilleur des chevaliers anglais lors d'une joute à Edinburgh. Il avait souvent ouï l'oncle Logan et la tante Gwyneth parler de lui.

Ils avaient également parlé de tout ce que Micheil avait entrepris pour gagner le respect et attirer l'attention de Diana Drummond.

Connor avait-il raison ? Faisait-il tout cela pour impressionner Constance ?

Il ne pouvait pas penser à cela maintenant. Il devait se concentrer.

Il s'attendait à ce que le portier lui fasse simplement signe d'entrer, mais la grosse brute le surprit.

— Entre, Damien. Beau combat hier soir. J'ai ouï dire que nous allions devoir refuser beaucoup de monde ce soir. L'homme qui s'occupe des paris reçoit des paiements pour réserver des sièges uniquement pour vous regarder, toi et ta Main du Diable.

— Merci. Où est-il ?

— Va dans la salle du fond pour voir les propriétaires.

---

16   Jeunesse.

Il descendit les marches deux par deux, et se pencha pour passer la porte qui était très basse. Daniel salua d'un signe de tête ceux qu'il croisa sur le chemin de la salle du fond. À sa grande surprise, tous le traitèrent comme s'il était à sa place. Il frappa à la porte et entra quand il ouït la voix de Lamont répondre.

— Bonjour, salua-t-il en observant attentivement les deux hommes. Est-il toujours prévu que je combatte ce soir ?

Blair se retourna avec le sourire.

— Oui. Tu seras le dernier à te battre. Les gens deviennent fols à cause de toi. Nous recevons des paris venant de tous nos établissements.

— Est-ce que j'ai un autre paiement pour mon combat d'hier ? Il a dit que tu aurais quelque chose pour moi, dit Daniel avec un signe vers l'autre homme.

Blair lui lança un petit sac de pièces.

— Fais la même chose ce soir, et je te donnerai trois fois plus.

— Après ce soir, je veux gagner gros. Tu m'as dit que tu m'enverrais en mission si je gagnais deux combats.

Blair éclata de rire.

— C'est vrai, mais je ne m'attendais pas à ce que tu gagnes. Je croyais que tu te ferais botter les fesses. Mais tu n'as pas peur, n'est-ce pas ? J'aime cette allure que tu t'es donnée, entièrement vêtu de noir, pas rasé, les cheveux en bataille. Cela sert ton image.

Daniel croisa les bras et se posta devant Blair. Si cette ordure osait changer les conditions de leur accord, il l'attraperait par la gorge. Mais il savait qu'il devait garder son calme. Il devait apprendre des choses au sujet du canal, et au sujet de Constance.

— Où m'envoies-tu demain ?

— J'avais pensé te faire rester pour deux combats supplémentaires, mais nous pouvons attendre une quinzaine pour ceux-ci. J'ai un problème, et j'ai besoin qu'il soit réglé. Je pense que tu es l'homme de la situation.

— Qu'est-ce que c'est ?

Lamont s'appuya sur la table où toutes les pièces étaient triées.

— Il y a un petit problème avec ma… cargaison. Je ne veux pas que cette bachelette soit amenée en ville, mais mes deux pires hommes ont mis la main sur elle. Je veux qu'on me la ramène, alors je t'envoie la chercher juste avant l'aube. C'est la bachelette aux cheveux roux.

— Où ?

— Je te donnerai des instructions plus tard. Elle est de sang noble, alors tu ne dois pas la toucher. Il est très important qu'elle me revienne saine et sauve.

— Qui est-elle ?

Daniel savait qu'il demandait trop d'informations, mais il ne pouvait pas s'en empêcher.

— Son nom n'a pas d'importance. Elle me rapportera bien plus d'argent que d'habitude, et je n'ai pas vraiment confiance en les deux hommes qui la cachent. Je veux qu'elle soit amenée ici rapidement.

Heureusement, ce fut son compagnon qui posa la question suivante.

— Pourquoi cette bachelette est-elle à ce point importante ?

Lamont haussa les épaules et reporta son attention sur sa pièce.

— Je n'en sais rien, mais plusieurs groupes la recherchent, et je veux être celui qui la trouvera.

— Pourquoi y a-t-il autant de monde après elle ? insista le juge.

Lamont lui lança un regard noir.

— Je. Ne. Sais. Pas. N'insiste pas. Je m'en occupe. Tout ce que Damien aura à faire, c'est aller où je lui dirai et me la ramener le plus vite possible. D'autres personnes sont également à sa recherche. Plus vite nous l'aurons sous notre garde, mieux ce sera pour nous.

Daniel s'en alla et retrouva Connor non loin de l'auberge.

— Je pars tôt demain. Tu devras me suivre, lui dit-il, avant de lui indiquer où le rejoindre. J'espère que Gavin et Gregor vont faire vite pour nous trouver de l'aide.

— Pourquoi ?

— Parce que j'ai découvert ce que signifie le trois…

— Qu'est-ce que cela veut dire ? demanda Connor, s'arrêtant pour faire face à Daniel.

— Il y a trois groupes qui poursuivent Constance.

CHAPITRE DIX-HUIT

LES DEUX HOMMES descendirent dans les caves. Ils s'avancèrent jusqu'au bout et s'arrêtèrent devant la pièce qui n'était pas fermée à clé, mais laissée ouverte.

— Nous avons cherché partout, même à l'intérieur de l'abbaye de Sona et de l'abbaye des Anges. Aucune trace d'elle nulle part, même si j'ai ouï dire que son père avait envoyé des hommes à sa recherche.

La personne qui se trouvait à l'intérieur répondit :

— Êtes-vous sûr d'avoir bien fouillé l'abbaye ? Les avez-vous fait parler ?

L'homme qui se tenait derrière le premier se mit à rire.

— Il a giflé l'abbesse. Je n'avais jamais vu quelqu'un frapper une femme d'Église.

— Et ?

— Et rien, répondit le premier homme. Cela n'a rien donné. Nous avons fouillé les caves, les écuries, la chapelle, et même entre les rangées de bancs de cette chapelle. Il n'y avait pas la moindre trace d'une fille aux cheveux roux. Toutes les abbayes, toutes les églises, partout.

— Maudits menteurs ! Je sais qu'elle est là. Et je la veux sur le prochain bateau. Je vous paie une fortune pour cette tâche, si vous vous souvenez bien. Repartez vers le nord. Si les hommes de son père la trouvent, alors enlevez-la. Je veux que cette fille souffre. Je veux qu'elle quitte l'Écosse pour toujours. Engagez autant d'hommes que nécessaire. Je doublerai votre récompense. Maintenant, partez !

Les deux hommes retournèrent vers l'escalier.

Mais les derniers mots résonnèrent dans le couloir.

— Et ne revenez pas sans elle !

CHAPITRE DIX-NEUF

DANIEL ÉTAIT ASSIS dans son coin à côté de Terric. Il aurait voulu que le combat soit déjà terminé pour pouvoir aller chercher Constance. La foule, qui était venue dans la salle arrière pour assister au combat de la Main du Diable ce soir-là, était nombreuse, plus qu'il ne l'aurait jamais imaginé. À sa grande surprise, la foule se mit à scander : Diable, Diable, Diable…

Sa popularité ne cessait de croître. S'il n'y avait pas eu Constance, il aurait pu envisager de rester ici pendant un certain temps. Il avait déjà amassé plus d'argent qu'il n'en avait gagné auparavant. Certes, il n'en avait pas besoin. Ses parents lui fournissaient tout ce qu'il lui fallait, mais cela faisait longtemps qu'il n'était pas rentré à la maison à cause de la bande de cousins. Une partie de lui aimait pouvoir subvenir à ses besoins. Cela lui donnait l'impression d'être indépendant.

Qu'allait-il faire une fois qu'il aurait retrouvé Constance ? Il ne faisait aucun doute que Lamont enverrait d'autres gardes avec lui. Constance réagirait sûrement en le voyant : il allait devoir trouver un moyen de l'en dissuader. Il ne fallait pas que les hommes de Lamont sachent qu'ils étaient proches.

Cela le tuerait sans doute, mais il devrait se montrer méchant et hargneux pour la convaincre qu'il n'était pas l'homme qu'elle avait imaginé. Il était heureux d'avoir laissé pousser sa barbe, et plus ses cheveux seraient hirsutes, mieux ce serait. Ses vêtements n'avaient pas été lavés depuis longtemps non plus.

Constance n'allait pas aimer cela.

Ensuite, d'une manière ou d'une autre, il trouverait le moyen de s'échapper avec elle. Pour commencer, il devait utiliser Lamont pour la retrouver.

Alors qu'il était assis sur le tabouret, la tension faisait vibrer sa jambe. Il ignorait totalement qui il devrait combattre ce soir-là. En réalité, cela n'avait pas d'importance. Il devait gagner. Fermant les yeux, il se mit à penser au rire d'une belle bachelette aux cheveux roux et aux yeux verts, dont le nez se plissait dans ses moments de joie. D'abord le rire, ensuite le nez plissé. Il faillit sourire à cette idée idiote, mais il se réfréna, car cela ne correspondait pas à son image. Il devait paraître impitoyable ; les hommes impitoyables ne souriaient pas. Et ils ne riaient pas non plus.

Terric lui serra l'épaule.

— My lord, vous allez combattre contre Ivan.

Au vu de la façon dont le juge et Lamont avaient parlé de ce combat, Daniel s'était attendu à un défi plus difficile à relever. Il avait déjà aisément battu Ivan. Quelques instants plus tard, il comprit. Un autre combattant apparut, assis sur un tabouret non loin d'Ivan. Apparemment, Chasse-mort serait aussi son adversaire.

Terric déglutit.

— Vous allez combattre deux hommes en même temps ?

La peur qui se lisait sur le visage du garçon apaisa Daniel. D'une certaine manière, cela rendait sa propre peur plus supportable.

Il tendit la main pour tapoter l'épaule de Terric.

— Aie davantage confiance en moi.

— Mais vous serez à un contre deux ! murmura-t-il, levant deux doigts, contemplant la redoutable concurrence de Daniel.

— Ce sera peut-être seulement un à la fois.

— Oui, je l'espère.

Le juge se leva et adressa un signe de tête à Daniel, puis à Ivan, et ils vinrent se placer de part et d'autre de lui, comme c'était la coutume. Quelques instants plus tard, après avoir excité la foule, il agita sa main au-dessus de sa tête et le combat commença.

Daniel n'eut pas à se battre trop fort. Il aurait pu terrasser Ivan en deux coups, mais il savait que le juge préférerait que le combat se poursuive jusqu'à la fin du temps des paris. À sa grande surprise, le juge se leva et fit un signe du bras; Ivan recula, permettant à Chasse-mort d'entrer dans le combat.

Chasse-mort n'était pas non plus un défi. La pause du milieu de combat arriva rapidement, et les hommes se hâtèrent de sortir de la salle pour placer d'autres paris. Tandis qu'ils sortaient, le juge attira l'attention de tous en annonçant :

— Le dernier combat opposera Ivan et Chasse-mort à la Main du Diable.

Terric lança un regard effrayé à Daniel, qui se contenta de se lever et de fléchir ses muscles pour la forme.

— Ne t'inquiète pas, Terric. Si je dois perdre, deux contre un, c'est la manière idéale de procéder.

Il prononça les mots pour apaiser son nouvel ami, mais, à dire vrai, il savait qu'il devait être fort. Il ne pouvait pas échouer, sinon il risquait de perdre son unique chance de retrouver sa campanule.

La seconde partie du combat débuta, et Ivan et Chasse-mort se jetèrent tous deux sur Daniel, qui les esquiva si rapidement qu'ils se cognèrent la tête l'un contre l'autre. La foule se déchaîna, ce qui ne fit qu'encourager ce dernier.

Il encaissa plus de coups que d'habitude, car l'un se mettait derrière lui et essayait de le retenir pendant que l'autre le frappait, mais au bout d'un moment, il se lassa de ce jeu et opta pour une autre stratégie.

En fait, il en avait assez de ce combat. Flairant sa chance, il s'arrêta brusquement devant eux, baissa les bras en poussant un profond grognement, puis leur asséna à chacun un coup de coude sous le menton.

Son grognement suscita une telle réaction du public qu'il en usa encore plusieurs fois avant de les achever tous les deux, l'un d'un coup de poing sur la tempe, l'autre d'un coup de pied au milieu de la poitrine qui le projeta contre le mur de pierre du fond, l'assommant.

La foule se mit à hurler quand le juge le félicita et le déclara vainqueur. La seule chose qu'il put faire fut de se laisser tomber sur le tabouret, tandis que Terric, par bonheur, lui jetait de l'eau sur le visage et lui donnait des gobelets d'eau et de cervoise, essuyant le sang de son visage et de son poing.

— Bien joué, my lord ! s'exclama le garçon, un sourire fier sur le visage.

— Terric, tu n'as pas besoin de m'appeler my lord.

— Seul un lord pourrait se battre ainsi. C'était incroyable à voir.

Daniel lui donna une tape dans le dos, puis récupéra ses pièces auprès du juge. À sa grande surprise, Lamont l'avait rejoint dans la grande salle.

— Où vais-je ? lui demanda Daniel, haussant un sourcil.

— Sois dehors pour les laudes[17], et je te donnerai toutes les instructions nécessaires.

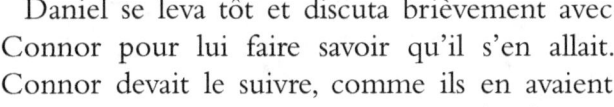

Daniel se leva tôt et discuta brièvement avec Connor pour lui faire savoir qu'il s'en allait. Connor devait le suivre, comme ils en avaient parlé, et, s'il en avait l'occasion, Daniel prévoyait de le chercher pour lui indiquer leur destination.

---

17   À mi-chemin entre les matines et l'aube.

Lamont l'avait prévenu qu'il enverrait des gardes avec lui, mais il ne savait pas combien.

Il rencontra Terric sur le chemin de la taverne *Le Chien et le Cerf*.

— Bonjour, my lord ! Bonne route à vous !

— Voilà de quoi dormir à l'auberge jusqu'à mon retour, lui dit Daniel, lui remettant plusieurs pièces de monnaie.

Il hésita un moment, puis il ajouta :

— Mon garçon, veux-tu bien prendre ces deux sacs de pièces et les cacher pour moi ? Je reviendrai les chercher plus tard. Si tu as besoin d'une pièce, tu peux te servir, mais je te promets de revenir.

Il serait dangereux de voyager avec autant de pièces. Il avait confiance en Terric pour veiller sur son argent, et si Daniel ne pouvait pas revenir, le garçon aurait au moins de quoi subsister.

— Mon garçon, je te dis la vérité. Prends une pièce ou deux en guise de paiement pour avoir gardé mes gains.

— Vous m'en avez donné beaucoup ! Je peux manger, aussi, remarqua-t-il en touchant les pièces dans la paume de sa main. Sans doute pendant toute une lune, avec autant d'argent. Un grand merci à vous, Damien. Bonne chance, et j'espère que nous nous verrons à votre retour. Je cacherai les sacs à un endroit où personne ne les trouvera. Je vous le promets.

Daniel se tourna vers son nouvel ami.

— Y a-t-il une raison particulière pour que tu restes à Edinburgh, mon garçon ?

Ce dernier fixa le sol du regard.

— Non. Je ne connais rien d'autre, c'est tout.

Daniel acquiesça et retourna vers *Le Chien et le Cerf*.

— Je te chercherai à mon retour.

Il nota dans sa tête de respecter sa parole en regardant le jeune garçon partir en courant pour cacher son butin.

Blair Lamont le retrouva à l'extérieur de l'auberge et le conduisit aux écuries de la ville. Quatre gardes se tenaient devant, attendant manifestement quelqu'un.

— J'ai essayé d'en engager cinq, mais je n'en ai trouvé que quatre, expliqua-t-il, se rapprochant de Daniel pour ne pas que les hommes l'ouïssent. Mes hommes habituels ne sont pas disponibles. La plupart des gardes sont partis en mission. Je crois qu'un autre groupe est à la recherche de la bachelette. Prends garde à ce qui t'entoure. Mes deux hommes, Malcolm et son frère, l'ont trouvée à la cascade au nord-ouest d'ici, à moins d'une demi-journée de route. Je leur ai dit de ne pas s'approcher d'Edinburgh. Ramène-la-moi immédiatement. Pas d'arrêts. Si elle arrive saine et sauve, et sans que tu l'aies touchée, je doublerai la somme que je t'ai offerte. J'ai doublé le salaire des gardes pour qu'ils ne t'abandonnent pas au moindre problème.

Daniel jeta un coup d'œil par-dessus son épaule sur les hommes de main que Lamont avait engagés. Deux d'entre eux portaient des épées, et deux avaient des arcs, mais il savait que leurs compétences n'égalaient pas celles de ses cousins. Il pria pour qu'ils soient en chemin. S'il avait raison, et que trois groupes distincts étaient à la recherche de Constance, il aurait besoin de toute l'aide possible.

Il hocha la tête et récupéra son propre cheval.

— Tu as intérêt à revenir avant la tombée de la nuit ; sinon je dirai à mon supérieur d'envoyer ses hommes après toi. Et tu n'aimeras pas leur manière de se battre.

— Ton supérieur ? Tu veux parler du juge ? Ou de quelqu'un d'autre ?

Daniel se mordit la lèvre, espérant être sur le point d'ouïr le nom de l'homme qui était au-dessus de Blair Lamont. Serait-ce l'Anglais qui était responsable de l'ensemble du canal ?

— L'homme qui me donne des instructions. Tu ne le rencontreras jamais.

Daniel s'efforça de ne pas réagir. Il découvrirait qui était l'ordure qui dirigeait ce groupe. Avec ses cousins, ils s'étaient juré de tous les faire tomber. Lamont, son supérieur, les hommes qui transportaient les cargaisons et ceux qui les enlevaient. Il fallait un grand nombre de personnages peu recommandables pour faire marcher ce canal. Une rupture dans la chaîne pouvait mettre un terme à l'ensemble de l'opération.

Daniel remarqua que Terric était revenu, et qu'il les observait depuis l'autre côté de la rue.

— Je la trouverai.

Daniel enfourcha son destrier d'un mouvement souple, offrant un spectacle aux hommes qui les observaient dans les rues. Où qu'il aille, les gens le dévisageaient. Même à Edinburgh, la rumeur circulait vite. Sa réputation devait être plus étendue qu'il ne l'avait imaginé.

Cela lui donna à réfléchir sur le voyage qu'il s'apprêtait à faire avec quatre hommes qu'il ne connaissait pas. Certes, Connor allait le suivre, mais peut-être ferait-il mieux de demander l'aide d'un autre ami de confiance. Au lieu de partir, il se dirigea vers Terric.

— Penses-tu pouvoir suivre, mon garçon ? J'ai besoin de toi, si tu le peux.

— Oui, je peux suivre. J'ai aussi ma propre dague.

Daniel sauta à terre.

— Je te paierai davantage pour m'accompagner, lui dit-il, puis il poursuivit à voix basse. Si quelque chose m'arrive, je veux que tu ailles trouver mon ami et que tu le lui dises. Il nous suivra à distance. C'est lui qui a assisté aux combats, le grand et costaud avec des cheveux noirs.

Le garçon acquiesça ; Daniel parla donc aux quatre gardes, puis se dirigea vers les écuries et paya pour un autre cheval.

— En selle, mon garçon, lui intima-t-il, puis il se tourna vers les gardes. Nous partons maintenant.

Les hommes attendirent qu'il ouvre la voie. Quand ils partirent ensemble, des passants commencèrent à faire des remarques.

— Regardez, c'est la Main du Diable !

Quelques garçons le suivirent même jusqu'à la sortie d'Edinburgh, allant aussi loin qu'ils le pouvaient. Il grogna plusieurs fois, juste pour le spectacle.

Puis il se concentra sur sa mission.

Il ne reviendrait pas tant qu'il n'aurait pas sauvé sa campanule.

CHAPITRE VINGT

CONSTANCE SOULEVA SA tête de l'herbe, encore douloureuse après le coup de poing qu'elle avait reçu à la mâchoire la veille. Elle avait encore tenté de s'échapper, mais avait échoué lamentablement. En représailles, ils lui avaient tiré les cheveux, lui avaient volé un baiser gluant, lui avaient touché les seins et lui avaient asséné un coup de poing à la mâchoire.

Pourrait-elle un jour se libérer de ces méchants hommes ?

Malcolm était debout et urinait non loin derrière elle, le bruit la faisant grimacer. Son frère le suivit :

— Tu veux regarder, ma jolie ?

Puis il se mit à ricaner comme il le faisait souvent, riant de ses propres plaisanteries nauséabondes.

Elle se rendit compte qu'ils étaient tous les deux occupés, et elle se mit en position assise, résistant à la douleur causée par les blessures à vif de ses poignets liés. Elle s'apprêtait à se lever quand la voix de Malcolm l'interpella.

— N'y pense même pas. Nous sommes arrivés jusqu'ici. Je ne te laisserai pas partir maintenant.

Elle retomba sur le sol avec un grognement peu féminin.

— Malcolm, quand les autres arrivent-ils ? J'en ai assez de rester ici. En quoi le fait qu'il y ait une chute d'eau est-il important ?

— Je te l'ai dit. Ils seront là avant sixte. Nous prendrons nos pièces et je t'emmènerai au bordelage.

Malcolm se grattait en retournant dans la clairière. Il attrapa un gâteau d'avoine et le lui tendit, se servant de la même main que celle qu'il venait d'utiliser pour se gratter sous son plaid.

Constance eut un mouvement de recul. Elle ne pouvait pas s'approcher davantage de cette main.

— Très bien. Tu n'as qu'à mourir de faim.

Elle se leva et ils la détachèrent assez longtemps pour qu'elle puisse aller se soulager derrière un buisson, mais Malcolm s'avança ensuite pour lui lier à nouveau les mains. Le bruit des chevaux leur parvint aux oreilles avant qu'il n'ait terminé.

Son frère et lui coururent vers leurs propres montures, ce que Constance considéra comme une occasion offerte par Dieu.

Elle s'enfuit.

Daniel allait devoir faire de son mieux pour cacher son identité. Sa barbe avait beaucoup poussé depuis la dernière fois qu'il avait vu Constance, son visage était couvert de blaus et ses cheveux étaient sales et négligés. Selon lui, elle devrait y regarder à deux fois avant de le reconnaître.

Avec un peu de chance, cela lui donnerait assez de temps pour lui transmettre une sorte de message.

Dès qu'ils s'approchèrent de la cascade, ils tombèrent sur un petit groupe de pillards. Il fonça vers les brigands, se servant de son épée pour abattre deux d'entre eux, et laissa les autres aux gardes.

Quelque chose d'autre avait attiré son attention. Deux hommes se dirigeaient droit sur eux, derrière un bosquet d'arbres, et ils ressemblaient à ceux que Lamont avait décrits.

Mais il aperçut également des cheveux roux sur le côté.

Constance était en train de fuir.

Les pointant avec son épée, il leur hurla dessus.

— Ne bougez pas !

Il se lança à la poursuite de Constance, prévoyant de la hisser sur son cheval et de laisser les autres derrière lui, s'ils étaient assez fols pour ne pas le suivre.

Le bruit de sabots dans son dos lui indiqua qu'il n'aurait pas cette chance. Il trouverait un autre moment pour s'enfuir. Il la suivit, écoutant le craquement des brindilles et le bruissement des feuilles sous ses pieds à mesure qu'il se rapprochait. Il ne pouvait la dépasser que par la droite ; il devrait donc se servir de son bras gauche pour l'attraper. Il ne pouvait qu'espérer qu'elle s'accrocherait à lui et ne lutterait pas. Si elle se débattait assez fort, *Treun* pourrait se détacher.

Il était presque sur elle lorsqu'elle jeta un coup d'œil par-dessus son épaule et ralentit, lui offrant l'angle dont il avait besoin. Il se pencha et la souleva, ignorant ses cris lorsqu'elle faiblit dans ses bras.

— Constance, attrape mon cou.

Elle le regarda et fit ce qu'il lui demandait, l'enlaçant avec plaisir, mais elle se pencha rapidement en arrière et remua le nez.

— Daniel ? C'est bien toi ?

— Chut. Joue le jeu, sinon ils nous tueront. Je t'expliquerai plus tard.

— Daniel ?

— Tu ne me connais pas.

Il fit demi-tour et retourna vers la clairière, surpris de voir deux des gardes juste derrière lui. S'il avait tenté de s'enfuir, il n'y serait pas parvenu.

Quand il arriva à destination, il fit descendre Constance de son cheval avec un rictus et un grognement.

— Ne bouge pas, espèce de catin idiote !

Constance se retourna, furieuse. S'il avait été à portée de main, elle l'aurait giflé.

Au moins, il avait eu une petite occasion de la prévenir.

Il tourna la tête pour que les autres ne le voient pas ; là, il lui sourit et fit un clin d'œil, rien que pour elle.

Elle ramassa une motte de terre et la lui lança.

Constance n'en croyait pas ses yeux ni sa chance. Du moins, elle pensait que c'était de la chance.

Une brute à cheval l'avait poursuivie. Quand elle avait regardé par-dessus son épaule, elle avait craint que ce soit le frère de Malcolm.

Ce n'était ni Malcolm ni son frère. En fait, son poursuivant ressemblait nettement à un Daniel débraillé.

Son Daniel.

Elle s'était tournée pour lui faire face juste avant qu'il ne la soulève avec son bras amputé. Elle le savait parce qu'elle avait senti quelque chose de dur au bout, mais ce n'était pas de la chair. Hormis cette surprise, elle avait éprouvé un sentiment d'extase.

— Daniel ?

Elle avait eu envie de le serrer dans ses bras, de l'embrasser et de sauter de joie, mais lorsqu'elle avait vu son expression, quelque chose lui avait dit de ne pas se montrer trop enthousiaste dans son accueil.

— Chut. Joue le jeu, sinon ils nous tueront.

De quoi parlait-il ? Elle avait jeté un regard derrière lui et aperçu deux inconnus à leur poursuite. Elle n'avait reconnu ni l'un ni l'autre.

— Tu ne me connais pas, avait-il dit tout bas.

C'est alors qu'elle avait compris. Peut-être avait-il réussi à entrer dans un groupe d'hommes peu fréquentables uniquement pour la retrouver. Elle allait devoir se taire et voir ce qu'elle pourrait découvrir.

Ils avaient atteint la clairière et il l'avait laissée tomber de son cheval comme si elle ne valait pas mieux qu'un sac d'avoine.

— Ne bouge pas, espèce de catin idiote !

Eh bien, peu importait ce qu'il cachait, il n'avait pas à lui parler de la sorte. Ensuite, il avait eu le culot de lui sourire et de lui faire un clin d'œil comme si elle savait de quoi il en retournait. Elle ramassa une motte de terre et la lui lança.

Elle se rappela qu'il s'agissait de son Daniel. Certes, il avait un étrange sens de l'humour, mais il était né Drummond et avait le cœur d'un Highlander.

Elle recula vers un arbre en bordure de la clairière, remarquant que Malcolm n'avait pas correctement attaché ses mains. Elle pourrait se libérer si elle le souhaitait. Ignorant ses ravisseurs, car Daniel pouvait s'occuper d'eux, elle s'assit et s'adossa à l'arbre, plaçant ses mains liées sur ses genoux, là où les hommes ne verraient pas les extrémités pendantes de la corde.

Malcolm cria :

— Qui diable es-tu ?

— Damien. Lamont m'a envoyé.

Il descendit de son cheval et traversa la clairière, se plaçant devant les deux frères. L'expression de Daniel indiqua à Constance qu'il avait l'intention de les intimider, et celle de Malcolm, qu'il avait atteint sa finaison. Certes, Daniel n'était pas aussi grand ou aussi massif que certains de ses cousins, mais il n'avait pas peur de ces imbéciles.

Damien ? Son intuition ne l'avait pas trompée. Daniel cachait son identité.

Malcolm déglutit.

— Donnez-moi ma pièce et nous partirons. Vous pouvez prendre la gueuse. Elle n'a fait que me causer des ennuis. Elle m'a donné des coups de pied et m'a fait un blau à la jambe.

Daniel ricana.

— On dirait bien qu'elle a reçu plus qu'elle n'a donné.

Il s'approcha de Constance et se pencha, soulevant le menton de la jeune femme pour observer les blaus sur son visage. Elle joua son rôle et repoussa sa main.

Daniel n'hésita pas. Il repartit à grands pas vers Malcolm, ramena son poing en arrière et le frappa à la mâchoire.

— Lamont a dit qu'il ne fallait pas la toucher.

— Je ne l'ai pas touchée.

— Alors, pourquoi a-t-elle deux blaus au visage ?

— Elle est tombée.

Le frère de Malcolm éclata de rire.

Daniel s'avança vers lui et l'agrippa par sa tunique.

— Est-ce que *tu* l'as touchée ? grogna-t-il.

— Non, non ! Je ne l'ai pas touchée. Je voulais le faire, mais il ne m'a pas laissé, dit-il en pointant son frère du doigt.

Daniel le lâcha.

— Voilà ta pièce. Allez-vous-en. Vous ne ferez que nous ralentir.

— Il m'a promis plus, dit Malcolm, le ton à la limite du gémissement.

— Alors, tu n'auras qu'à en discuter avec lui. Il est toujours à Edinburgh. Va voir ce qu'il te donnera en plus.

Les deux hommes se dirigèrent vers leurs

chevaux, tandis que Daniel allait discuter avec les gardes qu'il avait amenés avec lui.

Cela donna l'occasion à Constance de l'observer plus attentivement.

Daniel avait une mine affreuse. Ses cheveux semblaient ne pas avoir été coiffés depuis une lune. Même chose pour sa barbe. En fait, elle n'arrivait pas à croire qu'il avait réussi à se faire pousser une telle barbe en si peu de temps. Son visage et ses vêtements étaient sales, et il arborait lui aussi plusieurs blaus, y compris autour d'un œil.

Que lui était-il arrivé ? Elle était à peu près sûre qu'il n'était accompagné d'aucun de ses cousins.

Avant qu'elle ait eu le temps de réfléchir davantage, un jeune garçon émergea de derrière des buissons. Encore une personne qu'elle n'avait jamais vue auparavant.

Daniel se tourna vers lui et dit :

— Terric, va chercher de l'eau et un morceau de fromage dans ma sacoche pour la bachelette.

Le garçon s'empressa de lui obéir, et il lui ramena rapidement du fromage et de l'eau. Il lui délia les mains pour qu'elle puisse manger et lui donna un carré de lin pour se laver.

— Désolé, mais c'est ce que j'ai de mieux, my lady. Y a-t-il de l'eau à proximité ?

Elle lui indiqua la direction de la cascade et il partit en courant, mais revint aussitôt.

— Ne vous inquiétez pas. Damien ne vous fera pas de mal. C'est le meilleur combattant de tout Edinburgh. On l'appelle la Main du Diable. Mais il ne ferait pas de mal à une bachelette.

Constance se lava les mains et le visage, puis elle mordit dans le petit morceau de fromage. Depuis combien de temps n'avait-elle pas mangé ? Elle observa Daniel, sa taille mince et ses larges épaules. Elle avait l'impression qu'elles avaient élargi, si c'était possible. Il donna de brèves instructions aux gardes, les informant qu'ils devaient se soulager maintenant, et qu'ils partiraient tout de suite après.

Terric revint auprès de Constance, et quelque chose en lui attira son attention.

— Mon garçon, qu'est-il arrivé à ta main ?

— Je suis né comme ça.

Daniel s'approcha et hocha la tête.

— Nous n'allons pas tarder à partir.

Constance regarda son bras et l'interrogea :

— Quelle est cette chose que tu portes ?

Terric intervint rapidement pour défendre Daniel.

— Damien n'a pas de main non plus. Nous sommes pareils, sauf que je n'en ai jamais eu et qu'il a perdu la sienne.

Si elle ne pouvait pas révéler qu'elle le connaissait, elle pensait qu'il était normal qu'elle l'interroge au sujet de l'appareil qu'il portait au bras gauche.

— Qu'est-ce que cette création qui se trouve à la place de votre main gauche ?

Elle leva son regard vers le sien et fut instantanément perdue dans ses yeux vert forêt. Daniel leva le bras gauche pour qu'elle voie.

— Ma cousine l'a fabriqué pour moi, et Terric m'a aidé à le perfectionner.

— Est-ce que cela vous plaît ?

Daniel lui adressa un regard indéchiffrable.

— Bien sûr que ça me plaît. Je ne suis plus obligé de supporter les regards des gens sur mon moignon. Ma jolie, si tu as besoin de soulager tes besoins, Terric montera la garde. Nous partirons juste après.

— Où m'emmenez-vous ?

— À Edinburgh.

— Pour quelle raison ?

Elle tenta de sonder le visage de Daniel pour comprendre ce qu'il voulait dire, mais il ne laissa rien transparaître.

—J'ai été engagé pour récupérer une bachelette rousse et la ramener à Edinburgh. C'est tout ce que je sais. Je t'y emmène, et je récupère mon argent. J'ignore où tu iras ensuite.

Il tourna les talons et s'éloigna à grands pas, sans qu'elle sache quelle était la vérité.

Sauf s'il venait juste de la lui dire.

CHAPITRE VINGT ET UN

IL FALLAIT IMPÉRATIVEMENT qu'il cesse de regarder les yeux fascinants de sa campanule. Elle lui avait terriblement manqué ; il ne s'en était pas rendu compte jusqu'à ce qu'il l'ait serrée à nouveau dans ses bras.

Il ne lui restait plus qu'à convaincre cette fougueuse bachelette de lui faire confiance. Il la tiendrait éloignée de Lamont et de tous les autres. Ensuite, il la demanderait en mariage. Elle verrait à quel point il était puissant avec son nouveau bras.

Elle saurait qu'il avait la force de la protéger. Il attendit qu'elle ressorte des buissons, puis il la mena à son cheval. L'un des gardes de Lamont intervint.

— Donne-la-moi. Comme ça, je ne craindrai pas que tu t'enfuies avec elle.

— Elle monte avec moi, répliqua Daniel, sans même prendre la peine de regarder l'imbécile.

Comme s'il avait l'intention de laisser quiconque toucher sa douce campanule.

— Non. Je la veux. C'est le meilleur moyen.

Comment puis-je être sûr que tu ne vas pas t'enfuir avec elle pour garder l'argent pour toi ? persista le garde, les yeux rivés sur lui.

Daniel lui rendit son regard. *Essaie de la toucher, et tu verras à quelle vitesse tu mourras.*

— Lamont m'a chargé de mener cette mission, alors elle reste avec moi. À moins que tu ne souhaites te battre pour l'honneur.

Il saisit Constance par la taille et la hissa sur son cheval. À sa grande surprise, elle faillit s'envoler de l'autre côté. Bon sang ! Elle allait lui hurler dans les oreilles plus tard. Il avait dû gagner des muscles à cause de tous ses combats. Il n'avait pas voulu faire preuve d'autant de force.

Il fut également surpris de voir l'autre garde descendre de sa monture et s'avancer vers lui en brandissant son épée. Daniel sortit sa propre arme de son fourreau et se défendit contre l'attaque, désarmant l'autre homme aisément. Il dévisagea le rustre, mais cette grosse brute ne recula pas. Daniel soupira : il n'avait pas voulu en arriver là. Après tous les combats qu'il avait menés, il ne ferait qu'une bouchée de cet imbécile.

Daniel laissa tomber son arme sur le sol.

— Nous n'avons pas le temps pour cela. Je t'accorde une chance de reculer.

Lorsque le fol s'avança vers lui, Daniel l'attrapa par le col, le rapprocha pour le frapper à la mâchoire, puis il lui asséna trois coups de poing rapides dans le ventre. Alors que le garde se pliait en deux en gémissant, il le souleva au-dessus de sa tête et le jeta dans les buissons.

— Est-ce que nous pouvons enfin partir ?

demanda-t-il alors que l'autre se penchait pour ramasser son épée.

Comme personne ne répondait, il enfourcha sa monture derrière Constance. Terric se prépara à partir, un large sourire aux lèvres, et les autres hommes firent de même. Daniel laissa quelques instants, pour se relever, au crétin qui était toujours à plat ventre, puis il agita les rênes et reprit le chemin d'Edinburgh.

Ils n'étaient pas en route depuis longtemps quand ils ouïrent le bruit de cavaliers en approche. Daniel fit signe à ses hommes de s'écarter du chemin principal, dans l'idée de permettre au groupe de les dépasser. Mais, malheureusement, cela ne se passa pas comme il le voulait.

Un homme posa le regard sur Constance et s'écria :

— La voilà ! Il a la bachelette aux cheveux roux ! Attrapez-la !

Le chaos s'ensuivit, et les hommes s'affrontèrent. Daniel trouva un bosquet où cacher Constance en toute sécurité, puis il se retourna vers la mêlée. Son groupe de six, y compris Terric, était confronté à une douzaine d'hommes. Il se battit un peu, puis il se rendit compte qu'il devait profiter de la situation.

Certes, il avait déjà éliminé trois hommes, mais deux des gardes de Lamont étaient également tombés, et il savait qu'il devait prendre une décision rapidement.

— Rappelle-toi ce que je t'ai dit, lança-t-il à Terric. Va trouver Connor.

Le garçon n'hésita pas, il s'élança tandis que

Daniel attrapait Constance et la hissait devant lui. Il agita alors les rênes pour envoyer son cheval au galop dans les bois.

— Baisse-toi ! lui intima-t-il.

Les branches défilaient plus vite qu'il ne l'aurait voulu, mais il n'avait pas d'autre choix ; il ne leur restait plus qu'à protéger leur visage.

— Daniel, où m'emmènes-tu ?

— Chut. Il y a encore au moins huit hommes déterminés à nous suivre, et il ne reste que deux gardes de Lamont. Il était donc temps pour nous de prendre congé. Je répondrai à toutes tes questions dès que nous serons à l'abri.

Constance poussa un cri en esquivant une autre branche qui la frappa tout de même à l'arrière de la tête. Il trouva un autre chemin et lança son cheval au grand galop quand ils trouvèrent une prairie.

Son cheval était bien plus puissant que les bêtes des pillards ; il espérait donc les distancer. Il poussa Constance en avant et se pencha sur elle afin de la protéger de tout ce qui pourrait leur arriver. Ce n'était pas confortable, mais c'était efficace.

Six hommes les poursuivirent un long moment, mais aucune de leurs montures n'était de taille face à son destrier. Ils abandonnèrent les uns après les autres, jusqu'à ce que Daniel ne voie plus personne derrière eux. Leur rythme soutenu les empêchait de bavarder beaucoup, mais il réussit à lui serrer la taille à plusieurs reprises. Quand ils arrivèrent sur un terrain moins accidenté, Daniel murmura :

— Tu m'as manqué, ma belle.

Elle tourna la tête pour le regarder.

— Daniel, je te remercie d'être venu me chercher. Où m'emmenaient-ils ?

— Ma belle, j'aimerais pouvoir tout t'expliquer, mais trois groupes sont à ta recherche, alors nous devons nous hâter.

Il l'embrassa sur la tempe et elle se tourna à nouveau vers l'avant, serrant l'avant-bras de Daniel tandis qu'ils progressaient à travers la forêt à un rythme épuisant.

Ils croisèrent un autre groupe d'hommes à cheval qui se lancèrent à leur poursuite dès qu'ils aperçurent Constance. Il ne put que pousser des jurons et des grognements.

— Est-ce que tous les Highlands sont après toi, campanule ?

Il n'osa pas ralentir jusqu'à ce que la nuit tombe et qu'ils soient à mi-chemin de la terre des Drummond. Ils n'avaient pas croisé d'autres cavaliers depuis un certain temps, et il savait qu'il y avait une grotte au-devant d'eux. Toutefois, son cheval n'y entrerait pas. Si le temps se détériorait, il pourrait la protéger du froid jusqu'à ce qu'il la mette en sécurité au château des Drummond.

Il avait espéré voir Connor ou Terric, ou peut-être même ses autres cousins, mais toutes les personnes qu'ils avaient rencontrées jusqu'à présent étaient des ennemis. La grotte se trouvait derrière une petite cascade. Il mit le pied à terre, laissant son cheval haletant près de l'eau pour qu'il s'abreuve, et il aida la jeune femme à descendre.

— Désolé, Constance. Je sais que la chevauchée était difficile, mais je devais t'éloigner rapidement.

Elle passa les bras autour du cou de Daniel et enfouit son visage contre son épaule.

— Je te remercie de m'avoir éloignée d'eux. Pourquoi m'emmenaient-ils à Edinburgh ? Que se passe-t-il ? Pourquoi me veulent-ils tous ?

Des larmes roulèrent sur ses joues. Il lui prit doucement la main et la conduisit derrière la cascade. Il retira sa tunique et ôta le manteau de Constance pour qu'ils puissent se laver.

— Tiens, jette un peu d'eau fraîche sur ton visage. Tu es aussi sale que moi.

Constance laissa Daniel lui laver le visage et le cou, essuyant les larmes et la saleté, avant qu'elle ne répète sa question.

— Pourquoi, Daniel ? Pourquoi cela se produit-il ?

— Je crois que c'est la pierre précieuse. Tout le monde la veut. Ton père a sûrement offert une récompense pour que quelqu'un vous trouve, la pierre et toi. Les pillards en ont eu vent eux aussi, sans doute parce que quelqu'un l'a vue à l'abbaye et que les langues ont commencé à se délier. Ils ne ressentent aucune culpabilité. Ils sont prêts à tout pour obtenir cette pierre, alors quand j'en ai ouï parler à Edinburgh, j'ai dû me porter volontaire.

— Pourquoi étais-tu à Edinburgh ? N'étais-tu pas avec tes cousins ?

— Si. Nous cherchions des informations sur les activités clandestines, en espérant qu'elles nous mèneraient au canal de Dubh, et c'est ce qui s'est passé. Mais la jeune fille aux cheveux roux attirait l'attention de tous. Lorsque j'ai ouï parler de toi, nous avons envoyé Gavin et Gregor chercher de l'aide. Connor devrait être proche de nous.

Daniel tendit la main et replaça une boucle derrière son oreille. Le trajet avait décoiffé ses cheveux tressés, mais elle n'avait jamais été aussi belle à ses yeux.

— Tout le monde te veut, ma douce campanule, alors pourquoi n'es-tu pas en sécurité à l'abbaye ?

Elle pencha la tête et but de l'eau de la cascade, puis elle se laissa tomber sur une pierre à l'entrée de la grotte. Ses larmes s'étaient enfin taries.

Tremblante, elle prit une grande inspiration.

— J'ai quitté l'abbaye parce que ma présente là-bas les mettait en danger. Deux groupes différents sont venus me chercher. Je suis certaine que l'un d'eux était envoyé par mon père. Les autres hommes étaient impitoyables, et l'un d'eux a même giflé la mère abbesse. Les nunes venaient d'installer à l'abbaye un groupe de petites filles, toutes âgées de moins de dix printemps, et je craignais que les hommes ne leur fassent du mal.

— Comment as-tu fini avec ces deux imbéciles ?

Il remit sa tunique en place, puis vint s'asseoir à côté d'elle, plaçant son manteau sur les épaules de Constance pour s'assurer qu'elle était bien au chaud.

— Je suis partie dans la nuit, en espérant arriver au château de Muir avant l'aube. De là, j'espérais que l'un de tes cousins m'aiderait à me rendre au château des Grant pour voir Rose. Mais ces deux imbéciles m'ont attrapée peu avant que j'arrive à destination. Alors, que faisons-nous maintenant ?

— Maintenant, nous nous reposons. Connor

ne devrait pas tarder à arriver. Et, s'il te plaît, ne m'appelle pas Daniel. Nous devons poursuivre la ruse s'ils reviennent, et ce sera plus facile si nous nous entraînons.

— Qui est Damien ? Pourquoi as-tu des blaus ?

— Parce que je me suis battu pour de l'argent, et que j'ai gagné beaucoup de combats.

— Pourquoi ?

Il se rapprocha d'elle et s'appuya en arrière sur ses coudes.

— C'est une longue histoire et je suis fatigué. Pourrions-nous nous reposer avant que je te raconte tout ?

Il tendit la main pour retirer quelques herbes et feuilles des vêtements de Constance. Elle semblait avoir traversé l'enfer, et il savait qu'il n'avait pas meilleure allure.

— J'ai besoin d'un peu de sommeil, et j'ai l'impression que tu n'as pas bien dormi non plus ces derniers temps. Connor devrait être là à notre réveil, et mes autres cousins arriveront rapidement après lui. Ensuite, nous t'emmènerons sur les terres Drummond et nous déciderons de ce que nous ferons.

— Comment Connor saura-t-il que nous sommes ici ?

— Nous en avons discuté avant. C'est là que Finlay a emmené sa sœur lorsqu'elle était sur le point de mourir. Il connaît bien l'endroit. C'est notre cas à tous. Si nous allons à l'intérieur, nous pourrons dormir. Et mon cheval me réveillera si quelqu'un arrive.

— Mais il fait froid ici.

— Je serai heureux de t'aider pour ça, répondit-il en agitant les sourcils.

— Tu ne me toucheras pas ! s'exclama-t-elle, les mots jaillissant de sa bouche comme l'eau d'une source. Pas ici. Pas là où tu pourrais t'enfuir et me quitter. Pas où…

La douleur dans ses mots indiquait qu'il y avait une histoire derrière tout cela, mais il ne lui poserait pas de question pour l'instant. Daniel posa un doigt sur les lèvres de Constance pour la faire taire, et il lui tendit la main.

— Je ne te souillerai pas, je te le promets. En fait, je vais aller me baigner sous la cascade rapidement, sinon, tu ne m'embrasseras plus jamais.

Il partit, lui laissant un peu de temps seule pendant qu'il s'aspergeait sous la cascade. Un peu de froid l'aiderait à réfréner son désir pour sa douce compagne, du moins l'espérait-il.

Une fois qu'il eut terminé, il revint à l'intérieur de la grotte, surpris de la voir assise dos contre la paroi de pierre, presque endormie. Elle ouït le bruit de ses pas et sursauta, les yeux écarquillés. La pauvre devait être épuisée. Il trouva un endroit où il pouvait poser son plaid supplémentaire pour elle, bien qu'elle ait insisté pour être au moins à une longueur de bras de lui. Finalement, elle se recroquevilla dos à lui. Il avait eu l'intention de la laisser tranquille, mais bientôt, il l'ouït s'agiter pour se mettre à l'aise. Il se retourna avec un grognement, la souleva et la serra contre lui, lui offrant son bras pour qu'elle y repose sa tête.

Avec un soupir, elle s'endormit en un instant.

CHAPITRE VINGT-DEUX

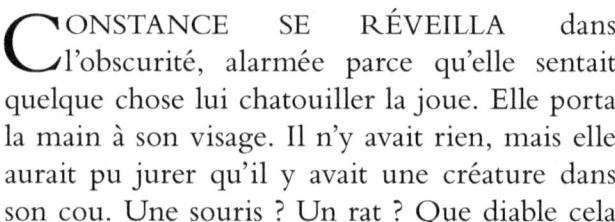

CONSTANCE SE RÉVEILLA dans l'obscurité, alarmée parce qu'elle sentait quelque chose lui chatouiller la joue. Elle porta la main à son visage. Il n'y avait rien, mais elle aurait pu jurer qu'il y avait une créature dans son cou. Une souris ? Un rat ? Que diable cela pouvait-il être ?

Soudain, elle se rendit compte de l'endroit où elle se trouvait et de ce qui la dérangeait. Attrapant sa dague dans sa botte, elle s'assit et tourna sur ses fesses. Puis, se penchant sur Daniel, elle plaça son couteau sous sa gorge. Elle en avait assez, et elle allait régler cela maintenant.

Les yeux de Daniel s'ouvrirent.

— Bon sang ! Est-ce que tu menaces souvent l'homme qui t'aime en lui mettant un poignard sous la gorge ?

Il avait les yeux écarquillés, mais il ne bougea pas un muscle.

— Reste comme ça, et je ne te ferai pas de mal.

Elle saisit un côté de sa barbe et en coupa un gros morceau avec sa dague.

— Mais, que diable fais-tu ? s'exclama-t-il, levant la main pour protéger son visage.

— J'en ai assez ! Je n'aime pas ta barbe ! siffla-t-elle.

Elle en attrapa l'autre côté et parvint à en couper une partie avant qu'il ne recule.

— Laisse-moi, femme ! J'aime ma barbe.

Il se précipita loin d'elle, sans pour autant qu'elle ne s'arrête. Il était presque sorti de la grotte, mais elle le suivit.

— Je n'aime pas cette longue chose qui gratte. J'ai cru que j'avais une souris sur la nuque. Et je n'aime pas non plus ce chaos sur ta tête. Je vais peigner tes cheveux avant qu'une bestiole ne commence à y vivre.

Elle voulut les empoigner, mais il se leva d'un bond, s'éloignant d'elle.

— Qu'est-ce qui t'est arrivé ? lui demanda-t-il, les yeux écarquillés, ses mains protégeant son visage.

— Il ne m'est rien arrivé. Que t'est-il arrivé, *à toi* ? Je n'aime pas ta barbe, et je n'aime pas tes cheveux en bataille.

Elle rangea sa dague et croisa les bras en le fixant.

— Je me raserai en rentrant à la maison, mais cela fait partie de ma nouvelle image. Laisse-la pour l'instant.

— Je n'aime pas ta nouvelle image. Elle ne te va pas. Tu ressembles à l'un d'entre *eux,* répondit Constance, puis elle tendit la main et tira sur la boucle autour de son épaule. Je n'aime pas non plus cette chose. Donne-la-moi.

Il tenta de s'accrocher à l'appareil, mais elle parvint à l'arracher. Après y avoir jeté un bref coup d'œil, elle le jeta derrière elle. Les cicatrices de son Daniel faisaient partie de lui, et elle préférait les voir.

— Constance, pour l'amour du ciel, vas-tu me laisser tranquille ? Qu'est-ce qui t'arrive ?

Il recula jusqu'à ce qu'il soit presque sous la cascade.

— Qu'est-ce qui m'arrive ? Toi. Tes cheveux sont en désordre, ta barbe est dégoûtante, tu as un drôle d'appareil attaché à ton bras. Ton visage est couvert de blaus, même autour de ton œil. Tes vêtements sont sales. Je t'ai à peine reconnu. Je comprends que tu sois allé à Edinburgh pour aider à trouver le canal de Dubh, mais pourquoi as-tu *tout* changé chez toi ?

Elle ne cessait de se rapprocher de lui. Son ton devint si bas qu'elle eut du mal à articuler les mots.

— Qu'as-tu fait de mon cher et tendre Daniel Drummond, *Damien* ? Je te préfère tel que tu étais.

— Ne jette pas ma nouvelle main, insista-t-il, la contournant pour aller la récupérer. Ma cousine a travaillé très dur sur cet objet, et je l'ai façonné comme je l'entendais.

Il la ramassa. Puis il se redressa, les jambes arc-boutées et les bras croisés.

— Je l'aime bien. Elle me rend différent.

— Je n'aime pas que tu sois différent. Et je n'aime pas non plus ton nouveau nom. Ou ta manière de grogner comme un animal sauvage.

Qu'est-ce que c'est ? s'exclama-t-elle, plantant un doigt dans sa poitrine. J'aimais mon Daniel exactement comme il était. Les cheveux, la saleté, les bruits d'animaux, les noms étranges... qu'est-ce que j'ignore encore ?

Les yeux de Daniel brillèrent et elle fronça les sourcils, consciente qu'elle venait d'avouer son amour pour lui, mais elle se rendit compte qu'il avait d'abord admis son amour pour elle.

— Attends ! dit-elle. Tu as dit, « l'homme qui t'aime ».

— Non. J'ai dit « l'homme que tu aimes ».

— Absolument pas. Je m'en souviens très bien. Tu as dit, « l'homme qui t'aime ».

Il poussa un grognement, si bas qu'elle le soupçonna de le faire uniquement pour l'effet.

— Très bien. Je t'aime, ou, du moins, je t'aimais. Mais peut-être plus maintenant. Tu es devenue folle.

— C'est toi qui m'as rendue folle. Depuis combien de temps sais-tu que tu m'aimes ?

Daniel éclata d'un rire qui semblait un peu amer.

— Je ne sais pas. Peut-être que cela remonte à l'abbaye ? Cela a sans doute commencé quand tu m'as interrogé la première fois sur mon bras. J'ai fait comme si je n'avais pas remarqué qu'il avait disparu, et tu as ri plutôt que d'avoir l'air choquée et gênée. Tu n'as pas eu pitié de moi.

— Pourquoi ne m'as-tu rien dit ?

— Parce que tu ne voulais pas de moi. Je ne pouvais pas te protéger et tu le savais. Je t'ai laissée tomber dans les escaliers parce que je n'avais qu'une main. Maintenant, je peux te protéger. J'ai la réputation d'être l'un des combattants les plus féroces d'Edinburgh, et ils m'appellent la Main du Diable. Je garde la main.

— Oh, Daniel !

Stupéfaite par cet aveu, elle resta soudain sans voix. Elle courut vers lui et passa ses bras autour de sa taille, l'obligeant à laisser retomber ses bras toujours croisés.

— Ce n'est pas à cause de toi que je suis partie. Cela n'a rien à voir.

Daniel resta raide un moment, avant de poser le menton sur le sommet de sa tête et de la serrer contre lui.

— Alors, pourquoi es-tu partie ? Je croyais qu'il y avait quelque chose entre nous, et, tout à coup, tu m'as fui à toute vitesse. Tu es repartie à l'abbaye, et tu m'as à peine adressé la parole. Pourquoi ?

— Ces hommes étaient après moi, Daniel. Je ne pouvais pas mettre ton clan en danger. Je savais que mon père n'arrêterait pas de me chercher. Je savais qu'il avait l'intention de me faire payer ma transgression, et qu'alors je devrais te quitter. De plus, tu ne connaissais pas la vérité…

— Alors, dis-moi la vérité maintenant.

Il desserra sa prise autour d'elle et lui souleva le menton.

Constance recula vers l'avant de la grotte, regardant la cascade dont le son la fascinait. Il était inutile pour elle d'essayer de garder son secret plus longtemps. Serrant ses bras autour d'elle pour lutter contre le froid de l'air, elle décida qu'il était temps d'être honnête.

— Mon père est le baron Douglas Lockhart de Lee, dans le Lanarkshire. J'ai volé la pierre précieuse de ma mère parce que je l'aimais tant que je voulais garder un souvenir d'elle. Je n'ai pas l'intention d'y retourner.

Daniel vint se placer derrière elle et appuya le menton sur l'épaule de Constance.

— Je suppose que tu n'as pas été envoyée loin de chez toi parce que tes sept frères et sœurs étaient affamés ?

Elle le regarda et lui adressa un sourire ironique.

— Non. Nous sommes loin d'être affamés, mais j'ai bien sept frères et sœurs. Je me suis enfuie parce que j'avais commis une énorme erreur et que mon père était furieux, au point de me promettre, entre autres, de me faire vivre seule sur une île jusqu'à la fin de mes jours. Et c'est la raison pour laquelle je t'ai quitté, expliqua-t-elle, s'éloignant pour pouvoir lui faire face.

Il était temps pour elle de tout lui raconter.

— Je savais que tu n'aurais pas le droit de m'épouser, même si j'avais la chance que tu me le demandes. J'adore être avec toi. Personne ne m'a jamais fait rire comme tu le fais. Mais quand les hommes sont venus au château de Muir, j'ai su que mon père n'abandonnerait pas. Qu'il me ferait payer, et qu'il préférerait m'éloigner de toi plutôt que de prendre le risque que je révèle mon secret. Je… je ne peux pas me marier.

Elle leva les yeux vers lui, espérant qu'il devinerait la raison pour laquelle une bachelette de sang noble était écartée du marché du mariage, pour ainsi dire.

Mais Daniel semblait toujours perdu.

— Rien de ce que tu me diras ne pourra me faire changer d'avis, affirma-t-il.

Il tendit la main vers sa joue. Il posa le doigt sur la larme qui venait de glisser sur sa pommette et la porta à sa langue pour la goûter.

— Je t'aime, Constance Lockhart de Lee, jusqu'au sel de tes larmes. Rien de ce que tu me diras ne pourra me faire changer d'avis.

Constance posa une paume sur le torse de Daniel, et il la couvrit de la sienne. Fixant leurs mains entrelacées, elle poursuivit :

— Je me suis éprise d'un garçon des environs qui, je le croyais, venait du château voisin, et je l'ai laissé me convaincre de lui donner ma virginité. Je ne suis plus vierge, Daniel, donc aucun homme ne voudra de moi. Il s'est avéré qu'il n'était qu'un simple garçon d'écurie, et il s'est vanté de son exploit à qui voulait l'ouïr. Mon père était tellement furieux qu'il a ordonné à notre intendant de préparer le bateau. Il prévoyait de m'emmener sur une île déserte dans la matinée et de m'y laisser. Alors je me suis enfuie.

Daniel porta le bout des doigts de Constance à ses lèvres, et embrassa chacun d'eux.

— Et tu croyais que cela m'empêcherait de t'aimer et de te désirer ?

Il n'avait même pas pris le temps d'y réfléchir. Sa réponse avait été immédiate, son amour inconditionnel.

Les larmes de Constance coulèrent à nouveau, et elle fut impuissante à les arrêter.

— Oh, Daniel ! Je t'aime, déclara-t-elle.

Il la serra dans ses bras et elle pleura sur son épaule, ce dont elle avait grand besoin depuis longtemps.

— Personne ne veut d'une bachelette qui n'est plus vierge, dit-elle à travers ses larmes, et si mon père me retrouve, il m'abandonnera quand même sur l'île déserte. J'y mourrai vieille fille.

— *L'homme que je suis* te veut, et je me fiche que tu aies perdu ta virginité. Ce n'est qu'un morceau de peau. Et si nous décidons de nous marier, le baron Douglas Lockhart n'y pourra rien.

Il lui caressa le dos, aussi tendre qu'il l'avait toujours été.

— Nous marier ? Tu veux m'épouser ? Après avoir ouï tout cela, tu envisages quand même de m'épouser ?

Elle recula pour pouvoir le regarder dans les yeux, essuyant ses larmes.

— J'en avais envie jusqu'à ce que tu me prennes mon bras et que tu me coupes la barbe. Regarde-moi ! Maintenant, je suis de travers. Je suis une bête hideuse.

Constance lui tapota la poitrine, essayant de s'empêcher de rire.

— Daniel, ce n'est pas le moment d'être taquin. Je t'aime. M'aimes-tu ?

Daniel lui prit la main et la rapprocha à nouveau de lui, puis il posa un genou à terre.

Et le cœur de Constance faillit éclater.

— Constance Lockhart de Lee, je t'aime de tout mon cœur. Me feras-tu l'honneur de devenir ma femme ?

— Oh, Daniel ! Oui !

Elle tomba contre lui, manquant de le renverser.

— Alors, nous nous marierons dès que possible, murmura-t-il dans son oreille. Tant que tu promets de ne pas jeter ma nouvelle main. Elle peut être très utile, parfois.

Constance rit et Daniel s'assit en tailleur, la tirant sur ses genoux.

— D'accord, à condition que tu ne l'apportes pas au lit avec toi. Je n'en veux pas dans notre lit. Et je n'aime pas ton nouveau nom, je veux l'ancien.

Ses lèvres écrasèrent celles de la bachelette dans un baiser brûlant, mais il s'interrompit suffisamment longtemps pour dire :

— D'accord.

— Je crois que je dois arranger ta barbe. J'ai fait un beau gâchis.

Daniel grogna, puis il la souleva et l'installa de sorte qu'ils soient face à face.

— Ce grognement-là me plaît.

CHAPITRE VINGT-TROIS

— Constance, je ne veux pas attendre, déclara Daniel. Si nous passons devant une église, je veux t'épouser maintenant.

Elle lui mordilla le lobe de l'oreille.

— Je suis d'accord. Fais-moi tienne maintenant, Daniel, et nous nous marierons dès que nous aurons trouvé un prêtre.

Daniel brûlait d'envie de la faire sienne, mais ne serait-il pas aussi coupable que l'autre garçon qui avait profité d'elle ? Un bruit venant de l'extérieur interrompit ses pensées charnelles et il se leva vivement, sortant pour voir ce qui l'avait provoqué.

Il avait attrapé *Treun* juste au cas où il en aurait besoin. La crainte des hommes de Lamont et des gardes du baron Lockhart était toujours au premier plan de son esprit. Il n'y avait personne aux alentours, il en était certain. Son cheval continuait de brouter un bouquet d'herbes hautes. L'endroit était bien caché, il doutait qu'ils soient dérangés. Connor se servirait de son appeau pour l'avertir de son arrivée.

Il comprenait pourquoi Constance avait été choquée par son apparence. Si son cœur était le même, il avait acquis une nouvelle confiance en lui. Il n'était plus l'homme au moignon, il se sentait plus apte à combattre en tant que garde.

Il se retourna et revint vers la cascade et la grotte. Il s'arrêta net. Constance se tenait devant lui, les mains croisées devant elle.

— As-tu trouvé quelqu'un ?

— Non. Nous sommes seuls. C'est une grotte très isolée.

— Bien, dit-elle, levant la main pour détacher le ruban de sa robe.

Elle la fit passer par-dessus sa tête et la jeta de côté, puis elle abaissa sa tunique. Enfin, elle se tint devant lui, totalement nue.

La bouche de Daniel s'assécha tandis qu'il contemplait sa beauté.

— Constance, tu es la plus belle chose que j'aie jamais vue, la complimenta-t-il, puis il s'approcha d'elle, prit l'une de ses mains et l'embrassa sur les lèvres. Es-tu bien sûre de toi, ma jolie ?

Il prit *Treun* et le jeta à côté de sa robe sur le sol de la grotte.

— Oui. Jamais je n'ai été plus sûre de moi qu'à cet instant. Fais-moi tienne, Daniel. Je veux que nous nous unissions en tant que mari et femme.

Daniel lui lâcha la main, puis il courut vers son cheval. Il sortit un plaid Drummond de sa sacoche. Il revint, le déplia et dit :

— C'est le meilleur que j'aie, mais cela fonctionnera.

Ensuite, Daniel prit la main de Constance dans

la sienne, et drapa l'extrémité du plaid sur leurs deux poignets.

— Constance Lockhart de Lee, je te promets fidélité. Je promets de t'aimer et de te protéger à jamais, et je promets de t'épouser dès que nous aurons trouvé un prêtre et une église.

Il lui fit un petit signe de tête, souriant devant les larmes de joie qu'il voyait dans les yeux de Constance.

— C'est ton tour, ma jolie.

— Daniel Drummond, je te promets de t'aimer pour toujours, et je te jure fidélité, en attendant que nous puissions trouver une église et un prêtre.

Daniel, étala le plaid sur le sol, puis il retira ses bottes et son pantalon. Lorsque Constance frissonna, il l'entoura de ses bras.

— Je te promets de te tenir chaud.

Il la conduisit jusqu'au plaid et l'aida à s'y installer confortablement avant de s'allonger à côté d'elle, la regardant dans les yeux.

— As-tu confiance en moi, ma jolie ? Je ne te ferai pas de mal.

— Mais cela m'a fait mal l'autre fois…

Daniel leva la main pour essuyer la larme qui roulait sur la joue de Constance.

— C'est souvent le cas la première fois pour une bachelette. Je vais veiller à ce que tu sois prête pour moi. En fait, c'est l'endroit idéal pour faire l'amour ensemble la première fois, car tu ne seras pas gênée lorsque tu crieras mon nom de plaisir.

Constance éclata de rire.

— Daniel, je t'aime, mais je ne crois pas que je crierai ton nom. Ne sois pas contrarié si je n'en fais rien. Cela ne veut pas dire que je ne t'aime pas.

Il se pencha vers elle pour lui transmettre sa chaleur, sa main parcourant son dos et son doux postérieur, non pas une fois ni deux, mais trois fois, jusqu'à ce qu'elle se tortille à côté de lui. Chaque fois, il ralentit un peu plus ses caresses.

— Non, je ne serai pas contrarié. Mais je crois que tu le feras. Attends de voir.

Il espérait vraiment dire la vérité. Il n'était pas aussi expérimenté que bien d'autres de ses connaissances. Avec sa main telle qu'elle était, il n'avait pas suscité l'intérêt de beaucoup de bachelettes. Mais il avait écouté attentivement ses cousins et appris tout ce qu'il pouvait, se jurant que le jour venu, il saurait comment faire pour que son amour crie son nom.

Il l'embrassa, un doux baiser pour la guider vers la passion qu'il avait déjà sentie chez sa campanule, et qui n'attendait que d'être amenée à la surface. L'une des choses qu'il aimait le plus chez Constance était la franchise avec laquelle elle exprimait ses sentiments.

Elle soupira et remonta ses mains jusqu'à sa nuque où elle les enroula. Alors, il approfondit le baiser, inclinant sa bouche sur la sienne jusqu'à ce qu'ils trouvent un rythme commun, leurs langues se battant en duel, les laissant à bout de souffle.

— Daniel, je n'ai jamais connu de baiser aussi merveilleux.

Le jeune homme rit, déposa d'autres baisers dans le cou de Constance, prenant le temps de se concentrer sur l'os fin de sa clavicule. Il descendit la main vers son sein qu'il massa, caressant le pic tendu jusqu'à ce que Constance se cambre contre lui.

— Daniel !

Il se pencha pour prendre son mamelon dans sa bouche, soufflant sur le pic sensible.

— Pas assez fort, mon amour ? murmura-t-il.

Il la suçota, la taquinant avec sa langue jusqu'à ce qu'elle empoigne ses cheveux pour le rapprocher. Sa main traça un chemin le long de sa hanche, puis à nouveau sur ses fesses, avant de revenir sur sa hanche, jusqu'à ce qu'il atteigne son intimité. Écartant ses replis intimes, il glissa le bout de son doigt en elle et grogna de plaisir lorsqu'il découvrit qu'elle était humide de désir. Il l'embrassa à nouveau, collant sa bouche à la sienne pour pouvoir aller plus loin. Sa main continua à la caresser jusqu'à ce qu'elle écarte les jambes pour lui.

Il s'appuya sur son coude et se tint au-dessus d'elle, tout en se saisissant de sa main.

— Constance, touche-moi. Je veux que tu saches exactement quel effet tu me fais.

Elle ouvrit les yeux et le toucha, avant de retirer rapidement sa main et de le regarder.

— Je ne sais pas quoi faire.

Il guida sa main.

— Caresse-moi comme je te caresse.

Elle le fit timidement, le testant, bougeant sa main d'avant en arrière jusqu'à ce qu'il n'en puisse plus.

— Ma jolie, je ne peux pas attendre, sinon je vais me répandre avant même que nous ayons commencé, lui dit-il d'une voix rendue rauque par la passion, glissant un genou entre ses cuisses. Guide-moi en toi. Écarte les jambes pour moi.

Il se plaça devant son intimité. Elle haleta de plaisir, écartant largement les jambes pour l'accueillir, et il s'enfonça en elle, s'arrêtant juste un instant pour lui demander :

— Ma jolie, est-ce que je te fais mal ?

— Non, Daniel. Plus, j'ai besoin de plus. Je ne sais pas ce que…

Daniel plongea en elle, enchanté de voir qu'elle s'adaptait rapidement à son rythme, et il agrippa sa hanche pour la tenir tandis qu'il continuait à la pénétrer à un angle qu'elle semblait apprécier. Il s'enfonça en elle et commença à perdre tout sens de ce qu'il faisait. Elle était si étroite que le plaisir qu'il éprouvait le rapprochait de l'abîme. Il était sur le point de basculer, mais il était déterminé à ce qu'elle atteigne son apogée avec lui, alors il glissa sa main entre eux pour la toucher au bon endroit, et elle cria :

— Daniel !

Ils se précipitèrent ensemble dans l'extase, ses contractions intimes le rendant fol, jusqu'à ce qu'il crie son nom avec un rugissement et qu'il jouisse.

Lorsque la respiration de Daniel s'apaisa, il appuya son poids sur son coude, embrassa Constance dans le cou, et lui murmura :

— J'ai ouï mon nom.

La bachelette fit de son mieux pour calmer sa propre respiration, mais en vain. Finalement, elle lui dit :

— C'est vrai, mais tu as crié plus fort.

Daniel ne pouvait pas le contester.

CHAPITRE VINGT-QUATRE

---❦---

DANIEL OUÏT LE cri de l'oiseau qu'il attendait peu de temps après qu'ils s'étaient rhabillés.

— Désolé, mon amour. Je dois répondre à mon cousin. Je parie que c'est Connor.

Ils s'étaient blottis l'un contre l'autre, savourant le calme de la grotte tandis qu'ils parlaient de la famille.

Il l'embrassa sur le front et l'aida à se lever. Il quitta la grotte pour se poster à côté de la cascade, fouillant du regard la forêt aux riches teintes automnales, mais il ne vit personne. Il répondit au cri de l'oiseau, et, quelques instants plus tard, Connor apparut, guidant son cheval vers le ruisseau, même si Terric n'était pas avec lui.

— Tu vas bien ? lui demanda Connor.

— Oui, dit Daniel avant de regarder derrière lui Constance qui jetait un coup d'œil par-dessus son épaule. Des nouvelles ?

Connor attendit d'être plus proche de Daniel et Constance pour leur parler.

— Ravi de te revoir, jeune fille. Ces brutes ne t'ont pas fait de mal, si ?

— Si, mais je me suis occupé de tout, dit Daniel.

Au même moment, Constance répondit :

— Non, ils ne m'ont pas fait de mal.

Daniel haussa un sourcil, puis il pointa le blau sur son visage.

— Heureusement, tu ne peux pas voir.

Elle haussa les épaules.

— Je n'ai plus mal maintenant que je suis avec toi, répondit-elle, s'appuyant contre lui, et il l'entoura d'un bras.

— Continue. Elle se rétablira, déclara Daniel.

Connor lui jeta un regard étrange.

— As-tu taillé ta barbe ?

— Non ! aboya Daniel.

— C'est moi qui l'ai fait ! expliqua Constance en riant. C'est mieux, tu ne trouves pas ?

— Peu importe. Qu'as-tu découvert ? Et as-tu vu Terric ?

— Maggie et Will veulent que nous nous retrouvions à l'église la plus proche des terres Drummond. J'ai renvoyé Terric à Edinburgh. J'ai dû lui promettre que tu reviendrais le voir un jour.

— Je le ferai. C'est un bon garçon. Pourquoi Maggie voulait-elle que nous les retrouvions là-bas ? En tout cas, je suis ravi, c'est exactement ce dont nous avons besoin, répondit-il en adressant un clin d'œil à Constance. Nous allons nous marier dès que possible.

— Félicitations ! Toutefois, vous voudrez sûrement arriver avant eux. Maggie et Will ont croisé un baron à la recherche de sa fille aux cheveux roux. Une idée de qui il pourrait s'agir ? s'enquit-il en regardant Constance.

Celle-ci prit une grande inspiration.

— Le baron Lockhart de Lee ?

— Celui-là même. Il est prêt à mettre à feu et à sang la moitié des Highlands pour te retrouver. Maggie a dit qu'elle le conduirait à un rendez-vous avec toi. C'est ton père, jeune fille ?

— Oui. Je lui parlerai, mais je ne partirai pas avec lui.

— J'irai avec toi, affirma Daniel avec calme, lui caressant l'épaule. Je lui demanderai ta main, et nous nous marierons à l'église. Il n'y aura pas de discussion.

— J'espère que tu as raison, répondit-elle à travers quelques larmes.

— Connor, as-tu de la nourriture ? s'enquit Daniel alors qu'il aidait Constance à monter à cheval.

—J'ai du pain pour vous, répondit Connor.

Il le lança à Daniel, qui le donna aussitôt à sa future femme.

Connor lui lança alors un morceau de fromage, qu'il cassa en deux pour en donner la moitié à Constance. Il mit l'autre moitié dans sa bouche.

— Es-tu prête, ma jolie ? Je promets de rester à tes côtés.

Constance acquiesça.

— Il faudra bien que je l'affronte un jour. Pourquoi pas maintenant ? Toutefois, je suis surprise qu'il souhaite nous rencontrer au milieu de la nuit.

— Maggie apporte des torches.

Ils se mirent en route, Connor en tête.

— À quelle distance sommes-nous, Daniel ? demanda Constance d'une voix douce.

— Ce ne sera pas très long. Tu n'as qu'à fermer les yeux, ma jolie.

Elle s'appuya contre lui, mais elle regarda droit devant elle.

— Je doute de pouvoir m'endormir en sachant que je vais voir mon père.

— Tout sera bientôt terminé. Tu n'as qu'à y penser de cette manière. Nous nous aimons, nous allons nous marier, et personne ne nous arrêtera.

Constance tourna enfin la tête pour regarder Daniel.

— Je prie pour que tu aies raison, répondit-elle, une pointe d'incertitude dans la voix.

***

Ils ne tardèrent pas à arriver à l'église, même si les matines étaient déjà passées. Plusieurs torches avaient été disposées autour de la clairière située à l'écart du chemin près du bâtiment.

Constance avait le cœur serré, surtout parce qu'elle avait peur de son père et de ce qu'il ferait en la voyant. Ils restèrent sur leur monture, car ils ouïssaient le bruit d'autres chevaux dans le lointain.

Maggie et Will sortirent à grands pas de l'église, suivis de trois cousins de Daniel et de plusieurs gardes.

— Je me demande où est mon frère, dit Daniel à Constance, mais il ne parla pas assez fort pour que les autres l'ouïssent. Tu trembles, ma jolie. Je te protégerai. Tu es mienne, maintenant, même si nous ne sommes pas encore allés à l'église. Nous étions d'accord, n'est-ce pas ?

Elle se tourna pour plonger dans ses yeux d'un vert profond.

— Oui. À mes yeux, nous sommes mari et femme.

— Alors, c'est ainsi que nous présenterons les choses à ton père. Nous sommes mariés. Et nous le serons aux yeux de l'église avant la fin de la matinée.

Quatre des gardes qui étaient venus avec Maggie et Will montèrent à cheval et partirent, sans qu'elle sache où ils allaient. Le couple se dirigea vers eux.

— Constance, ton père est en chemin. Je lui ai promis que tu lui parlerais. Es-tu d'accord ?

— Oui, mais je n'irai pas avec lui. Il voulait m'isoler sur une île, me punir pour…

Maggie leva la main.

— Tu n'as pas besoin de me dire quoi que ce soit. Nous allons prendre nos chevaux, mais je voulais avoir d'abord ton accord. Nous veillerons à ce que cela ne devienne pas une bataille. Gavin et Gregor sont nos meilleurs archers, je les ai donc placés hors de vue. Braden et Connor vous aideront en cas de besoin. Se tournant vers Daniel, elle lui demanda :

— As-tu ouï parler de bachelettes enlevées et envoyées au loin ?

— Non, mais Blair Lamont dirige la partie du canal de Dubh située à Edinburgh. Il déplace des bachelettes au moins une fois par lune. Elles viennent du nord, et ses hommes les amènent à l'est. Nous devons encore trouver où.

— Nous ferons ce que nous pourrons, dit Maggie alors que le bruit des chevaux en approche s'amplifiait. Y a-t-il d'autres personnes dont nous devons nous inquiéter ?

Daniel secoua la tête.

— Je ne serais pas surpris de voir Lamont et ses hommes se présenter, mais, à ma connaissance, il n'y a personne d'autre. Nous avons fait fuir des pillards, et je doute qu'ils reviennent.

Maggie se dirigea vers son cheval et Will l'aida à le monter. Une fois en selle, ce dernier dit :

— Je vais aller sur le côté de l'église avec Braden. Connor, joins-toi à moi.

— Maggie, où est David ? s'enquit Daniel.

— Il est retourné sur vos terres.

Quelques instants plus tard, les chevaux apparurent, deux bannières brandies dans l'obscurité de la nuit. La pleine lune leur permit de mieux voir les hommes qui s'approchaient.

Et aussitôt, Constance sut.

— C'est mon père. Il est à l'avant, entre les gardes avec les bannières. Combien de gardes sont derrière lui ?

Daniel siffla.

— Je dirais une centaine.

— Nous ne pouvons pas nous battre contre cent gardes, s'inquiéta Constance.

— Écoute-moi, lui murmura-t-il à l'oreille. Je préférerais te garder devant moi, là où je sais que je peux te protéger, mais si tu veux rester hors de vue, je pourrais te placer derrière moi sur le cheval.

— Je veux voir clairement mon père. J'ai fini de me cacher de lui, Daniel. Ne vois-tu pas que je dois défendre ce que je crois être juste ?

Il embrassa Constance sur le front quand elle se tourna vers lui.

— Je te soutiens, mais je me dois d'insister : si quelqu'un brandit une épée ou pousse un cri de guerre, je te fais descendre pour que tu puisses courir à l'église et t'y cacher. D'accord ?

— Oui. Et je promets de t'attendre.

Elle posa les yeux sur la marée de chevaux, de grands guerriers qui avaient les yeux rivés sur elle. L'ancienne Constance aurait fondu sous le regard de son père, mais avec Daniel derrière elle, elle avait retrouvé force et confiance. Son père n'avait plus le même pouvoir sur elle.

Maggie amena son cheval devant eux, attendant que le baron Lockhart de Lee s'approche.

— Comme promis, j'ai votre fille ici. Ai-je toujours votre parole que vous ne nous attaquerez pas ?

— Oui, vous avez ma parole. Constance, viens ici.

Le visage sinistre de son père était éloquent. Il n'était pas content de la voir ; en fait, il semblait plus furieux que jamais.

— Je ne sais pas avec qui tu es, mais tu vas te débarrasser de cet homme. Tu es de sang noble, et il a l'air d'avoir vécu dans les rues d'Edinburgh.

— Papa ! Cesse de te montrer aussi cruel et de

porter des jugements. Daniel m'a sauvé la vie. Je ne viens pas avec toi.

Elle pouvait presque voir de la vapeur s'élever du sommet de la tête de son père. En fait, si elle avait été plus proche, elle aurait sans doute vu ce regard plissé qu'elle détestait chez lui.

La mâchoire crispée, il lui lança :

— Je ne rentrerai pas à la maison *sans* toi. Tu manques à ta mère et à tes sœurs.

Il gardait sa posture raide, le menton relevé comme pour se déclarer supérieur à tous ceux qui l'entouraient. C'était ce regard de guerrier que sa mère déplorait souvent. Oui, il était en colère.

Constance remarqua qu'il n'avait pas dit qu'elle lui manquait. Toutefois, elle ne pouvait pas nier qu'elle souhaitait voir sa mère, ses frères et ses sœurs ; elle trouverait un moyen de leur rendre visite un jour. *Eux* seraient certainement heureux d'apprendre qu'elle avait épousé l'homme qu'elle aimait.

Son père attendait qu'elle bouge, mais elle n'en fit rien. Il n'était pas un homme patient et il ne tarda pas à s'emporter.

— Constance, si je dois descendre de ma monture et te tirer moi-même de ce cheval, je le ferai. Pour la dernière fois, je te dis de venir ici.

— Papa, non. Je ne rentre pas à la maison avec toi. Je…

Daniel posa une main sur son bras et le serra.

— Baron, si les circonstances étaient différentes, je demanderais la main de votre fille parce que je l'aime, mais je ne pense pas que vous seriez d'accord. Que vous y soyez favorable ou non, nous allons nous marier dans cette église. Je lui ai demandé de m'épouser et elle a accepté. En ce qui nous concerne, nous sommes un couple marié.

Cette fois, la voix du baron se transforma en hurlement.

— Je ne te permettrai pas d'épouser un homme qui n'a qu'une main. Comment pourrait-il te protéger ?

— Je viens de te dire qu'il m'avait sauvé la vie. Cela ne te suffit-il pas ?

Elle se pencha sur son cheval comme pour l'implorer. Pourquoi son père se montrait-il à ce point obstiné ?

— Non, ce n'est rien d'autre qu'une brute. Tu mérites mieux. Mais, si tu te souviens bien, tu as gâché toutes tes chances de faire un bon mariage.

— Papa ! Daniel, veux-tu bien m'emmener loin d'ici ?

Elle devait partir avant de fondre en larmes, parce qu'elle refusait de donner à son père la satisfaction de la voir pleurer.

Celui-ci dégaina son épée, ce qui déclencha une réaction en chaîne autour de lui. Ses hommes dégainèrent leurs armes à leur tour, tout comme Daniel, Will et Maggie.

— Vous avez donné votre parole de ne pas passer à l'attaque, baron, le prévint Maggie.

— Je vais récupérer ma fille.

— My lord, ne croyez-vous pas qu'elle est assez

âgée pour prendre ses propres décisions ? Peut-être devriez-vous essayer de lui parler au lieu de lui donner des ordres.

— Bien sûr que vous pensez ainsi. C'est ma fille et elle m'appartient. C'est ainsi que va le monde. Elle fera ce que je lui dis. Je suis tout à fait capable de lui trouver un mari une fois qu'elle aura payé les conséquences de son mauvais jugement.

— Papa, je ne veux pas que tu choisisses mon mari. C'est à moi de choisir, et c'est Daniel que je veux. Ce n'est pas une brute, c'est un Drummond.

— N'aie pas recours aux mensonges pour me convaincre de soutenir ce mariage.

Un bruit derrière eux attira leur attention. Un groupe d'hommes s'approchait d'eux par la gauche, et un autre par la droite. Constance chuchota :

— Daniel, qui sont ces hommes ?

Will et Maggie firent reculer leurs chevaux vers l'église, tandis que cette dernière s'adressait au chef du groupe qui arrivait par la gauche.

— Souhaitez-vous passer ? Nous allons nous écarter de votre chemin.

L'homme dégaina son épée et les dévisagea avec un sourire malsain. Constance devina qu'il avait une cinquantaine d'hommes derrière lui. Elle n'avait guère l'habitude de les compter, mais elle avait l'impression qu'ils étaient moitié moins que ceux de son père.

— Daniel ? murmura Constance. Qui est-il ? Que veut-il ?

Daniel adressa une sorte de signal à Maggie, puis il répondit à sa question.

— C'est Blair Lamont, et je pense que c'est toi qu'il veut.

CHAPITRE VINGT-CINQ

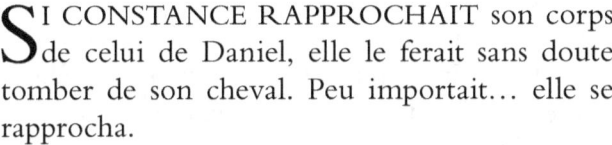

S I CONSTANCE RAPPROCHAIT son corps de celui de Daniel, elle le ferait sans doute tomber de son cheval. Peu importait... elle se rapprocha.

— Je vais peut-être devoir t'envoyer dans l'église, lui chuchota-t-il.

— Non ! Il m'attrapera ! Je t'en prie, Daniel. Je veux rester avec toi.

Lamont répondit enfin à Maggie.

— Je n'ai pas envie de passer. En fait, nous nous sommes joints à cet homme là-bas, dit-il en faisant un geste vers la droite, pour présenter nos demandes. Nous avons conclu un accord, tous les deux. Ainsi, nous avons assez d'hommes pour nous battre pour ce que nous voulons. Nous ne craignons pas les hommes de Lockhart. Ce sont des Lowlanders.

— Et que voulez-vous ? l'interrogea Will.

Il leva le bras pour appeler ses faucons à se rapprocher du groupe ; leur descente en piqué déstabilisa certains des hommes de Lamont.

— Nous voulons deux choses. Donnez-moi

cette pierre précieuse en forme de cœur, et mon ami prendra la fille. Si vous coopérez, nous nous en irons sans dégainer une épée.

Constance haleta.

— Ma fille, donne-lui la pierre, lui intima son père. Ta vie vaut bien plus que cette stupide chose.

À sa grande surprise, elle voyait de l'inquiétude sur le visage du baron. La façade du guerrier froid comme la pierre commençait à se fissurer, laissant entrevoir le père attentionné qu'elle avait connu étant enfant. La mère abbesse avait-elle raison ? Ses menaces n'étaient-elles qu'une façade ?

Il lui avait ordonné de céder la pierre de sa mère bien-aimée, mais elle n'en ferait rien. Elle la garderait précieusement et la rendrait à sa chère mère dès qu'elle en aurait l'occasion.

Constance tapota sa robe, cherchant à la sentir dans la poche, mais elle ne la trouva pas.

— Elle n'est pas là, murmura-t-elle à Daniel.

— Ma jolie, tu as rassemblé tes affaires à la hâte. Je suis sûr qu'elle est là, mais tu ne la donneras pas à cette ordure.

Lamont scruta le visage de Daniel.

— Ravi de te revoir, Damien. À moins que ce ne soit pas ton vrai nom ? J'aurais dû savoir que tu étais lié à ces ordures de Grant. Mon instinct me disait de ne pas te faire confiance, dit-il, ricanant tandis que son regard oscillait entre Constance et Daniel. Tu as bon goût. C'est une belle femme. Bachelette, donne-moi la pierre et j'emmènerai mes hommes ; et je te promets de ne pas faire de mal à ton ami. Si tu refuses, je vous tuerai tous les deux, et je vous fouillerai ensuite.

Une voix forte l'interrompit.

— Il en est hors de question ! Tu as promis de rester et de te battre à mes côtés ! aboya le chef du groupe à leur droite.

— Qui est-ce ? s'enquit Constance dans un murmure.

— Je l'ignore. Je n'ai jamais vu cet homme auparavant, répondit Daniel, avant de poser la question à laquelle tous pensaient. Qu'est-ce que tu veux à cette bachelette ? Qui te paie ?

— Jean MacDole me paie. Et elle me paie bien. Remets-moi la fille ou je te tue.

Constance haleta à nouveau.

— Pourquoi cette femme cruelle me veut-elle ? La pauvre Rose. Sa mère est une personne tellement méchante !

Elle ne comprenait pas comment il était possible que Jean MacDole puisse donner des ordres à qui que ce soit. Cette femme cruelle avait avoué deux meurtres et tout le monde avait semblé penser qu'elle allait en prison.

— Je ne sais pas, ma jolie, mais nous avons bien d'autres problèmes pour le moment, murmura Daniel en lui frottant le bras.

Il fit faire demi-tour à son cheval pour faire face aux intrus, tournant maintenant le dos à son père.

— Gil, quand tu la récupèreras, tu me donneras cette pierre, comme nous l'avons covenu, dit Lamont à l'homme en face de lui.

À présent, ces deux imbéciles agissaient comme si les autres n'étaient même pas là.

— Oui, nous avions un accord, jusqu'à ce

que tu décides de ne plus jouer le jeu. Peut-être vais-je garder la pierre pour moi.

Gil semblait plutôt satisfait de lui-même, et ses hommes ricanaient derrière lui.

Maggie jeta un coup d'œil à Constance et hocha la tête, lui indiquant que le moment était venu pour elle de sortir la pierre de sa poche. Parlant juste assez fort pour qu'elle et Daniel l'ouïssent, elle dit :

— Sors-la de ta poche, et montre-la à tout le monde. Cela nous fera gagner du temps.

— Ensuite, il faudra que tu descendes de cheval, dit Daniel. Je veux que tu ailles dans l'église. Cela va finir en bataille.

Constance descendit avec l'aide de Daniel, et son père lui cria :

— Bonne fille. Maintenant, marche droit vers moi, et je te ramènerai à la maison.

Elle ignora son père et fouilla à nouveau sa poche, tout en se dirigeant vers l'église. Si elle était assez proche pour courir à l'intérieur, elle serait en sécurité. Elle adressa un regard à Maggie, puis le reporta sur Daniel avant d'annoncer :

— Je ne la trouve pas. J'ai dû la perdre.

Son père gémit, mais Lamont et Gil crièrent à l'unisson :

— Menteuse !

Lamont, dont la fureur augmentait visiblement, hurla :

— Soit tu me donnes la pierre immédiatement, soit je te coupe la main, je te déshabille, et je la trouve moi-même.

Un autre groupe de cavaliers surgit de nulle

part. Daniel ne savait pas comment ils s'étaient glissés dans le groupe si discrètement, même si la multitude d'hommes et de cavaliers rassemblés autour de l'église produisait un certain vacarme et que la nuit était suffisamment sombre pour offrir une protection.

— Si tu touches à cette bachelette, tu es un homme mort.

La voix de Logan Ramsay retentit parmi eux. Le père de Daniel chevauchait aux côtés de l'oncle Logan, et des dizaines de gardes Ramsay et Drummond étaient rassemblés derrière eux.

Daniel aperçut son frère, David, derrière leur père. Apparemment, il était rentré chez eux dans la finaison de ramener d'autres hommes pour l'aider. Il ne put s'empêcher de sourire face à cette évolution inattendue. Il fit signe à Constance de continuer vers l'église, et Maggie, toujours sur sa monture, chevaucha à côté d'elle pour la protéger. Sa cousine était une experte du maniement de l'arc, et il ne doutait pas qu'elle trouverait une cachette où elle pourrait faire usage de son arme une fois Constance en sécurité à l'intérieur.

Alors que Will se déplaçait pour rejoindre le groupe des Ramsay, Daniel prit un moment pour observer ce qui l'entourait. Lamont était à présent devant lui, tandis que son père et son oncle avaient pris position directement à sa droite. Sur leur droite, la bande de cousins avait surgi et se tenait prête à combattre. Le père de Constance était le suivant dans le cercle, suivi de Gil, qui était venu à la demande de Jean MacDole, la sorcière qui avait essayé de vendre sa propre fille au canal de Dubh.

Sa future épouse paraissait tellement minuscule par rapport à tous ces guerriers et ces chevaux. Elle était presque entrée dans l'église ; il déplaça son cheval de sorte d'être en position de combattre Gil en premier. Le groupe de son père pourrait aisément se charger de Lamont. À ce stade, il espérait que le père de Constance ordonnerait à ses gardes de prendre les armes contre les hommes de Gil.

Des cris de guerre résonnèrent dans la nuit, et l'endroit se changea en un véritable champ de bataille. Gil et ses hommes chargèrent Daniel, l'obligeant à détourner le regard de Constance.

Il balança son épée, se servant de son avant-bras gauche comme appui tandis qu'il contrôlait son cheval avec ses genoux, chose qu'ils avaient pratiquée maintes et maintes fois dans les lices. Il élimina Gil en deux coups, puis fit tomber les deux suivants de leurs chevaux d'un large coup de lame.

Des flèches fendirent l'air autour de lui. Toutes atteignaient leur cible, ce qui ne le surprit absolument pas. Gavin et Gregor avaient appris de tante Gwyneth, qui ne ratait jamais son coup. Il eut un bref moment pour examiner les environs avant d'être emporté par la vague suivante de l'attaque.

Les guerriers Ramsay et Drummond se débarrassaient sans peine des hommes de Lamont, mais il ne voyait pas Blair Lamont sur son cheval ni parmi les hommes qui étaient tombés. Comme il l'avait espéré, les hommes de Lockhart s'étaient joints à ses cousins pour attaquer ceux de Gil, dont le nombre diminuait rapidement.

L'un des guerriers fonça droit sur lui, les bras levés au-dessus de la tête pour porter un coup mortel, mais Daniel le frappa au ventre avant qu'il n'y parvienne. Le combattant suivant hurla, mais eut à peine le temps de lever son épée que Daniel le frappait au flanc, le faisant tomber de son cheval.

Les hommes ne cessaient de s'attaquer à lui, un nombre incalculable de combattants et de bêtes, jusqu'à ce qu'il n'en puisse plus.

— Constance ! Où est Constance ? s'écria-t-il, impatient de savoir si elle avait réussi à se mettre à l'abri.

Connor hurla :

— Lamont vient de l'attraper, dit-il en s'approchant de Daniel. Vas-y. Je vais m'occuper de ces imbéciles.

Connor maniait l'épée plus vite que tous ceux qu'il connaissait, aussi fit-il volontiers demi-tour et se dirigea-t-il vers l'arrière de l'église. Maggie, toujours sur sa monture, pointa du doigt le lointain.

Constance était à dos de cheval avec Blair Lamont.

Que diable devait-il faire ?

Daniel agita ses rênes et s'élança à la poursuite de Lamont à un rythme effréné. Son cheval aimait la compétition presque autant que lui.

Avec une certitude qu'il n'avait jamais éprouvée auparavant, il savait une chose.

Blair Lamont était un homme mort.

CHAPITRE VINGT-SIX

D ANIEL   POURSUIVIT   LAMONT,
redoutant d'être contraint d'abandonner.
Son cheval haletait et s'essoufflait, tandis que
celui de Lamont fonçait comme si un feu avait
été allumé sous lui. Mais quelqu'un devait
veiller sur eux, car la monture de l'autre homme
trébucha juste avant de sauter au-dessus d'un
ruisseau. Daniel se rapprocha suffisamment pour
attraper Lamont. Il saisit sa tunique avec *Treun* et
le fit tomber du cheval. À sa grande surprise, son
appareil s'envola et atterrit loin de lui.

Il s'en moquait. Il devait sauver Constance, avec
ou sans *Treun*.

Le brigand tomba au sol avec un grognement.
Constance cria et roula au bas du cheval tandis
que Lamont s'efforçait de se redresser. Elle n'était
pas tombée bien loin, aussi Daniel se concentra-
t-il sur le brigand, qui avait fini par se mettre
debout.

L'homme dégaina son épée et se rua sur
Daniel, qui avait sauté à bas de son cheval pour le

combattre. Blair devait être perturbé parce qu'il balançait furieusement son arme, comme un garçon qui vient d'apprendre à tenir une épée.

Daniel combattit l'homme jusqu'à ce que Lamont soit très fatigué.

Puis, comme il préférait ramener l'homme vivant pour qu'ils puissent l'interroger au sujet du canal de Dubh, il dit :

— Lâche ton épée et je te laisserai la vie sauve.

Blair obéit, mais il tenta ensuite la chose la plus stupide qui soit. Il sortit une petite dague et voulut s'en prendre à Constance. La femme de Daniel, très énergique, griffa et donna des coups de pied comme la combattante qu'il savait qu'elle était. Daniel lâcha son arme et chargea vers eux. Il avait l'intention d'éloigner la bachelette du brigand pour pouvoir achever ce dernier, mais il glissa, et la dague de Lamont s'enfonça dans sa cuisse.

Daniel rugit comme un loup au sommet d'une montagne. Il agrippa l'ordure par la gorge, l'étranglant, mais il perdit sa prise. Lamont se releva et fit un pas en arrière, puis il se tourna immédiatement et s'élança sur Constance. La peur et la rage obscurcirent la vision de Daniel. Il était trop loin de son épée ; il sortit alors sa dague et la plongea dans le cœur de Lamont. Le brigand haleta en le regardant, puis il essaya de s'agripper à son bras avant de s'écrouler sur le sol.

Daniel voulut se rapprocher de Constance, mais sa jambe lâcha. Elle se précipita à ses côtés et le soutint, tremblante, l'embrassant furieusement.

— Daniel ! Daniel, j'ai eu tellement peur !

Celui-ci leva une main couverte de sang pour toucher la joue de Constance. C'était son sang.

Il se contenta de fixer sa paume, les yeux embrumés. Il s'assit sur le sol, confus, se demandant pourquoi il ne parvenait pas à se relever.

— Daniel, oh mon Dieu ! Daniel…, s'exclama-t-elle.

Elle observa la jambe du jeune homme, les yeux écarquillés d'horreur, puis elle fouilla sa poche.

— Je l'ai trouvée. Je ne la trouvais pas avant, mais maintenant, je l'ai. Tiens, elle est censée être magique et guérir les blessures.

— Quoi ?

Daniel ne comprenait rien à ce qu'elle disait, mais il lui agrippa l'avant-bras, heureux d'avoir réussi à la sauver de Lamont. Finalement, il n'avait pas eu besoin de *Treun* pour la protéger.

— Maintenant, nous pouvons nous marier. Je t'aime, Constance.

— Oh, Daniel ! Il y a trop de sang. Que dois-je faire ? s'exclama-t-elle.

Constance tomba à genoux. Elle plaça la pierre précieuse contre sa blessure, essayant d'essuyer le sang avec sa robe.

— Je t'en prie, Daniel… S'il te plaît, ne meurs pas ! Je ne pourrais pas le supporter.

Il y avait un arbre non loin d'eux, et Connor apparut derrière. Il descendit de son cheval pour aider la bachelette, suivi de Maggie.

Daniel remarqua le choc dans les yeux de Connor, et il comprit qu'il était en piteux état rien qu'avec ce regard. Maggie dissimulait un peu mieux son inquiétude, mais elle passa aussitôt à l'action.

— Nous devons arrêter son émorrosagie.

— Connor, aide-moi à me relever. Ça ira, dit Daniel, effrayé par l'expression des visages autour de lui.

— Non, tu ne vas pas te lever, Daniel. Tu vas rester ici jusqu'à ce que nous arrêtions le saignement. Ensuite, tu iras directement chez un guérisseur. Nous verrons lequel ton père recommande.

Daniel ne comprenait pas tous les mots de Maggie, comme si certains lui parvenaient et d'autres non. Ses yeux se fermèrent, puis s'ouvrirent brusquement en ouïssant un autre son.

— J'ai eu très mal, mais maintenant…

— Nous devons le garder éveillé, intervint Maggie. Daniel, reste avec nous !

Le regard de ce dernier croisa à nouveau celui de Maggie, mais il ne se rappelait pas ce qu'elle venait de dire.

— Je veux épouser Constance tout de suite.

— Tu le feras dès que nous aurons arrêté l'émorrosagie, Daniel. Tu dois pouvoir te tenir debout à côté de ton épouse, non ? chuchota Maggie, dont la voix s'éteignit à la fin, comme si elle s'étranglait.

Daniel ferma les yeux à nouveau, mais un autre hurlement le réveilla.

— Papa ? s'écria Maggie.

Il observa l'expression paniquée de sa cousine. Quand l'avait-il vue pour la dernière fois aussi préoccupée ? Et pourquoi Maggie l'appelait-elle papa ? Il le lui demanderait dès qu'il aurait fermé les yeux un tout petit peu plus longtemps.

— Aide-moi, Connor, demanda Constance d'une voix impatiente.

Ils le déplacèrent vers l'arbre pour qu'il puisse s'y appuyer, mais Daniel ne voulait pas lâcher sa petite femme féroce.

— Ne me quitte pas, Constance. Promets-le-moi, insista-t-il, s'agrippant toujours à son bras.

— Je te le promets, Daniel, si tu me promets de ne pas mourir.

Constance fut soudain possédée par un besoin dévorant. Gavin, Gregor et Braden les avaient rejoints. Elle se tourna alors vers la bande de cousins et demanda :

— Braden, va chercher le prêtre. Je souhaite épouser Daniel tout de suite.

Celui-ci lui sourit et murmura :

— Bonne idée. Je t'aime. Il ferma les yeux et elle s'affola, craignant qu'il ne se réveille pas.

Connor lui tendit un linge qu'il avait trouvé quelque part.

— Ici, Constance. Utilise ceci sur sa jambe.

— C'est trop petit pour absorber le sang, dit-elle d'une voix tremblante.

Elle détestait cela. Elle devait être forte.

— Que dois-je en faire ?

— Appuie dessus, lui expliqua Connor. Tiens, laisse-moi faire. Je vais arrêter le saignement.

Constance se pencha et embrassa Daniel.

— Je t'en prie, réveille-toi, mon amour. J'ai besoin que tu te réveilles. Tu dois pouvoir consentir à notre mariage.

Elle adressa un regard à Maggie et lui dit :

— Tiens. Place cette pierre précieuse sur la blessure. On dit qu'elle possède des vertus magiques de guérison.

Maggie acquiesça et posa la pierre près de la blessure de sa jambe. Le sang coulait moins vite à présent, grâce à la compression effectuée par Connor.

Des cris de joie retentirent derrière eux.

— Que se passe-t-il ? s'enquit Constance, remarquant alors que le père et l'oncle de Daniel s'approchaient d'eux, David non loin derrière.

— La bataille est terminée, dit Will. Les hommes de Gil et de Lamont sont soit morts, soit en fuite.

L'oncle de Daniel jeta un regard derrière eux au corps de Lamont, étendu sur le sol.

— Nous devons remercier Daniel pour cela, je suppose, dit-il d'un ton enjoué. Lamont ne nous causera plus d'ennuis.

— Papa, dit Maggie en baissant le ton. Nous avons besoin d'un guérisseur pour Daniel.

Le regard de Micheil Ramsay se posa sur son fils, adossé à l'arbre.

— Bon sang ! Mon fils ! s'exclama-t-il, se précipitant aux côtés de Daniel. Je vais l'emmener dans l'église.

— Je vais t'aider, lui dit Logan. Nous allons l'amener à l'intérieur et faire venir le guérisseur des Drummond.

Ensuite, tous les autres commencèrent à

exprimer leur opinion en même temps, et elle ne sut plus quoi répondre.

— Non, fais venir tante Jennie ! insista quelqu'un.

— Laisse-le ici jusqu'à ce que nous ayons arrêté le saignement, suggéra Connor.

— Je peux lui appliquer une pommade que j'ai, proposa Will.

Maggie rassura Constance.

— Le prêtre est presque arrivé.

Les voix se mêlèrent les unes aux autres, à tel point qu'elle ne parvenait plus à identifier qui avait parlé. Elle s'affaissa, écoutant à peine ce qui se disait.

— Il va probablement mourir avec tout ce sang.

— Cela n'a pas l'air bon pour Daniel.

— Pourquoi diable étaient-ils ici ?

— Après s'être tant battu, Daniel va mourir…

— Ne le laissez pas sur le sol.

— Emmenez-le dans l'église.

— Il faut l'amener à un guérisseur.

— Constance ! l'appela son père à une courte distance, sa voix se distinguant de celle des autres. Viens ici.

Constance en avait assez ouï. Avec une ardeur qu'elle ne se connaissait pas, elle se leva et cria :

— Reculez ! Vous tous ! Reculez ! Éloignez-vous ! Et cessez de me donner des conseils. Je vous veux tous à cent pas de nous, à l'exception de Connor et de Maggie, qui savent ce qu'ils ont à faire.

Certains commencèrent à se déplacer, d'autres sourirent, tandis que son père aboyait :

— Ne me parle pas comme ça !

Ses yeux avaient ce regard effrayant qu'ils avaient chaque fois qu'elle osait lui tenir tête. Mais elle n'allait pas se laisser influencer maintenant. Pas alors que la vie de Daniel était en danger.

— C'est mon neveu, dit Logan, ne reculant pas non plus. Recule, jeune fille, et nous nous occuperons de lui.

La paume de Micheil se posa sur le bras de Logan et le serra. Constance plongea la main dans sa botte et en sortit sa dague.

— Reculez, je vous dis. Je vais vous dire ce qui va se passer. C'est mon mari. Nous sommes mariés, mais nous voulons…, commença-t-elle avant de s'interrompre pour ravaler ses larmes. Nous voulons avoir la bénédiction du prêtre sur notre mariage, et c'est ce qui va se passer… avant toute autre chose.

Elle essaya, sans y parvenir, de faire cesser le chevrotement de sa voix à chaque fois qu'elle regardait son cher Daniel.

— Constance. Je ne te le répéterai pas. Viens ici ! tonna la voix de son père, prenant le pas sur toutes les autres.

Elle se retourna, furieuse.

— Tu ne me donneras plus d'ordres, papa. Certes, tu es mon père, mais Daniel est mon mari, et je ferai ce qu'il faut pour lui sauver la vie.

Le silence retomba sur le groupe tandis que Constance essuyait ses larmes et arpentait le pourtour de la clairière, s'assurant que tout le monde se tenait en retrait, sa dague toujours à la main. Sa robe, encore imbibée de sang, ne covenait guère à son mariage, mais elle s'en moquait. Elle s'arrêta devant Micheil Ramsay et lui dit :

— Pardonnez-moi. Je sais que c'est votre fils, mais c'est mon mari, et je ferai ce que je pense être juste.

Elle l'avait peut-être imaginé, mais elle crut voir une étincelle d'admiration dans les yeux de Micheil Ramsay.

— Que pouvons-nous faire d'autre, Constance ? lui demanda Maggie.

— S'il vous plaît, faites venir un guérisseur. À qui appartiennent les terres les plus proches ?

Logan Ramsay intervint :

— C'est déjà fait, jeune fille. Le guérisseur des Drummond sera bientôt à leur château, et ma belle-sœur ne tardera pas à arriver. C'est la meilleure de toute l'Écosse. Mais nous devons d'abord l'amener sur les terres Drummond. C'est à une courte distance d'ici.

Le prêtre arriva derrière Micheil Ramsay, mais recula aussitôt en voyant la dague dans la main de Constance.

Elle vit le choc dans son regard. Repoussant les cheveux de son visage, elle lui dit :

— Mon père, nous avons besoin de vous pour un mariage. Je vais ranger cela, si tout le monde accepte de rester en retrait.

Elle s'approcha de son père, qui lui dit d'une voix beaucoup plus basse cette fois :

— J'essaie seulement de t'épargner du mal, ma fille. Certes, je suis dur avec toi, mais tu es toujours ma fille.

— Il est trop tard pour cela, papa. Je suis une femme et je suis mariée. Je prendrai mes propres décisions aujourd'hui et à l'avenir.

Son père la surprit en descendant de sa monture pour venir se placer devant elle. Craignant qu'il n'essaie de la forcer à partir, elle garda ses distances. Elle rengaina sa dague, mais garda la main prête à la saisir à nouveau si nécessaire. Si elle doutait de pouvoir se résoudre à l'utiliser contre son propre père, elle n'hésiterait pas à le menacer.

— Ce n'est pas ce que je voulais pour toi ni pour aucun de mes enfants. Ce n'est pas une bonne chose que de se retrouver au milieu de tout ce chaos dans les Highlands. Je te promets de te trouver un bon mari. Rentre à la maison, tu nous manques à tous.

Le ton de son père choqua Constance autant que ses mots. Elle lui avait aussi manqué. Elle ne s'était pas attendue à cela. Pourtant, il ne pouvait y avoir qu'une seule réponse.

— C'est trop tard. J'aime mon mari. J'espère que tu approuveras mon mariage un jour, mais même si ce n'est pas le cas, je resterai à ses côtés. Dès qu'il sera guéri, je te promets de te rendre la pierre, mais nous en avons désespérément besoin pour le moment. Dis à maman que je suis désolée.

Son père acquiesça, retourna vers son cheval, mais s'arrêta avant de le monter.

— Ma fille, tu es bien plus forte que je ne l'aurais cru. Nous t'aimons tous.

Il inclina la tête vers elle avant d'enfourcher son cheval ; il arbora une expression farouche et déterminée, puis il fit faire demi-tour à sa monture. Elle ne put que le regarder partir au galop avec ses hommes.

Elle ne pleurerait pas son père, même s'il avait admis qu'elle était forte.

Elle ne le ferait *pas*. Elle lui prouverait qu'il avait raison en gardant son sang-froid.

Le prêtre apparut à ses côtés tandis que le frère de Daniel, David, parlait à ses cousins à l'écart. Elle se moquait de ce qu'ils faisaient du moment qu'ils ne les empêchaient pas de se marier. Connor et Maggie étaient restés auprès de Daniel et soignaient encore ses blessures.

— Mon père, nous sommes prêts.

La voix de Maggie était forte, exactement comme Constance souhaitait que la sienne le soit un jour.

Elle revint auprès de Daniel et l'embrassa.

— Mon amour, le prêtre est là. Il va nous marier maintenant.

Elle ne pouvait plus arrêter ses larmes et les laissait couler sur ses joues sans retenue.

Les magnifiques yeux vert forêt de Daniel s'ouvrirent, et il lui sourit.

— Nous allons nous marier ? Rien ne me ferait plus plaisir.

Le prêtre vint se placer devant eux. David s'approcha de l'arbre avec le reste des cousins. Il se pencha pour parler à Connor, qui souleva alors le tissu qu'il maintenait sur la blessure de Daniel, observant le sang.

— Je pense que le saignement a suffisamment ralenti.

Maggie rendit la pierre à Constance, qui la mit dans sa poche. Puis elle alla rejoindre Will.

— Nous sommes prêts, mon père, dit aussitôt Constance ;

— Accorde-nous un moment, Constance, dit David. S'il te plaît.

Elle faillit sourire. Elle se rendait compte qu'elle devait agir comme une folle, mais il avait fallu cela pour qu'ils l'écoutent tous.

Constance se tint en retrait pendant que les cousins se rassemblaient autour de Daniel, plaçaient quelque chose sous lui et le soulevaient. Ils avaient mis deux plaids sous lui, et les cousins se tenaient sur les bords, prêts à le soutenir au long de la cérémonie.

Les yeux de Daniel s'ouvrirent et il regarda autour de lui, choqué, mais il afficha rapidement un large sourire. Maggie revint en courant dans la clairière et tendit à Constance un bouquet de fleurs qu'elle venait de cueillir dans la forêt.

La future mariée aurait pu pleurer devant la gentillesse de ces deux gestes, mais elle s'obligea à rester forte.

— Allez-y, mon père.

Daniel parvint à rester éveillé pendant la majeure partie de la cérémonie, mais ses yeux se fermèrent à deux reprises. Gavin, toujours prompt à la plaisanterie, réussit à le réveiller en le pinçant jusqu'à ce que tout le monde se mette à rire.

Et quel bonheur pour Constance que d'ouïr le rire de Daniel.

— Je t'aime, ma chérie, lui dit-il, et je n'aurais pu rêver d'un meilleur mariage.

Son regard se porta sur tous les êtres chers qui les entouraient.

— Normalement, maman te tuerait, mais elle aimera suffisamment Constance pour te garder en vie, marmonna David. Le fait que tu sois blessé plaidera en ta faveur.

Le prêtre continua la cérémonie, et ils prononcèrent leurs vœux. Il les bénit enfin en tant que mari et femme, sous les acclamations de toutes les personnes présentes. Daniel embrassa Constance sous leurs vivats, mais une charrette fit son apparition juste après, et Micheil intervint :

— Jeune fille. Nous avons autorisé la cérémonie de mariage. Vous êtes officiellement mari et femme, mais il est temps que Daniel aille voir un guérisseur.

Constance acquiesça et déclara :

— Je serai à tes côtés tout au long du chemin, Daniel. Et je remercie tous ceux d'entre vous qui m'ont permis de faire les choses à ma façon.

Gavin ricana.

— Je ne te contrarierai jamais. Je préférerais affronter une meute de loups enragés.

— Moi non plus, confirma Logan, mais il était loin de se montrer aussi arrogant qu'elle l'avait vu auparavant. Jeune fille, tu me fais penser à mon épouse. Je garderai mes distances quand tu seras en colère.

Micheil se pencha et embrassa Constance sur la joue.

— Bienvenue dans les clans Ramsay et Drummond, Constance. Nous sommes fiers que tu sois dans la famille.

CHAPITRE VINGT-SEPT

CONSTANCE MONTA DANS la charrette, la tête de Daniel sur ses genoux. Ils l'avaient installé de sorte qu'elle puisse continuer à appuyer sur la plaie pour arrêter l'émorrosagie. Il dormit pendant la plus grande partie du trajet, ce qui la rendait extrêmement anxieuse, mais elle ne pensait pas qu'il ait beaucoup dormi ces derniers temps. Peut-être avait-il simplement du retard à rattraper.

Elle ne se rendit compte qu'ils avaient atteint les terres Drummond que lorsqu'une belle femme approcha son cheval de la charrette et continua à avancer en même temps qu'eux.

— Comment va mon fils, et qui êtes-vous ?

Daniel ouvrit les yeux au son de la voix de sa mère.

— Bonjour, maman. Je te présente ma femme, Constance Lockhart de Lee. Apparemment, je me suis encore attiré des ennuis. Ne blâme pas Constance.

Sa tête retomba sur les genoux de sa femme.

Diana Drummond, les yeux écarquillés, scruta

tout le sang, puis reporta son regard sur le visage de Constance.

— Vous êtes sa femme ? Que s'est-il passé ?

Avant qu'elle puisse répondre, Micheil Ramsay arriva de l'autre côté du cheval de Diana. Il lui raconta les détails, parlant à voix basse.

Constance en profita pour observer la femme. Les cheveux de Diana étaient de la teinte du ciel nocturne, avec des mèches rousses et argentées ici et là. Elle comprenait d'où venait la beauté de Daniel, même si Micheil Ramsay était un bel homme.

Diana maîtrisait son cheval aussi bien que n'importe quel cavalier émérite. Avait-elle déjà croisé le chemin d'une femme plus belle et plus majestueuse ? Sans doute que non.

Diana était belle, talentueuse, intelligente, et elle était laird de son clan.

Elle allait probablement détester Constance.

Mais celle-ci ne pouvait pas s'en préoccuper pour le moment. Elle devait se concentrer sur Daniel.

— Diana ! cria quelqu'un.

Elle crut reconnaître la voix particulière de Logan Ramsay.

— À ta place, je ne la contrarierais pas. Elle me fait penser à ma Gwynie.

Diana se tourna vers Constance. Elle ne lisait qu'une seule émotion sur le visage de la laird : l'inquiétude.

— Le guérisseur des Drummond est dans la grande salle et il attend son arrivée. Ses tantes arriveront bientôt. Ce sont les meilleures guérisseuses des Highlands. Combien de temps a-t-il dormi ?

On n'ouïssait que le piétinement des chevaux dans la prairie et les reniflements de Constance.

— Il a du mal à rester éveillé. J'ai essayé, mais il est tellement fatigué ! Il a perdu beaucoup de sang.

— Plus que ce que vous avez sur votre robe ?

Constance baissa à nouveau le regard sur sa robe et finit par acquiescer, incapable de prononcer les mots.

Diana marqua une pause, puis elle dit :

— Bienvenue dans le clan Drummond, ma fille. Si Daniel t'aime, je suis certaine que je t'aimerai aussi. Aimes-tu mon fils ?

— Plus que je ne l'aurais cru possible.

La femme majestueuse sourit.

— Alors il se battra pour vivre. Je le connais très bien.

Constance pria pour que Diana ait raison.

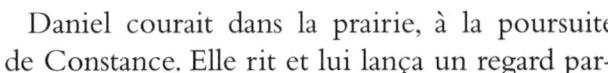

Daniel courait dans la prairie, à la poursuite de Constance. Elle rit et lui lança un regard par-dessus son épaule.

— Viens, tu dois m'attraper ! C'est le seul moyen !

Il rit aussi et joua le jeu, mais il marcha sur quelque chose qui lui causa une douleur aiguë, qui remonta tout le long de sa jambe. Quelque chose l'avait mordu. Il voulut frapper la bête qui tentait de le mordre à nouveau, mais il n'avait pas de main. En fait, il avait apparemment perdu ses deux mains. Quand il baissa les yeux, sa jambe était en train de disparaître, morceau par morceau, alors que la créature s'était enfuie.

Où allait sa jambe ?

Et qu'était-il arrivé à son autre main ?

Constance se retourna et le regarda, une expression triste sur le visage.

— Je suis vraiment désolée, Daniel. Je ne peux pas passer ma vie avec un homme qui n'a pas de mains et qui n'a qu'une seule jambe. Au revoir !

— Constance, attends ! Je t'aime ! Ne me quitte pas, je t'en prie ! Constance !

Quelque chose le tira en arrière, et il se réveilla en sursaut.

— Daniel, chut… Tout va bien. Tu fais un mauvais rêve. Tes tantes vont te sauver.

Il lui saisit la main, soulagé d'avoir au moins une main, puis la relâcha pour repousser les couvertures.

— Constance ? Ma jambe. Que s'est-il passé ?

— Daniel, calme-toi. Tiens. Bois ceci, lui dit-elle, posant une main sur sa joue, le tournant pour qu'il soit face à elle.

— Constance. Je t'en prie, ne me quitte pas. Je veux me marier avec toi.

— Nous *sommes* mariés. Tu es confus à cause de la fièvre.

Elle porta la tasse aux lèvres de Daniel et il but ; l'eau apaisa sa gorge sèche. Que s'était-il passé ?

La voix calme de Constance continua de lui expliquer.

— Nous nous sommes battus et tu m'as sauvée, mais l'homme a réussi à te couper la jambe. Ce n'était pas une grosse coupure, mais elle était profonde. Il y avait énormément de sang, mais tu es en train de guérir, maintenant. Ne t'inquiète pas. Je prendrai soin de toi. Daniel, tu ne te souviens pas que nous nous sommes mariés près de l'église ? Nous avons prononcé nos vœux, et j'ai promis de ne jamais te quitter. Tu es mon mari, et je t'aime.

Daniel contempla Constance, parvenant enfin à croiser son regard. Elle lui proposa encore de l'eau, et il but autant qu'il le put.

— Tante Brenna. Il faut que je lui parle, murmura-t-il.

Des pas s'approchèrent du côté du lit.

— Qu'y a-t-il, Daniel ? Je suis là. Tante Jennie est avec moi. Nous nous sommes occupées de ta jambe. La plaie suinte encore, et tu risques d'avoir très mal. Je peux te donner davantage de potion.

— Non, s'il te plaît. Rien d'autre. J'ai besoin de comprendre ce qui se passe. Et que veux-tu dire, « nous nous sommes occupées de ta jambe » ? L'avez-vous coupée, tante Brenna ?

L'horreur de son rêve bouillonnait encore dans son sang. Sa main descendit à la recherche de son appendice, mais c'était la jambe opposée et elle était difficile à atteindre pour l'instant.

— Non, non, le rassura la tante Brenna. Nous nous sommes occupées de l'émorrosagie, mais elle a enfin ralenti. Daniel, tu sembles bouleversé. Que se passe-t-il ?

— Tu te souviens de ce que je t'ai dit le lendemain du jour où j'ai perdu ma main ?

— Oui. Je m'en souviens très bien. Pourquoi en parles-tu maintenant ?

— Parce que j'ai changé d'avis.

— À quel sujet ? s'enquit Constance.

Il se retourna pour regarder sa chère épouse.

— Après avoir perdu ma main, j'avais tellement mal que j'ai dit à tante Brenna que j'aurais préféré mourir plutôt que de continuer sans elle.

— Oh, Daniel ! chuchota Constance en embrassant son front.

Sa mère arriva derrière la tante Brenna.

— Je m'en souviens, Daniel. J'étais là. Et maintenant, comment te sens-tu ?

Daniel contempla Constance avant de se tourner à nouveau vers sa mère et sa tante.

— Je me sens complètement différent. Si vous devez m'enlever ma jambe, faites-le. Je préfère la perdre si cela me permet de vivre aux côtés de ma femme.

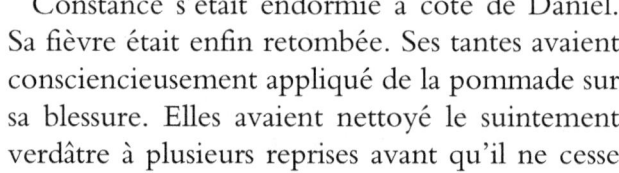

Constance s'était endormie à côté de Daniel. Sa fièvre était enfin retombée. Ses tantes avaient consciencieusement appliqué de la pommade sur sa blessure. Elles avaient nettoyé le suintement verdâtre à plusieurs reprises avant qu'il ne cesse complètement. Hui serait peut-être le jour où il se réveillerait et lui parlerait.

La tante Brenna lui avait promis qu'il était en voie de guérison. Le reste dépendait de lui.

Quelqu'un frappa doucement à la porte.

— Entrez, dit-elle, sortant de sous les couvertures pour trouver une robe à enfiler.

La tendre mère de Daniel lui avait fourni presque tout ce qu'elle pouvait désirer, y compris des robes propres et des chemises de nuit.

Maintenant, il ne lui restait plus qu'à rétablir la santé de son mari.

Diana passa la tête par la porte et annonça :

— Tu as des visiteurs. Ils sont dans la grande salle. Si tu es trop fatiguée pour leur parler ce soir, je peux leur trouver une chambre où se reposer pour la nuit. Les matines ne vont pas tarder.

— Des visiteurs ? De qui s'agit-il ? demanda-t-elle, perplexe.

— Ta mère et ta sœur Denise. Dois-je les conduire à leur chambre pour la nuit ou veux-tu leur parler maintenant ?

Constance était stupéfaite. Elle avait craint de ne jamais revoir sa mère et sa sœur.

— Mon père ? Est-il ici pour m'emmener ?

Diana secoua la tête.

— Il est là, mais il ne t'emmènera pas. Je l'ai averti qu'il devrait tuer une centaine de nos hommes avant de pouvoir te prendre à nous. Il m'a convaincue qu'il souhaitait seulement s'assurer que tu allais bien. Il m'a dit que tu l'avais rendu fier ce jour-là sur le champ de bataille.

Diana vint se placer devant elle. Elle arrangea les cheveux de Constance pour qu'elle soit plus présentable.

— J'aurais aimé être là pour te voir te battre pour mon fils. Daniel ne te laissera pas partir, et moi non plus. Nous nous sommes pris d'affection pour toi. Je comprends pourquoi mon fils est tombé amoureux de toi. Il est clair pour moi que c'est pour toi qu'il s'est battu contre la fièvre.

Constance serra Diana dans ses bras et marmonna à travers ses larmes.

— Merci. Je vais aller les voir maintenant.

— Vas-y, lui dit Diana d'une voix douce. Vas-y, et je vais m'asseoir auprès de mon fils. Et, Constance ?

— Oui, my lady ?

Elle s'arrêta avant de chercher quelque chose à mettre à ses pieds.

— Je ferai comme tu le voudras. Ils peuvent rester quelques jours, ou bien je peux les renvoyer. Tu me diras ce que tu souhaites.

Constance trouva ses chaussures et s'engagea dans le couloir, s'arrêtant un instant pour permettre à ses yeux de s'ajuster à la lumière des torches. Le château des Drummond était majestueux. Chaque détail avait été soigneusement pensé. Elle avait hâte que Daniel soit assez en forme pour lui faire visiter le château, en particulier les jardins dont elle avait tant ouï parler. Il était à peine plus grand que le château des Lee, mais il était bien plus somptueux, avec ses boiseries cintrées et ses magnifiques tapisseries sur fond de bois sombre. Le sol des chambres à coucher était recouvert d'un matériau tissé d'un nouveau genre, agréable à fouler.

Le château des Lee était entretenu parce que sa chère mère y tenait, mais les chambres étaient toutes occupées par ses frères et sœurs. En fait, les garçons avaient toujours partagé une chambre, et les filles une autre, parce que la place était limitée. Ils n'avaient pas de place pour accueillir des invités. Les rares fois où ils en avaient eu, les garçons avaient été obligés de dormir dans la grande salle. Mais sa mère avait travaillé dur pour rendre leur maison confortable, et elle l'était. L'odeur du pin dans la grande salle lui manquait encore, à cause des guirlandes et des paniers remplis de verdure dont sa mère se servait souvent pour décorer.

Tout cela faisait partie de son passé.

Elle prit une grande inspiration et se dirigea vers les escaliers, ravie de voir sa sœur la plus proche se tenir au pied des marches.

— Constance ? C'est bien toi ?

— Oh, Denise ! Tu m'as tellement manqué !

Elle dévala les escaliers et se jeta sur sa sœur, l'entourant de ses bras avec une joie qu'elle n'avait pas ressentie depuis longtemps. Sa mère apparut derrière sa sœur, les larmes aux yeux.

— Ma fille, je craignais de ne plus jamais te revoir.

Des larmes roulèrent sur ses joues. Sa mère ne fit rien pour les chasser, mais se contenta de fixer Constance d'un regard qu'elle ne comprenait pas.

— Tu es devenue une femme, jeune fille.

Constance s'éloigna de sa sœur pour étreindre sa mère.

— Maman, je suis vraiment désolée pour tout. Je voulais te le dire, mais…

Sa mère recula et la fit taire.

— Peu importe. J'ai juste besoin de te voir, d'être certaine que tout va bien pour toi, dit-elle, et ses doigts se portèrent à son visage pour essuyer une larme sur sa joue. Tu as vécu une période difficile, comme l'a dit lady Drummond.

— Maman, je vais bien. Je suis mariée. J'aime mon mari, mais il a été blessé lors d'une bataille. Mais qu'en est-il de papa ? Diana m'a dit qu'il était venu avec vous.

La porte donnant sur l'extérieur s'ouvrit et son père se tint sur le seuil. Elle s'était attendue à ce qu'il lui crie dessus, ou qu'il lui jette simplement un regard foudroyant, mais elle ne parvint pas à déchiffrer son expression. Micheil Ramsay était derrière lui. Il les invita à s'asseoir dans les fauteuils devant l'âtre.

— Nous avons beaucoup de cervoise. Je suis sûr que je peux trouver de quoi vous faire un petit repas. Asseyez-vous, discutez avec votre fille. Mais, je vous le dis, Douglas, vous ne nous enlèverez pas cette jeune fille. Nous l'aimons tous beaucoup.

Micheil sourit et se rendit à la cuisine pour trouver une servante.

Constance prit place sur le fauteuil du milieu et croisa les mains sur ses genoux, attendant l'inévitable réprimande de son père. Mais quelque chose avait changé en elle.

Elle ne craignait plus cet homme.

Certes, il était son père, et elle le respecterait toujours. Elle gardait d'excellents souvenirs de son enfance avec ses deux parents. Son père pouvait se montrer dur, mais il avait toujours traité sa famille avec amour, jusqu'au jour où il avait abandonné Constance. Que pourrait-il lui dire maintenant ? Lui avait-il vraiment pardonné ?

Elle croisa le regard de son père et attendit.

— Ma fille, je te présente mes excuses. Je sais que nous avons connu des moments difficiles. Je t'ai dit que c'était à cause de la pierre, mais c'était un mensonge. Je t'ai poursuivie parce que ta mère et tes frères et sœurs n'auraient pas lâché prise tant que je ne t'aurais pas trouvée, expliqua-t-il, avant de prendre une grande inspiration et de s'asseoir en face d'elle. Tu m'as manqué, aussi, et nous étions tous inquiets. Nous n'avions aucune idée de l'endroit où tu étais. Pourquoi t'es-tu enfuie, ma fille ? Nous aurions pu régler cela ensemble.

La mère de Constance toussa et jeta un regard noir à son père. Denise rapprocha son fauteuil de celui de sa sœur, et elle lui tendit la main pour lui montrer son soutien. Elle serra la main de sa sœur en retour pour lui faire savoir à quel point elle lui avait manqué.

— Papa, le jour où nous nous sommes vus dans le solarium, tu as proféré tant de menaces que je ne savais plus quoi croire. Les coups de fouet, l'île, envoyer Denise ailleurs… Ensuite, je n'ai plus su quoi penser ou quoi faire. Je sais que j'ai commis une erreur, mais je ne voulais pas vivre seule éternellement sur une île ni être fouettée à la vue de tous, *ou* attachée à un poteau. Et je ne pouvais pas supporter l'idée que Denise souffre à cause de mon erreur.

Sa sœur haleta et plaqua une main sur sa bouche.

— Papa !

Apparemment, Denise n'avait pas ouï toute l'histoire. Elle tapota la main de sa sœur.

— Ne t'inquiète pas, ma sœur. Je suis très heureuse maintenant.

Les larmes montèrent aux yeux de Constance. Son père ouvrit la bouche pour dire quelque chose, mais elle leva une main.

— Papa, je te dirai la même chose. Je suis très heureuse là où je suis. J'aime Daniel, et je souhaite rester ici.

Elle adressa un regard à sa mère, qui l'observait avec une telle fierté qu'elle en fut très touchée.

— Constance, j'étais en colère, se justifia son père, et mon petit caractère a pris le dessus.

— Ton petit caractère ? balbutia sa mère.

— J'étais très contrarié. Il n'arrive pas souvent que je me rende à l'écurie du village et que j'ouïsse des canailles raconter des ragots sur ma douce fille. J'ai eu envie de l'attraper par le cou et de l'étrangler jusqu'à ce que ses yeux lui sortent de la tête.

— Papa, j'ai commis une erreur, mais je me suis surtout montrée naïve. Il a usé de ruse à mon égard.

— Je le comprends maintenant. Cette ordure est finalement venue au château, et il a avoué t'avoir piégée. Son père le tenait par le cou, sinon il ne l'aurait jamais admis. Je suis heureux de voir que tu n'es pas enceinte, mais je n'arrive pas à croire que tu aies vraiment cru que je t'aurais abandonnée sur une île déserte.

— C'est ce dont tu m'as menacée, entre autres choses ! s'exclama-t-elle, se penchant vers lui alors que sa colère enflait.

Comment avait-il pu proférer une telle

menace s'il n'avait pas l'intention de la mettre à exécution ? Qu'aurait-elle dû penser ? Il n'avait jamais été homme à faire des menaces en l'air.

— Je sais ce que j'ai dit, mais j'essayais de te faire peur. Et j'ai voulu effrayer Denise aussi, pour qu'elle ne soit pas aussi bête.

— Mais je t'ai ouï ordonner à l'intendant de préparer le bateau. Je n'avais pas d'autre choix que de m'enfuir.

— Ce n'était que pour te tourmenter ! Je ne l'aurais jamais fait, se justifia-t-il, puis il pointa la mère de Constance. Elle m'aurait découpé en morceaux et jeté aux loups si j'avais essayé de faire une telle chose.

Sa mère éclata de rire, un son qu'elle n'ouïssait pas souvent. Elle arborait une expression de profond soulagement.

Se levant de son fauteuil, son père vint se placer devant elle. Au bout d'un moment, il lui prit la main et la fit se lever. Ce geste noua la gorge de Constance. Chez eux, il avait l'habitude de lui faire la leçon en la regardant de haut, alors qu'elle était assise sur une chaise. Là, il venait de la hisser à son niveau, ou presque, compte tenu de la différence de taille entre eux.

— J'ai commis une erreur, admit-il. Et je m'en excuse. Je dois également dire que même si tu as failli me faire perdre tous mes cheveux, tu m'as rendu très fier, et je crois que tu as épousé un homme bien. Je n'aurais pas pu choisir mieux pour toi. J'ai interrogé beaucoup de mes connaissances au sujet de ton mari, et tout ce que j'ai ouï indique que c'est un homme digne de notre fierté. Son père et sa mère sont également des personnes de qualité.

— Vraiment, papa ?

— Vraiment.

Il embrassa le sommet de sa tête et elle tomba dans les bras de son père.

— Tu m'as fait peur, papa.

— Tu as mûri en très peu de temps, jeune fille. Me pardonnes-tu ?

— Oui, tu es pardonné, papa. Tant que tu ne menaces pas Denise.

Son père éclata de rire.

— Je ne le ferai pas. Mais tu m'as surpris. Tu m'as accordé l'honneur de pouvoir me vanter de la façon dont ma fille a repoussé Logan et Micheil Ramsay avec rien d'autre qu'une menace et sa dague.

Micheil revint avec plusieurs gobelets de cervoise, un morceau de fromage et trois pommes.

— C'est le mieux que je puisse faire pour le moment. Ma femme est au chevet de Daniel.

— Resterez-vous quelques jours ? s'enquit Constance. J'aimerais vous présenter Daniel à tous.

— Bien sûr que nous allons rester. J'ai hâte de t'ouïr nous raconter tes aventures. J'ai cru comprendre que tu en as vécu beaucoup, lui dit sa mère, acceptant la boisson avec reconnaissance.

Denise se leva et étreignit Constance à nouveau.

— Tu dois tout me raconter, dit-elle, s'écartant pour la regarder avec des yeux brillants. Tu as fait des choses qu'aucun d'entre nous n'a faites. Tu t'es enfuie, tu as été enlevée, tu as pris part à une bataille… et maintenant tu es mariée ! C'est tellement excitant, Constance !

Elle étreignit Denise à nouveau.

— Je suis vraiment heureuse de vous voir, mais cela a été éprouvant. Si tu le veux bien, gardons cette histoire pour un autre jour. Je suis fatiguée, et j'aimerais retourner auprès de mon mari.

— Diana sera bientôt de retour, dit Micheil à la famille de Constance. Quand vous aurez terminé votre repas, elle vous conduira à vos chambres.

— Cela ne vous importune-t-il pas ? s'enquit sa mère, qui se tenait à côté de Constance.

— Non, nous serons heureux que vous vous joigniez à nous pour quelques jours. Nous avons largement assez de place, et je suis sûr que votre fille a beaucoup à partager avec vous. Je serai également ravi de vous présenter notre fils, Daniel. C'est un homme bien, et nous sommes très fiers de lui.

Constance se retourna pour partir, mais sa mère l'arrêta en posant la main sur son bras.

— Juste une question avant de partir, ma chérie. Ta sœur et moi sommes très curieuses de quelque chose.

Denise hocha la tête et murmura :

— S'il te plaît.

— Que voulez-vous savoir ? demanda Constance, s'arrêtant pour se retourner vers elles.

— Où es-tu allée en premier quand tu es partie ? Nous t'avons cherchée partout.

— À l'abbaye de Sona dans les Highlands.

Ses parents écarquillèrent les yeux.

— Tu as parcouru tout ce chemin jusqu'aux

Highlands, toute seule ? chuchota son père. Tu es plus résistante que je le pensais.

Constance releva fièrement le menton.

— J'ai croisé une famille qui allait rendre visite à sa fille à l'abbaye. Ils se sont montrés gentils avec moi et m'ont invitée à voyager avec eux. J'allais prononcer mes vœux et devenir nune.

Sa sœur s'étrangla.

CHAPITRE VINGT-HUIT

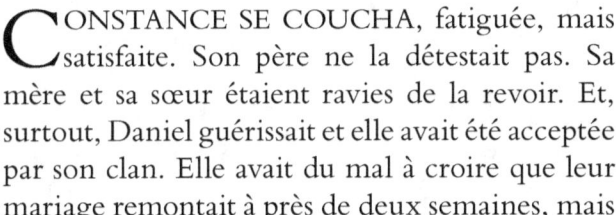

CONSTANCE SE COUCHA, fatiguée, mais satisfaite. Son père ne la détestait pas. Sa mère et sa sœur étaient ravies de la revoir. Et, surtout, Daniel guérissait et elle avait été acceptée par son clan. Elle avait du mal à croire que leur mariage remontait à près de deux semaines, mais la plupart de leurs journées avaient été consacrées à lutter contre sa fièvre.

Daniel avait gagné sa bataille, contre Blair Lamont, et contre sa blessure. S'il dormait souvent, il s'était finalement suffisamment réveillé pour manger et sortir du lit, bien qu'il n'ait pas encore descendu les escaliers. Encore faible, il n'avait pas tenté de quitter leur chambre. Il dormait sur le côté, sa respiration indiquant à Constance que la fièvre était bel et bien tombée. Elle lui avait donné son bain plus tôt, et elle avait été heureuse que ses parents ne soient pas dans la pièce, car sa lubricité l'avait fait rougir, mais elle s'était refusée à lui. Elle-même était aussi un peu d'humeur lubrique, mais elle craignait de se faire prendre.

Elle se tourna sur le côté et recula contre lui,

espérant absorber un peu de sa chaleur. Dormir à ses côtés, c'était presque comme dormir près d'un foyer, même s'il n'avait pas de fièvre. Son bras autour d'elle lui manquait, mais elle ne voulait pas le réveiller.

Un peu plus tard, elle était presque endormie quand le bras de Daniel l'entoura et la ramena contre lui. Elle se heurta alors à quelque chose de très dur et de très chaud.

Daniel.

Elle ouït un gémissement rauque lorsqu'il posa sa main sur ses fesses avant de remonter vers son buste et de trouver l'un de ses seins sans aucune aide.

— Daniel ?

— Hmmm ?

Il continua à caresser sa poitrine jusqu'à ce qu'elle sente son corps vibrer à son contact, son pouce effleurant son mamelon jusqu'à ce qu'elle gémisse. Horrifiée, elle plaqua sa main sur sa bouche. Elle était mortifiée à l'idée que quelqu'un d'autre l'ouïsse.

Le souffle de Daniel réchauffa le cou de Constance.

— Je n'arrivais pas à me rappeler à quel point tu es belle, alors comme il fait encore nuit, je dois tâtonner jusqu'à ta beauté. Non, tu sais que c'est un mensonge. Je ne pourrais jamais oublier à quel point tu es belle. Est-ce que tu vas bien ?

— Oui. Et je vais encore mieux maintenant, murmura-t-elle.

Soudain, elle prit conscience que leurs parents étaient dans la grande salle. C'était peut-être un bon moment. Qui pourrait dire quand ils auraient à nouveau l'occasion d'être ensemble.

— Oh, Daniel ! C'est si bon !

Constance sentait le souffle chaud de Daniel sur son épaule, tandis qu'il embrassait et mordillait sa peau. Elle pencha la tête pour lui donner un meilleur accès à son cou, mais sa main descendit jusqu'au V entre ses jambes. Dès qu'il toucha le bon endroit, elles s'écartèrent pour lui. Elle gémit lorsqu'il enfonça un doigt en elle.

Il laissa échapper un doux rire.

— Tu es aussi excitée que moi, ma jolie.

Elle roula sur le dos et le regarda tandis qu'il continuait à la taquiner, à la caresser jusqu'à ce qu'elle soit prête à le supplier d'en faire plus, mais il y avait un petit problème.

— Daniel, j'ai envie de toi, mais comment faire ? Ta jambe va te faire mal, et je ne veux pas avoir à expliquer à tes tantes pourquoi l'un de tes points s'est déchiré. Que pouvons-nous faire ? lui demanda-t-elle.

La respiration de Constance s'était déjà muée en halètements impatients, parce qu'elle avait besoin de lui en elle.

— Daniel, s'il te plaît…

Il ravit sa bouche, lui montrant avec sa langue exactement ce qu'il brûlait de lui faire ailleurs, attisant sa passion jusqu'à la frénésie. Puis il s'arrêta brusquement, roula sur le dos et lui intima :

— Mets-toi sur moi.

Elle le fixa du regard, ne sachant pas exactement ce qu'il voulait qu'elle fasse.

La respiration de Daniel était aussi rapide que

la sienne, quand il lui prit la main et la plaça sur son sexe.

— Guide-moi en toi.

Il était si chaud et si dur que le sentir contre elle lui procura un plaisir inouï. Tout en le caressant de haut en bas avec sa main, elle parvint à passer une jambe au-dessus de lui pour se mettre à califourchon sur le haut de ses jambes.

— Maintenant, ma jolie. Prends-moi en toi.

Daniel agrippa la hanche de Constance et l'aida à l'approcher selon le bon angle.

— Et maintenant ?

— Soulève-toi, et guide-moi en toi.

Elle le désirait tant qu'elle lui obéit sans réfléchir. Elle découvrit qu'elle aimait beaucoup le fait de taquiner son intimité avec le bout de son sexe, alors elle joua un peu avec cela jusqu'à ce qu'il soit exactement là où elle le voulait. Un gémissement lui échappa quand elle s'assit complètement sur lui, et il imprima un rythme rapide qui la fit monter en flèche vers l'apogée. Il agrippa sa hanche et plongea en elle, encore et encore, jusqu'à ce qu'ils atteignent l'extase.

Elle s'écroula à côté de lui, arborant le sourire le plus idiot qu'elle ait jamais affiché, elle en était certaine.

Trois jours plus tard, la famille s'installa avec bonheur dans la grande salle des Drummond. La mère, la sœur et le père de Constance étaient rentrés chez eux. Daniel avait été ravi de les rencontrer, surtout Denise, qui lui rappelait beaucoup son épouse.

Il savait que Constance avait été bouleversée à l'idée de décevoir ses parents, mais la pierre précieuse rouge en forme de cœur n'avait été retrouvée nulle part. Elle se rappelait l'avoir utilisée sur la blessure de Daniel et l'avoir remise dans sa poche, mais elle avait dû tomber quelque part entre l'église et le château.

Personne ne l'avait trouvée. Ou, si quelqu'un l'avait, il ne l'avait pas dit.

Constance avait pleuré et s'était excusée abondamment auprès de sa mère, expliquant qu'elle n'avait pris la pierre que pour avoir un souvenir d'elle.

Cela n'avait pas semblé perturber sa mère.

— Je t'ai retrouvée. C'est tout ce qui compte.

Ils avaient pris congé, et Constance et Daniel leur avaient promis de leur rendre visite à la baronnie une ou deux lunes plus tard.

La jambe de Daniel allait beaucoup mieux. La blessure n'était pas très importante, mais il s'était senti faible pendant quelques jours. Malgré cela, il avait essayé de convaincre les autres qu'il pouvait sortir du lit et se rendre aux lices avec sa nouvelle main, mais tante Brenna avait suspendu la robe ensanglantée de Constance à la fenêtre pour lui rappeler pourquoi il ne pouvait pas y aller.

Toute la famille était réunie autour de l'âtre, un gobelet à la main, lorsque la porte s'ouvrit avec la même force mémorable que celle que les garçons avaient ouïe à maintes reprises au fil des printemps.

— Bonjour, Logan, dit Micheil, sans se retourner pour voir qui était arrivé. Un jour, je suis certain que la porte tombera tant tu es délicat.

Il ne put s'empêcher de sourire à son frère. Daniel savait à quel point son père aimait l'oncle Logan, et qu'il était fier du travail que ce dernier et Gwyneth effectuaient pour la Couronne écossaise.

Tante Gwyneth entra derrière lui, secouant la tête devant l'entrée fracassante de son mari. Le père et la mère de Daniel se plaisaient à dire qu'elle était toujours aussi svelte et saisissante que le jour où ils l'avaient rencontrée pour la première fois à Edinburgh, et, en effet, elle paraissait toujours aussi jeune. À en croire le père de Daniel, elle était la meilleure chose qui soit arrivée à l'oncle Logan.

Ils se saluèrent et ce dernier annonça :

— Maggie et Will sont juste derrière nous.

Il se dirigea vers la table pour prendre une cervoise, mais Diana lui dit :

— Il y a du vin pour vous, si vous préférez.

— Ooooh ! s'exclama Gwyneth. Du vin, Logan. S'il te plaît !

Daniel était impatient d'ouïr les dernières nouvelles, mais Constance lui serra la main et lui adressa un regard qu'il pouvait aisément interpréter. *Sois patient, espèce de malotru !*

Enfin, une fois qu'ils furent tous installés avec leurs boissons, il demanda :

— Alors, y a-t-il des nouvelles ?

— Je vais laisser Maggie vous raconter ce qu'elle a découvert, répondit Logan.

Son sourire amusé indiquait qu'il avait également perçu l'impatience de Daniel.

Maggie et Will ne tardèrent pas à arriver. Cette entrée aurait été bien plus discrète sans les faucons de ce dernier. L'un d'entre eux tenta de s'engouffrer à l'intérieur derrière lui, mais ils parvinrent à le repousser.

Tous rirent de l'incident pendant que Micheil leur préparait des boissons. Enfin, le moment tant attendu par Daniel arriva.

— Nous avons des nouvelles, annonça Maggie.

— Vas-y, lui intima David. Nous attendions avec impatience. Surtout celui-ci, ajouta-t-il avec un signe de tête vers Daniel, qui leva les yeux au ciel.

Maggie raconta :

— Jean MacDole a convaincu le shérif qu'elle n'était qu'une faible vieille dame qui ne survivrait pas à l'enfermement, alors ils l'ont mise dans une cave où elle était libre d'aller et venir à sa guise, bien qu'elle n'ait pas le droit de sortir. Elle a trouvé des individus douteux et les a convaincus de s'en prendre à toi, Constance, en leur promettant de leur offrir de grandes richesses. À ses yeux, sa déchéance t'est entièrement imputable, car tu as appris à Rose à se défendre.

Maggie s'interrompit un instant, tandis que tout le monde applaudissait Constance.

— Je ne vois pas de meilleur enseignement à donner à ton amie, Constance, dit Diana en hochant la tête en signe d'approbation. Bien joué.

— Elle voulait te faire payer pour les ennuis que tu lui as causés. Elle entendait toucher le montant de ta vente par le canal de Dubh, et elle aurait reçu le double à cause de la couleur de tes cheveux. Apparemment, les bachelettes rousses sont très demandées.

— Et maintenant ? répéta l'oncle Logan. Ont-ils pendu cette catin et mis sa tête au bout d'une pique ?

David s'étrangla avec sa cervoise, dont il venait de boire une gorgée.

Maggie éclata de rire.

— Non, mais ils l'ont envoyée à Londres, où la prison possède une partie séparée pour les femmes. Elle n'a pas aimé cette décision.

Will poursuivit leur récit.

— Le château MacDole a été officiellement donné à Rose. Nous partirons ensuite pour les terres Grant pour voir ce qu'elle souhaite en faire. Daniel, voudrais-tu voyager avec nous ?

Ce dernier prit une profonde inspiration.

— Non. Nous voulons voir Roddy et Rose, mais je dois d'abord faire quelque chose à Edinburgh. Il y a un jeune garçon à qui j'ai fait une promesse. Dès que je serai en état de voyager, Constance et moi partirons pour la ville.

— Vas-tu recommencer à te battre, mon neveu ? s'enquit l'oncle Logan, qui le regarda en haussant un sourcil. J'ai ouï parler d'un certain Damien qui était un sacré combattant. Les gens parlaient d'une main du diable. Sais-tu quelque chose à ce sujet ?

Daniel sourit.

— Non, j'en ai fini avec les combats. En outre, si je devais reprendre, il faudrait que j'utilise la création de Jennet, et quelqu'un n'aime pas trop cela.

Il jeta un regard en coin à Constance.

— Mais Jennet et Brigid ont travaillé très dur là-dessus, remarqua l'oncle Logan.

— Je le garde. Il est très pratique pour certaines choses, mais Constance ne l'aime pas beaucoup.

Son frère rit et ajouta :

— Si tu reprenais les combats, tu pourrais dire adieu à ton surnom de Fantôme. Tout le monde à Edinburgh connaît déjà ton visage.

Daniel réfléchit un moment avant de répondre.

— Je ne sais pas lequel je préfère, Fantôme ou la Main du Diable.

— Fantôme ! intervint Constance de manière un peu trop véhémente.

Daniel déposa un baiser sur sa tempe.

— Si cela peut te faire plaisir. Mais je garde quand même *Treun*. Il m'aide pour cueillir les pommes.

— Tu ne l'aimes vraiment pas ? Mais pourquoi pas, Constance ? demanda Maggie.

Constance se leva pour se défendre, les yeux brillants, comme Daniel les aimait.

— Un instant. S'il te plaît, raconte toute l'histoire, mon mari. N'oublie pas de leur dire que tes cheveux étaient ébouriffés et emmêlés, que ta barbe n'était pas taillée au point d'en être dégoûtante, que tes vêtements étaient sales et que tu portais ce nom que je déteste. *Damien.*

Elle posa les mains sur les hanches.

L'oncle Logan lui sourit.

— Nous voudrions en savoir plus à ce sujet. Comment as-tu su qu'elle ne l'aimait pas, Daniel ?

— Parce que je me suis réveillé avec une dague sous la gorge.

— C'est faux ! s'exclama Constance, se penchant vers lui. J'essayais de couper ta barbe pendant que tu dormais. Ainsi, tu ne pouvais pas m'arrêter.

Daniel haussa un sourcil en la regardant ; la peau de la bachelette prit la teinte rouge la plus profonde qu'il ait jamais vue.

— Tes joues sont presque de la même couleur que tes cheveux, ma femme. Quelque chose ne va pas ?

Elle s'était sans doute rendu compte de ce qu'elle venait de dire, qu'elle avait révélé qu'ils avaient dormi côte à côte avant le mariage.

Constance tourna les talons et alla s'asseoir sur sa chaise.

— Daniel, Daniel, Daniel !

Ce dernier lui prit la main et la tira sur ses genoux.

— Tu vois, Gwynie ? se réjouit l'oncle Logan. Elle est comme toi.

— Pourquoi n'as-tu pas utilisé le nom de Fantôme lorsque tu te battais ? s'enquit David.

— Je ne voulais pas que le combattant soit lié à moi ici. D'ailleurs, je n'étais guère un fantôme là-bas. Ma finaison était d'être vu.

— Parle-nous de la clandestinité, demanda David.

— Oui, j'aimerais en savoir plus, intervint Will.

Daniel haussa les épaules.

— Il existe tout un raisiau de salles de paris où l'on mise sur des combats. Tout est permis. C'est leur activité quotidienne, mais une fois par lune, on leur demande d'en faire plus. Lorsqu'ils reçoivent leurs instructions, ils envoient un groupe chercher des bachelettes et ils les livrent à un endroit situé à l'est.

— T'ont-ils donné des indices sur l'endroit exact, Daniel ? s'enquit l'oncle Logan.

— Je sais simplement que c'était un canal riche, et qu'il n'était pas lié à une église ou une abbaye. Et quelqu'un a fait une remarque sur le fait que les activités clandestines étaient très différentes là-bas. Presque comme si c'étaient les bachelettes qui se battaient plutôt que des hommes.

Son père ricana.

— C'est ridicule.

— Vraiment, Micheil ? marmonna Gwyneth. Pourquoi ne pourraient-ils pas obliger des bachelettes à se battre ? Les Nordiques entraînent leurs femmes au combat.

— Tout cela nous est très utile, Daniel, lui dit Maggie. Maintenant, j'ai une meilleure idée de l'endroit où envoyer Gavin, Gregor et Connor.

— Quand je serai totalement guéri, je vous aiderai à nouveau, proposa Daniel.

— Et moi aussi, intervint Constance. Les petites filles ne devraient pas vivre dans la crainte d'une telle chose.

— Nous devons mettre un terme à tout ceci, et nous n'arrêterons pas avant d'y être parvenus, dit Daniel, qui se pencha ensuite pour embrasser sa femme. J'ai failli te perdre. Quand je t'ai vue sur le cheval de Lamont, j'ai cru que j'allais vomir.

— Je ne te quitterai jamais, Daniel. Je te le promets.

— Bien, dit-il en lui caressant la nuque. Parce que si tu le fais, je redeviendrai Damien.

Il agita les sourcils en la regardant.

Constance lui lança un regard noir.

CHAPITRE VINGT-NEUF

CONSTANCE ET DANIEL traversaient Edinburgh à cheval. Daniel espérait que personne ne le reconnaîtrait, d'autant plus qu'il avait fait des efforts pour être soigné, taillant sa barbe et ses cheveux. Cette fois-ci, il portait fièrement son plaid Drummond. Il ne put s'empêcher d'adresser un rictus à sa femme.

— Pourquoi ris-tu, Daniel ? Je connais ce regard, chuchota Constance.

— Ce n'est rien.

— Dis-le-moi. Je sais que j'ai quelque chose à voir avec cette idée.

Elle lui donna un coup de coude, ce qui était aisé, vu qu'elle était assise devant lui sur le cheval.

— J'étais simplement en train de songer au fait que je n'oserais jamais *ne pas* me tailler les cheveux ou la barbe de peur de me réveiller à nouveau avec un poignard sous la gorge.

Elle éclata de rire.

— Oui, c'est vrai, mais tu sais que je n'avais une dague que pour tailler ta barbe.

— Tu insistes…

Il arrêta son cheval près des écuries du village, descendit de sa monture, puis aida sa femme à faire de même.

— Daniel, j'espère que nous le trouverons, dit-elle d'une voix douce. Ce jeune garçon avait l'air d'avoir besoin d'amis. Par où commencer ?

— Nous allons le trouver, affirma-t-il, puis il demanda à l'homme de l'écurie de s'occuper de son cheval et lui donna une pièce. Connaissez-vous un garçon nommé Terric ? Il avait l'habitude de dormir ici.

— Oui, il le fait encore parfois. Il revient pour nous aider.

— Savez-vous où je peux le trouver ?

L'homme inclina la tête vers le château.

— En général, près du château. Il est toujours à la recherche de moyens de gagner des pièces.

Daniel prit Constance par la main et se dirigea vers le château, non loin de là. Une fois qu'ils furent arrivés, il entra dans la cour pavée et balaya les alentours du regard. Une voix l'appela.

— My lord ! My lord ! Attendez, my lord !

Daniel se tourna juste à temps pour voir le garçon se jeter dans ses bras.

— Terric ! Est-ce que tu vas bien, mon garçon ?

— Oui ! Vous ne m'avez pas oublié ! J'avais peur que vous le fassiez, expliqua Terric, dont les yeux brillaient sous le soleil. Bonjour, my lady.

— Tu vas bien, mon garçon ?

— Oui. Et j'ai quelque chose qui vous appartient, my lord. Voulez-vous venir avec moi ? s'enquit Terric.

— Je te suis.

Daniel passa un bras autour de la taille de Constance.

Quand ils furent presque de retour aux écuries, Terric leur dit :

— Attendez ici.

Puis il disparut dans la rue.

Daniel prit un moment pour observer la ville, son esprit retournant à cette période où il s'était battu pour de l'argent et où il avait adoré cela. Il ressentit un petit pincement de regret, mais il savait qu'il avait pris la bonne décision. Pendant le peu de temps où il avait été impliqué dans le circuit des combats clandestins, il s'était senti plus fort, davantage comme un homme normal et entier. Il était conscient maintenant que ce n'était qu'une fausse confiance, mais il avait appris de cette expérience.

Un homme passa à côté de lui puis s'arrêta net, se tournant pour le dévisager.

— N'êtes-vous pas la Main du Diable ? s'enquit-il, posant un doigt sur son menton, fixant son regard sur Daniel. Si ? Vous lui ressemblez presque comme deux gouttes d'eau.

— C'est mon frère, mentit Daniel, qui ne voulait pas attirer indûment l'attention sur Constance.

— Ceci explique cela. Si vous le voyez, dites-lui de revenir. Personne ne se bat comme lui. Je parierai toujours sur lui.

— Je le lui dirai, répondit Daniel en adressant un sourire à Constance.

Elle le regarda, les yeux écarquillés.

Terric revint par la ruelle un moment plus tard, rayonnant, un paquet à la main.

— Tenez. Je l'ai gardé pour vous.

Daniel arracha la ficelle et laissa tomber l'emballage, surpris de voir ses sacs de pièces.

— Terric ! Tu les as gardées pendant tout ce temps ? Pourquoi ne pas t'en être servi pour payer l'auberge ou de la nourriture ? Tu aurais pu le faire.

Il montra le sac de pièces à Constance.

— Qu'est-ce que c'est, Daniel ? s'enquit sa femme.

— C'est tout l'argent que j'ai gagné en combattant. Je l'avais presque oublié, mais j'avais demandé à Terric de le surveiller. Je croyais que tu t'en servirais pour vivre, mon garçon, je t'avais dit de le faire, lui dit-il, sortant quelques pièces pour les lui donner. Au moins, tu peux accepter ceci en guise de remerciement pour avoir gardé les sacs pour moi. Va te chercher une tourte à la viande et reviens.

Terric ne se fit pas prier. Il partit en direction d'un vendeur ambulant situé non loin de là.

— Daniel, c'est une somme énorme ! remarqua Constance. Tu ferais mieux de la cacher.

Il donna un sac à Constance et lui dit :

— Je sais que tu ne pourras pas remplacer la pierre que tu as perdue, mais peut-être pourrais-tu acheter quelque chose d'autre qui te rappellera ta mère. Sans moi, tu ne l'aurais pas perdue.

Constance fixa l'argent du regard, les yeux embués.

— Qu'y a-t-il ? lui demanda-t-il, la regardant attentivement, car c'était étrange de pleurer pour de l'argent.

— Daniel, je vais te sembler stupide, mais quand je regarde Terric et que je pense à la petite Kelby à l'abbaye, j'ai envie de faire quelque chose pour aider tous les enfants qui sont différents. Il manque une main à Terric, Kelby ne marche pas correctement. Elle boitera toujours et personne ne voudra d'elle. Ne pourrions-nous pas faire quelque chose pour ces petits ? Pourrions-nous utiliser cet argent pour les aider d'une manière ou d'une autre ?

Daniel regarda attentivement sa petite femme, et songea à tout l'amour qu'il lui portait. Il ne connaissait personne qui avait un plus grand cœur qu'elle.

— Je viens d'avoir une idée. Je vais envoyer un message à Roddy, et voir s'il peut nous rejoindre près de chez Braden.

— Oh ! Bien. J'aimerais tellement revoir cette chère Rose ! À quoi penses-tu ?

Terric revint en courant avec un garçon qui avait quelques printemps de moins que lui. Il lui manquait également une main.

— C'est mon ami. Cela vous dérange-t-il s'il mange avec moi ?

— Pas du tout, dit Constance. Terric, ton ami a-t-il lui aussi perdu ses parents ?

— Oui. J'ai vu les autres garçons l'embêter un jour…

— Terric m'a sauvé ! annonça le garçon en souriant. Je m'appelle Henry. Ma mère était anglaise, mais elle est morte.

— Comment as-tu perdu ta main, Henry ?

— J'ai été surpris en train de voler de la

nourriture pour ma mère avant sa mort. Mon père ne pouvait pas nous nourrir, alors j'ai volé un sac d'avoine. Le shérif m'a attrapé et m'a coupé la main. Ensuite, mon père m'a envoyé loin de chez nous. Il ne voulait pas d'un infirme.

Daniel faillit s'étrangler de fureur, mais il dissimula rapidement sa réaction. Rien de tout cela n'était la faute de ce garçon.

— Que diriez-vous de faire un voyage avec nous ? Nous nous dirigeons vers les Highlands. Nous avons encore le temps avant que les grosses chutes de neige ne tombent.

Terric regarda son ami, qui acquiesça avec enthousiasme.

— Nous pouvons vraiment venir tous les deux ?

— Oui. Quand vous aurez terminé votre repas, rassemblez vos affaires, et retrouvez-moi aux écuries. Je vais d'abord m'arrêter pour envoyer un message, puis je vous trouverai un cheval. Je vous promets que nous vous nourrirons bien.

Constance lui lança un regard interrogateur, mais il se contenta de lui embrasser la joue et de lui dire :

— Fais-moi confiance, ma jolie. Ce sera mon cadeau de mariage pour toi. Je sais que c'est un peu tard, mais je voulais attendre qu'il soit parfait.

Henry et Terric se regardaient, les yeux brillants d'enthousiasme, avant de partir chercher leurs affaires.

— Je vais dire à tout le monde que vous m'avez choisi pour vous aider dans votre voyage ! annonça Henry par-dessus son épaule.

— Daniel, murmura Constance, quand nous aurons notre propre maison, ne pourrons-nous pas la rendre assez grande pour accueillir quelques-uns de ces enfants ? Je pourrais demander à Ada de m'aider. Nous pourrions réfléchir à quelque chose.

Elle lui avait parlé d'Ada, qui était devenue bien plus gentille depuis que Rose avait empêché que les autres bachelettes et elle soient vendues.

— J'ai déjà tout prévu. Ton cœur est si grand que tu m'as donné une idée, dit-il en lui tapotant la main. Patience. Même si je sais que ce n'est pas ta plus grande qualité.

— Pas plus que ce n'est la tienne, répliqua-t-elle, haussant un sourcil.

— Oui, tu me connais bien.

Lorsque leur groupe de quatre arriva enfin au château de Muir, juste après la tombée de la nuit, ils avaient hâte de se réfugier à l'intérieur, à l'abri du vent glacial. Ils avaient pris leur temps et le voyage s'était étiré sur plusieurs jours, mais Constance avait l'impression d'être totalement gelée.

— J'espère que Braden a allumé un feu, murmura-t-elle à Daniel. Ce pauvre Henry frissonne autant que moi.

Daniel l'aida à descendre de cheval et l'embrassa rapidement sur les lèvres.

— Oui, tu es une reine des glaces en ce moment si l'on en juge par tes lèvres, mais je te promets de te réchauffer ce soir.

— Aurons-nous des chambres, ou des grabats dans la grande salle ? Ou peut-être aurons-nous un cottage ? demanda Constance, gémissant et frissonnant.

— Ils auront une chambre pour nous. Tu es déjà venue au château. Il est grand et beau.

— Oui, c'est vrai. Les garçons, Steenie est plus jeune que vous deux, mais il sera ravi d'avoir de la visite. Vous pourrez sans doute dormir avec lui cette nuit. Il possède également un poney nommé Paddy, et je suis convaincu qu'il aimerait vous le montrer demain.

Henry écarquilla les yeux et demanda :

— Nous n'allons pas dormir dans les écuries ? Pas sur le sol quelque part ? poursuivit-il, jetant un regard à Terric. Je n'ai jamais dormi à l'intérieur.

— Même pas chez toi, Henry ? demanda Constance, craignant d'ouïr la réponse.

— Non, les garçons dormaient dans les écuries avec le cheval et les cochons.

Braden et Roddy vinrent les accueillir.

— Je suis heureux de vous voir tous les deux, dit Braden. Et je vois que vous avez amené des amis.

— Oui. Le plus grand, c'est Terric, et le plus jeune, Henry. Venez, les garçons. Entrez vous mettre près de l'âtre.

Quand ils pénétrèrent dans la grande salle, Rose poussa un cri et accourut pour la saluer. Constance entoura son amie de ses bras.

— Oh, Rose ! Je suis si contente de te voir ! Es-tu heureuse ?

— Je suis très heureuse, répondit Rose quand

elles trouvèrent enfin la volonté de se séparer. J'ai appris que Daniel et toi vous êtes mariés ! J'espérais vraiment que cela arriverait. Il est parfait pour toi.

Constance acquiesça.

— Je sais.

Rose lui serra la main, puis annonça :

— J'ai des nouvelles pour toi.

Constance se déplaça pour saluer Cairstine, qui s'empressa de dire :

— Vous êtes tous complètement gelés ! Venez près du feu. Steenie, emmène les garçons dans les cuisines et trouve quelque chose à manger pour nous tous. Grand-mère vient de rentrer.

Les garçons avaient commencé à bavarder dès qu'ils s'étaient rencontrés, et ils suivirent les ordres avec plaisir.

Les adultes s'installèrent autour de l'âtre, parlant du temps et de tout ce qui s'était passé. Constance avait remarqué que Roddy avait pris Daniel à part et qu'ils avaient parlé à voix basse avant de revenir vers le groupe avec de grands sourires.

Elle ne supportait plus cette attente.

— Dites-nous tout ! Qu'avez-vous prévu, tous les deux ?

Roddy prit la parole :

— Rose et moi avons discuté de nos projets d'avenir, et Daniel vient de nous donner la réponse à nos prières.

Rose bondit de son siège.

— Vraiment ?

— S'il vous plaît, dites-nous tout ! intervint Constance.

Rose se tourna vers le groupe et frappa dans ses mains.

— Roddy et moi avons reçu la propriété du château MacDole. Au début, je ne pensais pas pouvoir y vivre, mais maintenant que le temps a passé, ma maison me manque. Nous espérions pouvoir convaincre Daniel et Constance de venir vivre avec nous. Nous serions très proches de Braden et de Cairstine. Roddy, Daniel et Braden pourraient continuer à travailler avec la bande de cousins, dit-elle avec un sourire vers Constance, et j'aurais ma chère amie avec moi.

Daniel fit un pas en avant et dit :

— Je viens de suggérer mon idée à Roddy, et il l'adore.

— Quelle est cette idée, Daniel ?

Constance retint son souffle tant elle était enthousiaste.

— Constance, avec ce grand cœur qui est le sien, m'a donné l'idée lorsque nous étions à Edinburgh. Nous souhaitons en faire davantage pour Terric et Henry, et je sais aussi que Constance aimerait retrouver la petite Kelby de l'abbaye. Cette petite fille boite, et elle ne marchera sans doute jamais correctement. Notre cousin Loki dirige un foyer pour orphelins. Il les accueille, et tous participent aux tâches et vivent ensemble. Je me demandais si nous pourrions faire la même chose pour les enfants défavorisés, les marginaux en l'absence d'un meilleur mot. Roddy et Rose ont l'endroit, mais pas l'argent. Constance et moi avons l'argent, mais pas l'endroit. Et si nous faisions du château MacDole le château des marginaux ? Terric,

Henry et Kelby pourraient tous emménager avec nous. Faire partie de notre clan, un clan spécial.

— Oh, Daniel ! C'est une merveilleuse idée ! Qu'en penses-tu, Rose ?

Constance espérait de tout son cœur que sa chère amie serait d'accord.

Le sourire radieux de cette dernière fut une réponse suffisante.

— J'adore cette idée ! Nous pourrions nous y rendre demain et voir comment l'endroit a évolué en notre absence. Les meubles sont toujours là. Il nous reste à nettoyer et à acheter des provisions, mais nous avons déjà beaucoup de denrées dans les caves. Il y avait des navets, des pommes et de l'orge.

Constance s'approcha de son mari pour le prendre dans ses bras.

— Quelle belle idée, Daniel ! Mais je ne veux pas que nous les appelions des marginaux. Ils en étaient peut-être avant, mais ce n'est plus le cas. Nous trouverons un autre nom pour le château.

Tous plongèrent dans leurs réflexions, puis Constance dit :

— Ce sera un foyer spécial pour des bébés spéciaux. Pourquoi pas le foyer pour enfants spéciaux ?

Les autres applaudirent sa suggestion, et Constance poussa un soupir de satisfaction. Tous ses rêves étaient devenus réalité.

ÉPILOGUE

Une quinzaine de jours plus tard, dans le West Lothian

GAVIN ET GREGOR chevauchaient leurs montures lors de leur patrouille habituelle sur les terres Ramsay, en quête d'éventuels pillards ou rôdeurs.

Rien. Encore une patrouille ennuyeuse.

Gavin poussa un profond soupir.

— Je suis prêt à partir.

— Où ? lui demanda son meilleur ami et cousin.

— N'importe où. N'en as-tu pas assez de rester à la maison après toute cette agitation que nous avons connue ces derniers temps ? Le combat avec ces ordures sur le loch Linnhe, les paris à Edinburgh et voir Daniel écraser tous les combattants du pays ? Les faucons, la chouette, et même Paddy le poney. La vie ne s'arrête pas à ce que l'on trouve sur les terres Ramsay, Gregor. Tu ne le sens pas ? Nous devons partir, et vite. Nous sommes *censés* partir.

Gregor, le plus sérieux des deux, haussa un sourcil.

— Je ne suis pas dupe. Tu es jaloux de ne pas avoir une bachelette à toi. Je sais comment tu es avec les filles.

Gavin ricana, levant les yeux vers les nuages gris tourbillonnant au-dessus de sa tête alors que le vent s'intensifiait.

— Peut-être, mais aucune des bachelettes de notre clan ne m'intéresse.

— Alors, qui attirera ton attention ?

— Mmmh. Une bachelette mince et forte, une battante.

Gregor rit.

— Tu viens de décrire ta mère.

Gavin tira sur les rênes de son cheval, chargeant vers son cousin.

— Je te botterai le derrière si je t'ouïs encore dire cela. Je ne veux pas de quelqu'un qui ressemble à ma mère. Sois maudit pour l'avoir simplement suggéré.

Gregor lança son cheval au galop et cria par-dessus son épaule.

— Ce sont tes mots, pas les miens !

Son rire résonna par-dessus le bruit des sabots des chevaux.

Alors qu'ils faisaient la course, ce qui était leur passe-temps habituel, Gavin poussa un juron. Il devait bien admettre que Gregor avait raison sur un point, même s'il ne voulait *pas* trouver une bachelette qui ressemblait à sa mère. Hors de question, sa mère lui causait assez d'ennuis ! Mais il avait *effectivement* envie de trouver une fille pour lui. Il ralentit sa monture, et Gregor, qui avait aisément suivi le rythme, fit de même. Ils reprirent leur souffle, puis il demanda :

— Ne trouves-tu pas étrange que tous nos cousins se soient mariés ces derniers temps ? Braden, Roddy, Daniel. Ils se sont tous mariés à quelques lunes d'intervalle, et aucun d'entre eux n'a eu un grand mariage de clan.

— C'est inhabituel, certes, mais cela ne me donne pas l'impression que je dois me marier. Pourquoi cela te dérange-t-il à ce point ?

— Parce que nous avons perdu la plupart des membres de notre bande. Qui nous accompagnera pour retrouver les ravisseurs ? Je voudrais retrouver toutes ces ordures.

— Tu soulèves un point important. Je suis sûr que Maggie et Will ont trouvé un moyen de nous aider. Il ne nous reste plus qu'à attendre leur retour d'Edinburgh. Peut-être auront-ils appris davantage de notre roi. Gregor fit faire demi-tour à sa monture et repartit vers le château une fois leur patrouille terminée.

Gavin devança son cousin d'un coup d'éperon.

— Je n'ai pas envie d'attendre.

Logan Ramsay faisait toujours une entrée fracassante, aussi lorsque la porte du donjon s'ouvrit assez fort pour que le son se répercute sur les poutres du plafond, Gavin sut que son père était arrivé avant même de regarder.

Il bondit du banc où Gregor et lui s'étaient installés pour manger leur repas.

— Papa. Gregor et moi souhaitons te parler.

Son père adressa un signe de tête à Gregor avant de reporter son regard sur Gavin :

— Qu'y a-t-il ?

— Nous voudrions nous diriger vers le nord-est pour débusquer les autres ravisseurs du canal de Dubh. Nous prévoyons de partir demain.

Son père ricana, ce qui n'était pas un signe prometteur.

— Non, vous n'en ferez rien. Et cesse de blâmer Gregor pour tes idées. Je sais que c'est toi qui souhaites partir. Je vais le répéter, au cas où tu ne m'aurais pas ouï la première fois. Non.

— Pourquoi pas ?

— Vous ne connaissez pas le nord-est et aucun de vos cousins n'est disponible pour voyager avec vous. Que vouliez-vous savoir de plus ?

— Je prendrai des gardes avec moi.

— Non. Fin de l'histoire. Vous attendrez que votre sœur rentre à la maison.

Son père tourna les talons et prit la direction des cuisines. Un claquement de porte sonore ponctua son départ. Gregor haussa les épaules.

— Je ne suis pas surpris qu'il n'ait pas accepté. Tu ne sais pas où tu vas. Ton père déteste que nous nous lancions dans des projets sans être préparés.

Gavin plissa les yeux.

— Je pourrais apprendre. Ma sœur n'est pas la seule capable de dénicher des informations.

— Peut-être pas, mais on ne peut pas nier qu'elle est douée pour cela. Promets-moi d'attendre le retour de Will et Maggie. Ils ne devraient pas tarder à arriver.

Gavin réfléchit un instant puis dit :

— Je vais leur accorder quelques jours. S'ils ne sont pas revenus d'ici là, je pars, que tu souhaites m'accompagner ou non. Il se passe quelque chose de grave dans le nord-est, affirma-t-il, contemplant ses mains pendant un moment. Cette partie du canal de Dubh est la pire.

Gregor laissa tomber l'os qu'il venait de nettoyer.

— Comment le sais-tu ?

— Je l'ignore, mais je le sais. Celui-ci est pire que les autres, affirma-t-il avec un soupir. Tu verras.

Il ne l'avait pas formulé comme une promesse.

CHERS LECTEURS,
Merci d'avoir lu l'histoire de Daniel et Constance. J'ai adoré leur histoire parce qu'ils forment un couple très amusant.

Comme beaucoup d'auteurs de romance et de fiction historiques, lorsque j'ai commencé mes recherches, j'ai découvert la légende du Lee Penny. Il s'agit d'une amulette rouge de forme triangulaire (en forme de cœur) rapportée des Croisades en 1330 par sir Symon Locard. Elle est montée sur une pièce et si vous faites une recherche sur Internet, vous trouverez l'histoire du Lee Penny et de ses qualités médicinales.

Il n'y a aucune mention de la pièce avant 1330, date à laquelle elle a été donnée à sir Symon Locard, qui l'a surnommée le Lee Penny. J'ai donc créé ma propre version de son origine et de la façon dont il s'est égaré.

Ma version est totalement fictive, une création de mon esprit. J'aime à penser que s'il était perdu de cette manière, il finirait par retrouver ses propriétaires d'origine.

L'histoire suivante de la bande de cousins est celle de Gavin.

Bonne lecture !

Comme toujours, les commentaires sont les bienvenus. Consultez mon site web : www.keiramontclair.com.

Keira Montclair
www.keiramontclair.com
http://facebook.com/KeiraMontclair/
http://www.pinterest.com/KeiraMontclair/

AUTRES LIVRES DE KEIRA MONTCLAIR

LE CLAN DES HIGHLANDS

Loki
Torrian
Lily
Jake
Ashlyn
Molly
Jamie & Gracie
Kyla
Sorcha
Bethia
Le Conte de Noel de Loki
Elizabeth

LA BANDE DE COUSINS

VENGEANCE DANS LES HIGHLANDS
ENLÈVEMENT DANS LES HIGHLANDS
CHÂTIMENT DANS LES HIGHLANDS
MENSONGES DANS LES HIGHLANDS
COURAGE DANS LES HIGHLANDS
RÉSILIENCE DANS LES HIGHLANDS
DÉVOTION DANS LES HIGHLANDS
FORCE DANS LES HIGHLANDS
MAGIE DE NOËL DANS LES HIGHLANDS

À PROPOS DE L'AUTEURE

KEIRA MONTCLAIR EST le nom de plume d'une auteure qui vit en Caroline du Sud avec son mari. Elle écrit des romans historiques au rythme soutenu, souvent avec des enfants comme personnages secondaires.

Lorsqu'elle n'écrit pas, elle préfère passer du temps avec ses petits-enfants. Elle a travaillé comme professeure de mathématiques dans un lycée, infirmière diplômée et chef de bureau. Elle aime le ballet, les mathématiques, les puzzles, apprendre de nouvelles choses et créer de nouveaux personnages dont ses lecteurs pourront tomber amoureux.

Elle considère que son travail est bien fait lorsque ses lecteurs versent des larmes en lisant ses histoires, toutefois les fins heureuses sont toujours au rendez-vous !

Sa série à succès est une saga familiale qui suit deux clans écossais médiévaux sur trois générations et compte aujourd'hui plus de 40 livres.

Contactez-la sur son site web, http://www.keiramontclair.com ou directement à l'adresse keiramontclair@gmail.com.